UN MILLION DE PLAISIRS COUPABLES

C.L. Parker est née à Los Angeles. Avant de se consacrer pleinement à sa carrière d'écrivain, elle a servi pendant deux ans à la base navale de Norfolk en Virginie. Sa série *Million Dollar* est un véritable best-seller aux États-Unis et est publiée en exclusivité au Livre de Poche. C.L. Parker vit aujourd'hui dans le Kentucky avec ses deux fils et son chien.

Paru dans Le Livre de Poche :

UN MILLION DE SECRETS INAVOUÉS

C.L. PARKER

Un million de plaisirs coupables

TRADUIT DE L'ANGLAIS (ÉTATS-UNIS)
PAR ALEXANDRA MOREAU

Le Livre de Poche
ÉDITIONS

Titre original :

A MILLION GUILTY PLEASURES

Couverture : Studio LGF. © Shutterstock.

ISBN : 978-2-253-17962-7 – 1re publication LGF

Prologue

Je suis un homme qui a payé pour du sexe. Rien ne m'y obligeait, notez bien, mais c'était la seule manière d'être sûr que je ne me ferais pas baiser. Bon, d'accord, baiser était le but du jeu, mais ce n'est pas le sujet. Bref : j'ai payé une somme folle, deux millions de dollars pour être précis, afin qu'une femme soit ma propriété pendant deux ans. Elle était vierge et valait le prix que j'ai payé, mais seulement, j'ai commis l'impensable.

Je suis tombé amoureux d'elle.

Pour ne rien arranger, j'ai découvert pourquoi en réalité elle s'était prêtée au départ à ce petit jeu. Elle a fait cela pour sauver une vie. Moi je l'ai fait pour baiser. Il est évident que c'est moi le salaud dans l'affaire, mais je suis bien décidé à la récompenser comme elle le mérite.

Je m'appelle Noah Crawford et ceci est la suite de mon histoire.

1
Pas de chance

Noah

Quitter Delaine Talbot, c'est ce qui a été le plus difficile à faire pour moi de toute ma vie. Et cela en dit long, étant donné que je suis responsable de la mort de mes parents et que j'ai par la suite hérité d'une entreprise multimilliardaire, Scarlet Lotus, que je dirige aux côtés de mon ennemi juré, David Stone.

David a été mon meilleur ami jusqu'au jour où, en revenant d'un voyage d'affaires, je l'ai trouvé en train de sauter ma copine, Julie, dans le jacuzzi. Inutile de préciser que Julie n'est plus ma copine. Une paria, oui, ma copine, non. Tous ces événements m'ont amené par hasard à Lanie. Je ne sais toujours pas si je dois m'en réjouir ou m'en désoler.

J'avais entendu parler d'une organisation clandestine qui mettait des femmes aux enchères.

C'était tout à fait illégal, évidemment, comme tout trafic humain, volontaire ou non. Cependant, ces femmes acceptaient de devenir la propriété de leur acheteur selon les modalités qu'il désirait. Je n'avais peut-être plus confiance dans les femmes après l'affaire Julie/David, mais je suis un homme et j'ai des besoins. Du coup, quand j'ai appris l'existence de ces enchères, cela m'a paru la meilleure chose à faire.

Scott Christopher était le propriétaire du Foreplay, un club destiné en façade aux amusements des étudiants, et qui organisait ses enchères au sous-sol. Christopher ne me plaisait pas du tout, mais je n'étais pas venu là pour me faire des amis. Je n'avais qu'une seule idée en tête et j'ai toujours obtenu ce que je voulais.

Delaine Talbot était une fille de vingt-quatre ans encore vierge. Intacte, indomptée. Parfaite. Les deux millions de dollars que j'ai payés pour qu'elle devienne ma propriété durant deux ans ont été un excellent investissement, vraiment. Deux ans pour qu'elle me passe mes caprices les plus coquins quand et comme cela me chantait. Je ne m'en suis pas privé. Même si je ne m'attendais pas à ce qu'elle n'ait aucune expérience en matière de sexe, j'ai été ravi de savoir que ce serait moi qui lui apprendrais. Elle a été une élève exceptionnelle, enchaînant les leçons à une telle vitesse que j'ai cru qu'elle aurait ma peau. Cerise sur le gâteau, elle est arrivée avec son sale caractère. On aurait pu penser que ce serait décourageant ; cela m'a seulement fait bander encore plus pour elle.

Nous nous sommes chamaillés et pris de bec comme jamais, mais au bout du compte, cela s'est toujours fini avec le tableau suivant : moi bien enfoncé en elle pendant qu'elle gémissait mon prénom. J'étais un dieu du sexe et elle ma déesse. Jusqu'au jour où j'ai découvert qu'elle était en réalité un ange et moi, un démon déguisé.

Si j'avais été moitié aussi intelligent que je m'imaginais l'être, j'aurais, avant toute chose, engagé quelqu'un pour enquêter sur elle. Mais non. J'étais un baiseur sans morale, et c'est pour cette raison que j'ai acheté un être humain.

Il se trouve que Lanie Talbot a fait le suprême sacrifice. Elle s'est vendue pour sauver sa mère qui était à l'agonie.

Faye Talbot avait besoin d'une greffe du cœur. Le problème, c'est que les Talbot n'avaient pas les moyens de payer l'opération et n'avaient pas d'assurance maladie. Mack, le père de Lanie, avait été licencié parce qu'il avait pris quelques journées pour s'occuper de sa femme. En Amérique, dans le monde de l'entreprise, il y a parfois des salauds impitoyables qui pensent plus au chiffre d'affaires qu'aux personnes qu'ils emploient. Mais ce qui était fait était fait. Ils ne pouvaient qu'essayer d'aller de l'avant en gardant un peu d'espoir.

Lequel est arrivé sous la forme des deux millions de dollars que j'ai payés pour assouvir mes caprices avec Lanie.

Charitable de ma part, non ? Je ne crois pas que ce soit ce que ma chère défunte mère, Elizabeth, avait en tête quand elle a lancé les campagnes de bienfaisance chez Scarlet Lotus. Noah, mon père, l'aurait tout autant désapprouvé.

Une fois que j'ai compris ce que j'avais fait à Lanie, j'ai compris que je ne pouvais plus continuer. J'étais tombé amoureux d'elle. Et pas qu'un peu. Et même si cela me tuait de l'admettre, j'ai compris que je devais la laisser partir. Sa place était au chevet de sa mère, pas dans mon lit.

J'avoue que, ne sachant pas si je parviendrais à mettre cette décision en pratique, je me suis couvert. C'est le soir du bal annuel de Scarlet Lotus que la digue a enfin sauté. Pour commencer, Julie est passée. Elle s'est jetée sur moi et ne m'a pas lâché, et je n'ai rien pu faire sur le moment parce que j'étais entouré des membres du conseil d'administration et de clients potentiels. Ajoutez à cela que Lanie flirtait ouvertement avec David Stone et vous aurez tous les ingrédients de la catastrophe. J'ai donc été forcé de sortir Lanie de là avant de perdre mon sang-froid et de faire une scène atroce dont je n'aurais jamais pu me remettre. C'était sans doute ce que David espérait.

Lanie et moi nous sommes disputés sur la route du retour. Enfin, elle s'est répandue en récriminations. Moi, je l'ai ignorée. Ce qui n'a fait que la rendre encore plus furibarde. Elle voulait que je la baise, c'était ce qu'elle attendait, étant donné que nous avions toujours terminé ainsi nos disputes. Sauf que je n'avais plus envie de la baiser. J'en étais incapable. C'était impossible après tout ce que je venais d'apprendre. Ne vous méprenez pas : je la désirais toujours. Bon sang, oui. Mais je ne pouvais plus lui faire subir cela.

Sauf qu'elle n'allait pas se le tenir pour dit. Oh, non, ce n'est pas le genre de Lanie. Comme je repoussais ses avances, à peine nous sommes arrivés qu'elle est sortie en trombe de la limousine et a foncé sous la pluie dans la maison. Je l'ai suivie, évidemment, mais elle était folle furieuse et m'a asséné tout ce qui lui passait par la tête pour me faire réagir.

Et elle a décroché le gros lot quand elle m'a dit que si je ne voulais pas la sauter, au bal, il y avait quelqu'un qui le ferait, et qu'elle songeait justement à une personne en particulier. David Stone.

Mon tempérament possessif a pris le dessus. J'avoue, j'étais furieux, mais cela n'excuse pas ce que j'ai fait. Je l'ai empoignée sans ménagement et je l'ai baisée à lui en faire perdre la tête, là, sur l'escalier. Je me moquais bien de savoir si cela lui plaisait. Si elle était dans une position confortable. La seule chose qui m'intéressait, c'était de revendiquer quelque chose que je considérais comme mien.

Sauf qu'elle n'était pas à moi. Certes, je possédais son corps, mais je n'étais pas le propriétaire de son âme ou de son cœur, or c'était ce qui m'intéressait le plus en elle, car c'était la partie de moi-même que je lui avais donnée sans même m'en rendre compte. Et cela ne lui avait pas coûté un sou.

Après l'avoir sautée comme une bête, je me suis levé et je me suis finalement forcé à avouer tout ce que je lui avais caché. Je lui ai dit que j'étais au courant pour sa mère, que je savais pourquoi elle s'était vendue au plus offrant. Et même si j'étais conscient que c'était tordu, je lui ai dit que j'étais tombé amoureux d'elle. Puis je l'ai plantée là sans un mot de plus.

À ma totale stupéfaction, elle est venue me retrouver sous la douche. Imaginez ma surprise quand, au lieu de m'égorger, elle m'a demandé de lui faire l'amour, pour qu'elle sache ce que c'était d'être aimée par moi. Juste une fois. C'était tout ce qu'elle voulait. Et comme je lui aurais donné n'importe quoi, bien évidemment, je lui ai servi mon cœur sur un plateau.

Je l'avais bien senti quand je lui faisais l'amour, quand je lui offrais mon âme, que c'était la dernière fois. Je le savais, et pourtant, j'ai quand même réussi à mettre tout cela de côté et à la vénérer telle qu'elle aurait toujours dû l'être depuis le début. Je l'ai aimée librement et totalement, de toute ma force et de tout mon être. Il n'était plus question de douter de mes sentiments pour elle.

Je l'aimais. Dieu m'est témoin, je l'aimais.

Ensuite, elle a pris la peine de souligner l'évidence : il fallait qu'on parle. Mais comme je savais déjà tout ce qu'elle allait me dire, je ne l'ai pas laissée parler et je l'ai enlacée. Car je savais que ce serait la dernière fois que je pourrais le faire. C'était hier soir.

Ce matin, il m'a fallu toute la force que je possède pour quitter la sérénité de ce lit. Il *fallait* que je le fasse. J'ai donc enfoui mon visage dans son cou et je lui ai délicatement embrassé l'épaule avant de lui murmurer à l'oreille un dernier « Je t'aime ». Elle a remué et souri dans son sommeil, ce qui a rendu mon départ encore plus difficile, mais j'y suis tout de même parvenu.

Je me suis douché rapidement, et habillé encore plus vite. Et quand je suis sorti, elle était là, ma poupée à deux millions de dollars, encore plus belle que la veille. Elle voulait parler, mais là, de nouveau, je connaissais la chanson et je ne me sentais pas capable de supporter ce qu'elle avait à me dire. J'ai donc fait ce qu'il fallait.

J'ai déchiré le contrat et je lui ai dit de retourner auprès de ses parents. Puis, les jambes tremblantes, je me suis forcé à la quitter. Elle ne m'a pas suivi ni essayé de m'arrêter, et c'est tant mieux. Le fantasme que j'ai tenté de m'acheter était terminé et le moment était venu pour moi de revenir à la réalité.

Alors que la limousine démarre, je refuse de me retourner pour regarder vers la maison. Je ne veux pas la voir sur le pas de la porte. C'est déjà assez dur de savoir qu'elle ne sera plus là à mon retour. Elle sera partie depuis longtemps. Peut-être qu'un jour, elle finira par penser à moi sans me détester. Peut-être même que cela la fera sourire. Peut-être… mais je n'y compte pas trop. Du moment qu'elle est heureuse, c'est tout ce qui m'importe. Je me retrouve donc dans la limousine, seul et la mort dans l'âme. Je vais me tourner à présent vers la seule chose qui m'a permis de supporter toutes les tragédies de ma vie : Scarlet Lotus.

Lanie

Alors que je regarde la limousine s'éloigner et disparaître, quelque chose me submerge. Je pensais que ce serait la défaite, la souffrance, l'impression d'avoir été trahie, le chagrin, mais il n'en est rien.

La fureur. Une fureur démesurée et inextinguible.

Comment a-t-il osé ? Cet idiot avec sa maison immense, son ego démesuré et sa grosse tête qui s'imagine savoir ce que je vais lui dire. Et avant même que j'aie eu le temps de parler et de lui prouver qu'il a tort, il me dit grosso modo d'aller me faire voir.

Il a pu exprimer tout ce qu'il voulait. Bien sûr, j'aurais pu répondre à ses déclarations quand j'étais emportée par la passion, mais la passion en question était tellement violente et j'étais trop occupée à reprendre mon souffle pour pouvoir dire quoi que ce soit de cohérent ou même d'affectueux. Et puis je pensais que j'aurais tout un tas d'autres occasions pour lui dire ce que je ressentais. N'oublions pas que je lui ai proposé de m'appeler Lanie. Il n'était pas question qu'il pense que je disais ces trois petits mots simplement pour faire comme lui. J'avais envie d'avoir mon moment bien à moi et de le crier bien fort pour qu'il n'y ait aucun doute sur la sincérité de ma déclaration, parce que ce genre de choses, c'est plutôt sérieux. J'étais vraiment prête à sauter le pas ; pour lui, pour moi… pour nous.

Et il a fallu qu'il gâche tout en se comportant comme un homme des cavernes. Les hommes sont vraiment des crétins.

Au moins je peux réagir avec celui-là : je n'ai vraiment rien à perdre à l'affronter. J'ai bien l'intention qu'il m'écoute, bon gré, mal gré. Il va savoir que je l'aime et il va se mordre les doigts de m'avoir rejetée comme cela. Je vais débarquer dans son petit bureau et réclamer son attention. Il va voir à quel point il a eu tort de s'imaginer n'importe quoi et je vais lui passer l'envie de tirer hâtivement des conclusions. Je suis une femme, une femme qui a tout donné pour sauver sa mère mourante et j'ai une voix qui ne demande qu'à être écoutée. Et il n'est pas question que j'aie enduré pour rien tout ce que j'ai subi depuis que je suis entrée dans l'univers de Noah Crawford !

Résignée à cette théorie, je tourne les talons et rentre dans la maison, les épaules bien droites et la tête haute. Après une douche et un rapide tour dans la merveilleuse réserve de vêtements indécents de Polly, je m'habille, prends mon mobile et m'en vais.

Je m'impressionne moi-même en dévalant les escaliers sans me rompre le cou ni me fendre le crâne. Arrivée au premier, j'entends une voiture s'arrêter. Ce doit être Samuel qui revient après avoir déposé Noah et je me dis qu'il ne pourrait pas mieux tomber.

J'entends ensuite tambouriner à la porte, puis une voix qui s'écrie :

— Lanie Marie Talbot, je sais que tu es là-dedans ! Sors de ton lit et viens ouvrir !

C'est ma meilleure copine, Dez.

Je me précipite à la porte et l'entrouvre juste au moment où elle s'apprête à frapper à nouveau. Pour une fille, elle a de la force et j'ai de la chance d'échapper d'un cheveu à son coup de poing. J'aurais l'air fin avec une bosse sur le front pour affronter Noah…

— Dez ! m'écrié-je tout en esquivant son poing.

Nous reculons l'une et l'autre d'un pas et nous nous toisons en même temps.

— Comment es-tu attifée ? demandons-nous en chœur.

Dez est en noir de la tête aux pieds. Enfin, presque. Jean noir skinny taille ultrabasse avec un énorme ceinturon orné d'une boucle en forme de tête de mort, col roulé noir, bottes en serpent noir et casquette elle aussi ornée d'une tête de mort juste au-dessus de ses sourcils parfaitement épilés.

Je me jette sur elle et la ceinture littéralement.

— Oh, mon Dieu ! Ce que tu m'as manqué !

C'est seulement maintenant que je l'ai en face de moi que je me rends compte à quel point.

— Mais lâche-moi, enfin ! Qu'est-ce qu'on te fait manger, ici, des stéroïdes ? demande-t-elle en essayant de s'arracher à mon étreinte.

Je la libère, me rendant compte que j'ai sûrement failli l'étouffer, et je m'efface pour la laisser entrer.

— Qu'est-ce que c'est que cette tenue à la *Mission impossible* ?

— Je viens t'exfiltrer. (Elle se retourne et me jette un regard approbateur.) Le petit copain t'a sacrément customisée, dis donc. Regarde-toi avec ta minirobe rouge, espèce de petite coquine.

Elle me toise à nouveau et elle étouffe un cri en ouvrant de grands yeux.

— Mais tu viens de faire l'amour ! Raconte-moi tout !

J'écarquille les yeux à mon tour.

— Quoi ? Pas du tout !

— Sûrement que si, Lanie Talbot ! N'oublie pas à qui tu parles. Je connais parfaitement cet air hagard de fille qui vient de se faire sauter.

J'adorerais tout raconter à ma meilleure copine, mais il faut que je rattrape Noah et l'arrivée soudaine de Dez m'en empêche. Et d'ailleurs, à ce propos…

— Qu'est-ce que tu viens de me raconter, que tu venais m'exfiltrer ?

— Prends tes affaires. On part. Je suis en mission pour te faire sortir de ta cellule d'esclave sexuelle. (Elle jette un regard admiratif autour d'elle.) En même temps, j'aurais un peu de mal à appeler ça une prison. C'est plutôt un palais !

— OK, un peu de sérieux. Pourquoi es-tu venue et comment as-tu su où j'étais ?

Elle lève les yeux au ciel.

— Tu m'as dit que Noah Crawford t'avait achetée. Sur le moment, je n'ai pas réagi, mais ça m'est tombé dessus brusquement : le Noah Crawford de Scarlet Lotus. C'est bien ça ? Il ne doit pas y avoir des tas de Noah Crawford dans le monde et encore moins dans ce coin du pays, avec assez d'argent pour claquer deux millions en un clin d'œil ? demande-t-elle avec toutes les minauderies d'une actrice porno.

— Oui, mais ça n'explique toujours pas pourquoi tu tiens tellement à me faire évader. Je vais bien, et je t'assure que je suis loin d'être une prisonnière. Noah me traite très bien.

Elle soupire.

— J'ai quelque chose à te dire, ma cocotte, commence-t-elle. (Cocotte : jamais elle ne m'appelle comme cela, sauf quand elle s'apprête à me sortir quelque chose de particulièrement pénible. Mon cœur fait un bond dans ma poitrine.) Ta mère a eu des complications. Elle vient d'être admise à l'hôpital universitaire et j'ai promis à ton père de t'amener là-bas. Ça ne se présente pas très bien, ma chérie.

Au même instant, la porte d'entrée s'ouvre et Polly surgit.

— Bonjour Lanie ! me salue-t-elle avec son entrain habituel, comme si ma vie ne venait pas d'être bouleversée. (Son sourire s'envole aussitôt quand elle voit mon expression accablée.) Oh, mon Dieu. Que se passe-t-il ?

— Noah avait raison, dis-je, la gorge serrée. Mes parents ont plus besoin de moi que lui.

David

J'ai mal au crâne. Comme si je m'étais pris une poutre tombée de vingt étages. Ou un des lustres du *Titanic*. Ou le *Titanic* lui-même.

Et j'ai un goût épouvantable dans la bouche.

J'entrouvre une paupière pour constater les dégâts.

Généralement, quand je me réveille comme ça, il y a toujours une ou deux putes, voire trois, qu'il faut que je vire rapidement avant qu'elles s'accrochent un peu trop.

Dieu merci, je suis seul dans mon bureau chez Scarlet Lotus. Cette conne de Julie a certainement compris quand je lui ai dit d'aller se faire foutre hier soir. Du moins il me semble que je lui ai dit de partir. Je me rappelle que je l'ai enculée, parce que je tenais à réitérer mon exploit. Dommage que Crawford n'ait pas été là pour le voir. La tête qu'il a faite en voyant Julie à mon bras à la soirée, cela valait son pesant d'or, mais pas autant que je l'espérais. Sûrement parce que ce con avait Miss Delaine Talbot à son bras. Je devrais plutôt dire que c'était elle qui l'avait au sien, littéralement. Le bracelet qu'elle portait voulait tout dire : il la marquait comme sa propriété personnelle et c'est ce qui m'a encore plus donné envie de la lui piquer. Il fallait juste que je peaufine ma stratégie. Attraper une femme comme Delaine Talbot nécessite plus que des promesses creuses et un gros compte en banque.

Je m'étire et tous les muscles de mon corps de rêve protestent. Une chose est certaine : le moelleux canapé en cuir importé d'Italie ne m'arrange pas le dos. J'ai tiré trop de coups dessus durant ma courte vie. Bon, du moment que je sais comment donner des orgasmes, je vais continuer. Me les donner à moi, pas à elles, j'entends. De ce côté-là, je n'ai jamais rien promis.

Je me redresse en essayant d'oublier mon crâne qui m'élance, et je m'étire de nouveau en espérant que je vais me décoincer le dos et la nuque. Bon sang, ce que j'ai mal. La tête me tourne, mais au bout d'un petit moment, j'arrive à suffisamment empêcher le sol de tanguer pour me lever. Un pas après l'autre, je zigzague jusqu'à la salle de bains – j'avoue, je suis encore ivre – et je prends le flacon d'analgésiques dans l'armoire à pharmacie. Après en avoir avalé un, puis un deuxième pour être sûr, je les fais passer avec une gorgée d'eau froide.

J'adresse un grand sourire à mon reflet dans le miroir. Après une soirée comme la mienne, n'importe qui d'autre aurait une tête de déterré, mais pas moi. J'ai toujours bonne mine. Je prends ma brosse à dents pour astiquer mon précieux sourire avant de sauter dans la douche. Un instant plus tard, après un dernier coup de serviette, je vais prendre de quoi me changer dans mon placard. Oui, j'ai une garde-robe sur place.

La douche m'a un peu dégrisé, et c'est tant mieux, car j'ai un rendez-vous très important auquel je tiens à être ponctuel et présentable. Un coup d'œil à ma Rolex m'indique que j'ai encore largement le temps.

Je suis sous le choc, c'est le moins qu'on puisse dire, quand je sors de mon bureau et que j'aperçois Crawford sortir de l'ascenseur. Il lève le nez et gémit lui aussi en me voyant. Oui, je sais, c'est pénible de vivre dans mon ombre. Je le devance toujours d'une tête et quoi qu'il arrive, ce sera toujours le cas – jusqu'au jour où il finira par me céder sa moitié de l'entreprise.

— On est dimanche, Crawford, qu'est-ce que tu fiches ici ?

Je lui pose la question non pas parce que ça m'intéresse, mais simplement parce que j'aime l'énerver.

— J'ai du boulot en retard, répond-il en sortant la clé de son bureau.

Manifestement, il a l'intention de me rabrouer, mais pas question de le laisser faire sans m'être amusé un peu avant.

— Tu es parti tôt, hier soir. Mais ne t'inquiète pas, j'ai expliqué aux invités que tu avais une petite poupée qui monopolisait toute ton attention, dis-je, content de moi.

Il comprend parfaitement que je l'ai débiné devant tout le monde. Et un point pour moi. Puisqu'il ne s'est pas occupé d'eux, c'est moi qui ai l'avantage dans le petit combat que nous menons pour avoir le contrôle de l'entreprise. Il secoue la tête d'un air renfrogné.

— Et d'ailleurs… c'est une sacrée bombe atomique, ta Delaine. Waouh ! Et elle n'a pas la langue dans sa poche non plus. De quoi m'a-t-elle traité ? ajoutai-je en faisant mine de ne pas me rappeler. Ah oui : de rémora. Et elle a l'air de croire que la nature t'a mieux pourvu que moi. Ce qui est possible, mais ça n'a pas empêché ton ex-copine de me sauter dessus, non ? Évidemment, contrairement à Julie, Delaine s'est dépêchée de défendre son homme. Et avec passion. Je pourrais l'ajouter sur ma liste de larbins.

Bam ! J'ai touché dans le mille.

La haine flamboie dans ses yeux. Première erreur : plus il tient à elle, plus j'ai envie d'elle. Il se précipite sur moi et me plaque au mur en me prenant à la gorge. Deuxième erreur : cette agression sur le lieu de travail ne fait qu'ajouter une arme à mon petit arsenal.

— Tu ne l'approches pas ! C'est compris ? fulmine-t-il, les dents serrées, l'index pointé sur mon visage. Tu ne l'approches pas ! C'est le premier et dernier avertissement, Stone. Je te jure que je t'étriperai à mains nues.

Troisième erreur : menaces de mort. Je vais peut-être demander à être protégé, voyez-vous, parce que je crains pour ma vie et que je ne peux pas subir un environnement de travail hostile.

Je lui adresse mon sourire vainqueur, car je l'ai attiré exactement là où je voulais. C'est précisément le genre de réaction émotionnelle contre laquelle je l'ai toujours mis en garde quand il s'agit des femmes. Il n'est pas dans sa meilleure forme, il ne réfléchit pas et il ne se doute sûrement pas qu'il vient de me donner toutes les munitions nécessaires pour lui tendre une embuscade et lui voler ce qui fait sa joie et sa fierté. Scarlet Lotus m'est offert sur un plateau et je compte bien le prendre.

Son mobile sonne et, bien qu'il n'ait pas l'air d'avoir l'intention de répondre, il pousse un juron et finit par reculer, ce qui me permet de reprendre mon souffle. J'étouffe un toussotement et me masse la gorge pendant qu'il a le dos tourné. Crawford n'est pas une mauviette. Je sais que si nous en venons aux mains, ce sera un adversaire redoutable, mais il n'est pas question qu'il en ait conscience.

— Quoi ? aboie-t-il au téléphone.

Je ne lui prête pas attention et je me dirige vers l'ascenseur. Franchement, il m'ennuie. J'ai tout ce qu'il me faut et mon rendez-vous m'attend…

— Polly, ralentissez. Qui ?… Dez ? Qui est-ce, cette Dez ?… Merde, non… Oh, mon Dieu, non. Où est-elle ?… Non, non, c'est très bien. L'université ?… OK, calmez-vous. Je vais appeler Daniel, il est employé là-bas… Oui, allez-y… Accompagnez-la, Polly.

Je n'ai pas la moindre idée de ce que signifie cette moitié de conversation, mais en même temps, je m'en contrefiche. Quand l'ascenseur sonne et que la porte s'ouvre, il se retourne vers moi et écarte le téléphone de son oreille.

— Je ne plaisante pas, David. Ne l'approche pas, m'avertit-il de nouveau.

— Mais oui, pas de problème. Tu as ma parole.

Je mime un salut militaire alors que les portes se referment. Il sait qu'il ne peut rien faire, mais apparemment, son agaçant petit moucheron vient de le prévenir qu'il a une crise à gérer. Ce qui me laisse le champ libre pour m'occuper du reste.

Je monte dans ma Viper rouge et mets la chaîne à fond tout en sortant du parking dans un crissement de pneus. Devant moi, les autres voitures s'écartent comme les flots de la mer Rouge. Il se peut qu'en réalité il n'y ait pas beaucoup de circulation en ce dimanche matin, mais je me plais à penser que je suis un dieu au volant de ce petit bijou.

— C'est ça, pauvres connards… Laissez passer la splendeur.

En un rien de temps, j'arrive sur le parking du Foreplay, un petit club minable qui fait discrètement de grosses affaires. Tellement discrètement que tout se passe au sous-sol. Pauvres ratés en haut, vraies putes et magnats des affaires en bas. Le cadre idéal.

Je gagne la porte de derrière et frappe deux coups rapides suivis de six lents. Immédiatement, Terrence ouvre.

— Mr. Stone ! Pile à l'heure, comme d'habitude, ment-il d'un air très convaincant. (J'ai au moins vingt minutes de retard, mais comme je le dis toujours, le temps s'arrête pour David Stone.) Entrez donc.

Je pénètre dans la pénombre du hall et inspire profondément.

— Oh, la délicieuse odeur du sexe et de l'argent dès le matin, roucoulé-je. Y a-t-il mélange plus délicieux ?

— Sûr que non, répond-il en m'assenant une tape dans le dos. Scott vous attend dans son bureau.

— Je connais le chemin.

Je descends le couloir jusqu'au bureau de Scott. Je ne me donne pas la peine de frapper, car je sais qu'il m'attend. Il m'attend toujours. Et pas question qu'il en soit autrement. Je pousse la porte et je le vois en train de fumer un joint renversé dans son fauteuil, nu comme au premier jour.

— Salut, me dit-il mollement, les yeux mi-clos, tout en soufflant sa fumée. Je croyais que tu n'arriverais jamais.

— Oui, moi non plus. (Je ferme la porte et enlève ma veste. Du menton, je désigne les petites lignes de neige blanche qui strient le miroir rectangulaire posé sur son bureau.) Tu as commencé la fête sans moi ?

— Non, c'est jamais vraiment la fête tant que tu n'es pas là, sourit-il d'un air entendu en se caressant la poitrine.

J'accroche ma veste sur un cintre et m'approche lentement de lui en déboutonnant ma chemise pour révéler la magnifique poitrine sculptée qu'elle dissimule. Il aime me regarder bouger. Ça lui fait des trucs. À moi aussi, de savoir à quel point ça l'excite. Scott n'est la salope de personne, mais c'est mon petit secret coquin. Lui et la Poudre du Diable sur son bureau sont mes seules faiblesses. Heureusement pour moi, personne ne sera jamais au courant.

Une fois auprès de Scott, je le domine largement. Au quotidien, c'est lui qui écrase les plus faibles que lui, mais en ma présence, il est la proie et moi le prédateur. Toujours. Je l'empoigne par les cheveux et je tire violemment sa tête en arrière pour le forcer à lever les yeux vers moi. Il me suffit d'un regard pour constater qu'il est déjà très excité. Et il va pouvoir m'avoir, mais pas avant que j'aie un peu sniffé de sa poudre.

Je pose le bout de mon petit doigt sur l'une des lignes et le porte à son nez. Scott se bouche une narine, ferme les yeux et inspire la fine poudre blanche. Il rouvre ses yeux bleus et les pose sur moi.

— Oh, oui, chéri. C'est de la bonne.

Il se pourlèche les lèvres en regardant ma bouche. Ce spectacle me fait furieusement bander. Il va l'avoir, son baiser, et ensuite il me sucera, puis je snifferai quelques lignes et je me mettrai derrière lui pour lui donner ce qu'il attend.

J'adore ma putain de vie.

* * *

Scott me regarde fermer le dernier bouton de ma chemise.

— Ne t'en va pas aussi longtemps la prochaine fois, dit-il avec une petite moue. Tu me manques horriblement quand tu n'es pas là.

— Ah, tu me manques aussi, Scotty, mais tu sais ce qu'on dit : plus on attend, plus c'est bon, réponds-je avec mon sourire conquérant.

Il le fait toujours fondre et j'utilise cette carte-là comme un pro. J'ai une image à préserver et si jamais quelqu'un découvre que je joue dans les deux équipes, elle serait sérieusement mise à mal.

— Ton paquet est dans le tiroir du bas du bureau, dit Scott.

Il se laisse rouler du canapé et file à la salle de bains, toujours les fesses à l'air. Bon sang, il a un petit cul serré qui encaisse tout ce que je lui colle.

Je me penche pour prendre ma petite provision personnelle quand je tombe dessus. Une chemise portant le nom de Delaine Talbot écrit en rouge. Je revois son petit sourire narquois tellement sexy quand elle m'a démonté hier soir et qu'elle m'a sacrément fait bander. Comme je connais le genre d'affaires que traite le petit Scott, je suis très curieux de savoir pourquoi il possède un dossier portant le nom de ma future conquête. Quand la douche commence à couler, je sors la chemise et lis le seul document qui s'y trouve.

Un sourire satisfait se peint sur mes lèvres. Il s'agit d'un contrat promettant deux ans de la vie de Delaine à une seule personne, Noah M. Crawford.

— Merde, mon petit Noah. Tsst-tsst. C'est comme piquer les bonbons d'un petit garçon, murmuré-je en riant tout en fixant la signature de Noah juste à côté de celle de Delaine.

Je referme le dossier et le range. Il est bien à l'abri ici pour le moment, et je sais que Scott me le donnera si je le lui demande. Il me passe mes quatre volontés, principalement parce qu'il est fou amoureux de moi, mais aussi parce que ma bite l'hypnotise. Du moment qu'il ne se sent pas menacé par mes intentions à l'égard de la fille, il se laissera faire.

L'important, c'est que j'aie finalement gagné. Ce qui s'est passé entre Noah et moi au bureau tout à l'heure, c'est ma parole contre la sienne. Et j'ai beau avoir matière à l'assigner en justice et une folle envie de traîner son nom dans la boue, je ne peux pas prouver ce qui s'est passé. En revanche ce truc, là, c'est impossible à nier. C'est écrit noir sur blanc.

Autant dire que Scarlet Lotus est à moi.

2

Deux pour le prix d'un

Lanie

Pourquoi les chambres d'hôpital sont-elles toujours aussi froides ? C'est comme si la main cruelle de la mort y entrait pour y dérober toute la chaleur. Les administrations ont beau tout faire pour rendre chaleureuse et agréable la pièce qui a toutes les chances d'être la dernière que verra un être qui vous est cher, le simple fait de savoir qu'il vit ses derniers jours, heures ou même minutes anéantit tous leurs efforts. Et puis il y a l'odeur : produits chimiques mélangés aux fluides corporels, à la maladie et à la mort. Cela la rend trop réelle, et j'ai envie de m'enfuir à toutes jambes, retrouver Noah et ne pas avoir à affronter la possibilité de plus en plus proche de perdre ma mère. Mais j'en suis incapable. Pour commencer, jamais je ne me pardonnerais d'avoir été absente durant ses derniers instants, et ensuite, Noah m'a renvoyée. Et puis ce serait comme fuir un problème pour en affronter un autre tout aussi désespérant. Je me trouve là où on a besoin de moi.

Dez, qui fait autant partie de la famille que moi, se tient à mes côtés, avec Polly. Heureusement qu'elle a pensé à m'apporter quelque chose d'un peu plus chaud que la petite tenue libertine rouge que j'avais sur moi. Mon père aurait probablement fait une crise cardiaque et fini dans un lit à côté de ma mère s'il m'avait vue accoutrée comme ça. Me voici donc debout devant la fenêtre, vêtue d'une petite robe noire et de chaussures de la même couleur. Rien de luxueux ni de sexy. À vrai dire, c'est une tenue un peu déprimante, mais elle reflète ce que j'éprouve. Je souffre encore d'avoir perdu Noah, mon cœur est vide, pourtant j'ai peur que ce noir que je porte augure quelque chose de beaucoup plus sinistre, comme perdre ma mère. Aussi catastrophique que ce soit d'avoir perdu le seul homme que j'aimerai probablement, si je perds ma mère, j'aurai encore plus de mal à retrouver la volonté de vivre.

Le froid que je sens dans ma poitrine est décuplé par cette pensée, comme si le froid qui règne dans cette chambre s'était insinué dans mon cœur. Ma mère est ma meilleure amie. Depuis toujours. Pas le même genre d'amie que Dez, ni même que ce qu'est devenue Polly. Quelque chose de plus. Elle me connaît mieux que quiconque parce que je suis un prolongement vivant d'elle-même. Elle sait ce que j'éprouve ou pense sans même que je dise un mot. Et comme elle a plus d'expérience que moi, elle sait ce que j'ai besoin d'entendre et me force à écouter même quand je n'en ai pas envie. Elle a raison presque chaque fois. Alors ne plus jamais revoir son sourire chaleureux, ne plus entendre son rire communicatif, ne plus sentir ses étreintes, ne plus sentir son parfum… Je n'ose même pas l'imaginer.

— Lanie ? Tu veux un café ? demande mon père, me tirant de mes pensées.

Je me retourne et me force à sourire. C'est tout lui : sa femme se meurt, et comme il ne peut rien faire pour empêcher l'inévitable, il trouve quelque chose ou quelqu'un d'autre dont s'occuper à la place. J'accepte son offre, en remarquant combien son visage est émacié. Il a des cernes noirs sous les yeux et d'après la longueur de sa barbe, il ne s'est clairement pas rasé depuis un bon moment. Comme je sais que cela ne sert à rien de lui dire de s'occuper un peu de lui, je m'abstiens de le sermonner.

Je baisse les yeux vers la forme endormie et je serre le gobelet en carton contre ma poitrine en espérant qu'il va me réchauffer le cœur. À vrai dire, la seule chose qui me réconforterait, ce serait le complet rétablissement de ma mère, même si je n'aurais rien contre le fait de me blottir dans les bras de Noah en l'entendant me dire de sa voix rassurante que tout ira bien. Il me manque, et j'aimerais tant qu'il soit ici avec moi, mais le destin a apparemment d'autres projets pour nous. C'est drôle comme les événements se sont enchaînés. Noah m'a libérée de notre contrat juste à temps pour que je voie ma mère mourir et que je puisse rester chez mes parents et m'occuper de mon père. Je me demande si c'est à cause de la vie de péché que j'ai partagée avec Noah que le karma s'est retourné pour me donner un bon coup de pied aux fesses.

— Mr. Talbot ? demande une voix familière depuis le seuil. (Je me retourne : un grand médecin brun prend un stylo dans la poche de sa blouse blanche et commence à griffonner sur son bloc.) Bonjour, je suis le Dr Daniel Crawford. C'est moi qui vais prendre la suite et m'occuper de l'opération de votre épouse et de son traitement. Si vous êtes d'accord, évidemment.

Il me jette un coup d'œil avec un sourire amical et entendu avant de revenir à mon père.

Dans des circonstances normales, ma mère serait la seule à prendre les décisions concernant sa santé, mais elle est sous sédatifs depuis son arrivée et n'est pas en état de le faire. Son médecin traitant nous a assuré que les tranquillisants éviteraient qu'elle s'agite trop et affaiblisse encore plus un cœur déjà malade. C'est donc à mon père que revient la décision. Je crois que les médecins et les infirmières sont soulagés que ce ne soit pas moi. J'ai été un peu brutale à mon arrivée, exigeant des résultats, que tout le monde se remue et qu'on sauve la vie de ma mère. Dez et Polly ont fait leur possible pour m'apaiser, mais en définitive, c'est un vigile qui y est parvenu en me menaçant de m'expulser si je ne me calmais pas.

— Prendre la suite ? répète mon père. Et le Dr Johnson ?

— Le Dr Johnson est incompétent, réponds-je, ce qui me vaut un regard réprobateur de mon père. Quoi ? Bien sûr que si. (J'entends Daniel étouffer un gloussement tandis qu'il examine ma mère.) Tu vois ? Le Dr Crawford est d'accord.

— Je ne suis pas sûr que ce soit bien de changer de médecin, insiste mon père en se massant la nuque.

— Je vous assure que suis très qualifié, répond Daniel en rangeant son stylo. Je dirige le service de cardiologie ici et j'ai procédé à de nombreuses greffes…

— Attendez un peu, le coupé-je. (Je suis sûr qu'il possède à son actif une longue liste d'exploits. C'est un Crawford et ils ont probablement cela dans le sang, mais il y a un tout petit détail – énorme, en fait – dont je viens de prendre conscience.) Quelle opération ?

Ma mère est en soins intensifs après avoir été ranimée aux urgences. Pour autant que nous le sachions, elle est censée rester ici jusqu'à ce qu'un miracle se produise, qu'elle montre une nette amélioration et qu'elle rentre à la maison avec nous... ou pas. J'ai sonné à toutes les portes pour essayer de trouver un donneur, mais même si nous avons à présent l'argent pour l'opération, cela ne servirait à rien car il y a trop de gens avant nous sur la liste d'attente : preuve de l'incompétence du Dr Johnson et de son peu d'influence.

— Nous avons un donneur, Delaine, annonce Daniel avec un grand sourire.

Il se rappelle mon prénom. Cela me fait regretter d'avoir été odieuse avec lui à la soirée pour me venger de Noah.

— Un donneur? bafouille mon père.

Un sourire plein d'appréhension apparaît au coin de ses lèvres. Je vois bien qu'il s'efforce de ne pas trop s'enthousiasmer, comme s'il n'en croyait pas ses oreilles. À vrai dire, j'ai tout autant du mal à le croire, mais j'ai dans l'idée que Noah Crawford a quelque chose à voir là-dedans. Je suis certaine que c'est grâce à lui si son oncle, un cardiologue de renommée mondiale, est dans cette chambre en cet instant. Jamais je n'aurais imaginé, quand Noah a appris l'état de ma mère, qu'il se démènerait aussi vite et discrètement pour qu'on prenne soin d'elle. Il a déjà contribué sans le savoir à sa santé avec ses deux millions de dollars, et voilà qu'il met aussi les membres de sa famille à contribution. Une fois de plus, il montre son amour pour moi et je n'ai encore rien fait qui prouve que mes sentiments sont réciproques.

— Eh bien, nous sommes un centre de transplantation, et étant donné l'état de Mrs. Talbot, c'est un cas prioritaire, explique Daniel. Nous avions un donneur potentiel, et dès que nous avons eu les résultats d'analyses, nous avons eu confirmation qu'il était compatible. À présent il n'y a plus que des formalités administratives à accomplir, ainsi que l'opération en elle-même, évidemment.

— Elle va avoir un cœur tout neuf...

Je repense à Noah, et je regrette qu'il ne soit pas là. J'ai besoin de lui. Ma mère va peut-être avoir un cœur tout neuf, mais le mien est toujours brisé. Je doute fortement que l'hôpital fasse une promotion et en offre deux pour le prix d'un.

— En effet. (Daniel se racle la gorge alors qu'entre une infirmière qui ressemble à Betty Boop en blonde.) Mr. Talbot, si vous voulez bien suivre Sandra, elle va vous aider à remplir les formulaires et nous pourrons nous y mettre. Delaine, conclut-il en me saluant d'un sourire chaleureux avant de sortir.

— Génial ! Maman Talbot va avoir une nouvelle vie ! s'exclame Dez en brandissant le poing. Oh, pardon, ajoute-t-elle en gloussant devant le regard réprobateur de mon père. Je ne sais pas ce qu'il en est pour vous, continue-t-elle en se levant et en prenant son sac, mais toutes ces péripéties m'ont donné faim. Je crois que je vais descendre à la cafétéria prendre quelque chose. Si je ne suis pas revenue dans une demi-heure, allez voir aux urgences, et je ne dis pas ça parce que j'ai aperçu un aide-soignant latino à tomber par terre tout à l'heure. À la réflexion, une fois que j'aurai déjeuné, je pourrais faire mine de m'être blessée au bas-ventre histoire qu'il m'examine. Quelqu'un veut se joindre à moi ?

Le téléphone de Polly bipe pour signaler un message et je la regarde, remarquant qu'elle a pris un air soucieux avant de poser son café et de dire :

— Je viens. Il faut que j'appelle Mason, de toute façon.

Je me demande si cela signifie qu'elle va en profiter pour rendre des comptes à Noah, mais c'est peut-être un vœu pieux de ma part.

— Ça va aller, toute seule ici, pendant que je vais m'occuper des papiers ? demande mon père en mettant sa main sur mon épaule.

— Oui, vas-y. Je reste ici avec elle.

Je regarde la forme endormie de ma mère. Ses cernes sont encore plus visibles que ceux de mon père et elle est encore plus émaciée que lui. Je me sens coupable d'avoir vécu dans une demeure luxueuse dont le maître de maison a éveillé la déesse sexuelle en moi, pendant que les deux êtres qui me sont le plus chers souffraient. J'aurais dû être avec eux.

— Allons, elle va avoir un nouveau cœur, la possibilité de revivre vraiment, d'avoir du temps devant elle. Tout ira bien, et dès que les médecins auront estimé qu'elle est sortie d'affaire, tu as intérêt à retourner à tes études pour décrocher ton diplôme. C'est compris ? Pas question de geindre.

— D'accord, papa. Comme tu veux.

J'ai un petit rire tandis qu'il me serre contre lui avant de suivre l'infirmière. Il va être tellement déçu quand il découvrira que je ne me suis jamais inscrite à l'université, et je ne sais absolument pas comment je vais le lui cacher. J'aurais probablement dû m'en préoccuper avant de mentir, mais la prévoyance n'est pas mon fort.

Je vais m'asseoir dans le fauteuil au chevet de ma mère et je lui prends la main. Sa peau est froide et grisâtre, mais elle est toujours aussi douce. Je remarque que son vernis à ongles est écaillé et je me souviens de nos expéditions chez la manucure avant sa maladie. Elle disait toujours qu'elle se sentait mieux quand elle avait de l'allure. Je l'imagine malade, se redresser dans son lit et se vernir les ongles alors qu'elle savait qu'elle n'était absolument pas en état de sortir et que personne ne la verrait. Peut-être que c'est mon père qui les lui faisait. Je souris intérieurement en imaginant la scène.

— Allez, maman, dis-je à la forme silencieuse. Tu vas avoir un cœur tout neuf. Yeepee… (Je brandis les poings en l'air comme une pom-pom girl avec un grand sourire d'idiote. Heureusement que je tourne le dos à la porte et que personne ne me voit parler à quelqu'un qui ne peut pas me répondre. De quoi aurais-je l'air ?)

Mais avant, pendant que tu es dans les vapes et que tu n'entends rien de ce que je te raconte, il faut que je te dise quelque chose. Tu vois, j'ai fait la connaissance d'un type merveilleux. Il s'appelle Noah Crawford. (Je lève les yeux au ciel, sachant quelle aurait été sa réaction si elle avait pu m'entendre.) Oui, ce Noah Crawford-là. Ne te laisse pas abuser par l'argent et sa belle gueule : parfois, c'est un vrai salaud, mais c'est l'une des choses qui le rendent si merveilleux. Enfin, bref, cela fait un petit moment qu'on se voit, maintenant, et hier soir, il m'a dit qu'il m'aimait. (Là, ma mère pousserait un petit cri.) Oui, oui, continué-je en levant une fois encore les yeux au ciel alors qu'elle ne peut pas me voir. Seulement voilà… Ce matin, il m'a dit en gros d'aller me faire voir. J'ai l'impression qu'il l'a fait parce qu'il croit qu'il sait ce qui est le mieux pour moi – tu connais les hommes, hein ? – mais malgré tout, je n'ai pas pu lui dire ce que j'éprouve pour lui. (J'enfouis ma tête dans l'épaule de ma mère et je soupire.) Je ne supporte pas qu'il soit là-bas, et moi ici, et qu'il ne sache pas. On ne peut pas rêver plus tortueux, non ? Savoir et ne rien pouvoir faire. Ce n'est pas le genre de chose qu'on peut dire avec un texto ou au téléphone, pas vrai ? Il faut que ce soit face à face. Mais le problème, c'est qu'il n'est pas là et que je ne sais pas si je pourrai jamais le revoir. Il faut que tu m'aides, maman, parce que je ne sais absolument pas quoi faire.

— Je suis là, maintenant… dit une voix familière depuis le seuil. (Je sursaute et me retourne. Il est là, comme sorti des pages d'un magazine. Appuyé à l'embrasure, les mains dans les poches de son jean.) Dis-moi, Delaine, qu'est-ce que tu éprouves pour moi ?

Noah

J'ai tout entendu. Je ne l'ai pas épiée intentionnellement, c'est juste que je ne voulais pas interrompre le moment d'intimité qu'elle avait avec sa mère. Je me suis même apprêté à partir, mais quand j'ai entendu mon prénom, le naturel a pris le dessus et je suis resté pour voir si elle allait avouer à quel point elle me déteste. Mais il n'en a rien été, même si elle n'a pas exactement dit ce qu'elle éprouve vraiment.

Delaine me regarde, abasourdie, mais elle ne répond pas à ma question. Elle ne dit rien. Elle se lève d'un bond et se précipite vers moi. Je me redresse juste à temps pour la rattraper quand elle saute dans mes bras et m'embrasse comme si cela faisait des années qu'elle ne m'avait pas vu.

— Allons, allons, parviens-je à dire entre deux assauts de baisers. (Je sens le goût salé de ses larmes qui coulent sur ses lèvres. Elle ne peut plus s'arrêter de pleurer et tremble comme une feuille.) Tout va bien, ma chérie, dis-je en la serrant contre moi. Je suis là. Tout va bien se passer.

— Mon père ne peut pas me voir comme ça, Noah. Il n'est toujours pas au courant pour toi ni pour ce que j'ai fait et il ne doit pas l'apprendre. C'est tout simplement inconcevable, débite-t-elle d'un trait.

— Ne t'inquiète pas. Je m'en occuperai, la rassuré-je.

Il faut que je l'emmène dans le bureau de Daniel, où nous serons tranquilles. Au même moment, Polly fait irruption dans la chambre et se précipite sur moi.

— Bon sang, Noah ! Qu'est-ce que vous lui avez fait ? Elle va bien ?

Normalement, je répondrais qu'elle dépasse les bornes et je lui passerais un savon, mais vu les circonstances, je comprends sa brusquerie. Delaine et elle sont devenues proches et Polly se montre protectrice vis-à-vis d'elle comme de tout ce qui me concerne. Je laisse donc passer.

— Elle va bien, réponds-je. Il faut que je la fasse sortir d'ici.

— Non, je ne peux pas partir ! proteste Delaine entre deux sanglots, sans lever la tête.

— Mais non, ma chérie, je ne vais pas te faire quitter l'hôpital. Je veux juste t'emmener dans un endroit à l'écart pour que nous puissions parler en tête à tête, la rassuré-je en lui caressant les cheveux.

— Oh, mon Dieu, c'est Noah Crawford ! (Je lève les yeux et je me retrouve devant une fille toute en jambes, seins refaits, la taille beaucoup trop fine et deux tonnes de maquillage qui me bloque le chemin. D'abord, elle a des étoiles dans les yeux, puis elle me foudroie d'un regard assassin.) Lâchez-la tout de suite avant que je vous la coupe et que je vous la fasse avaler, espèce de salaud !

— Dez, laisse-le tranquille, marmonne Delaine, le visage toujours enfoui dans mon cou.

— Ah, Dez. C'est vous la meilleure copine, dis-je, comprenant. Écoutez, vous pourrez me la couper plus tard, je m'en chargerai même pour vous si vous voulez, mais pour le moment, je dois m'occuper de Lanie. Il faut que je l'emmène dans un endroit à l'écart avant que son père puisse la voir. Vous voulez bien veiller sur sa mère le temps que je la calme ?

Elle regarde Lanie, puis elle acquiesce à contrecœur.

Je me retourne vers Polly sans lâcher ma poupée à deux millions de dollars. Oh, et puis oublions le prix, c'est juste ma poupée, à présent.

— Polly, pour une raison qui m'échappe, vous savez vous y prendre avec les gens. Ils vous apprécient. Alors vous voulez bien rester là pour vous occuper de son père ?

— À vos ordres, dit-elle avec un clin d'œil en mimant un salut militaire.

Rien ne peut combler davantage Polly qu'avoir une mission à accomplir. Je la laisse avec Dez et emporte dans mes bras Lanie sans me préoccuper des regards curieux du personnel et des patients. Une fois arrivé au bureau de Daniel, je frappe et j'entre. Il se lève et, voyant Lanie dans mes bras, il prend un air soucieux.

— Je… euh, j'avais besoin d'un peu de tranquillité. Cela ne t'ennuie pas ?

— Pas du tout. Il faut que j'aille au bloc me préparer pour l'opération. (Il se racle la gorge en passant près de moi.) Verrouille la porte et personne ne vous dérangera.

Je fais asseoir Delaine sur le canapé après son départ, mais elle me retient quand je me redresse.

— Non, s'il te plaît, ne me laisse pas, me supplie-t-elle.

— Je ne m'en vais nulle part, Lanie. Je te le promets. Je vais juste fermer la porte à clé, d'accord ? (Elle hoche la tête et me lâche à contrecœur. Je cours à la porte, la verrouille et prends une bouteille d'eau dans le miniréfrigérateur.) Tiens, bois, dis-je en dévissant le bouchon et en la lui tendant.

Elle boit une minuscule gorgée et la pose sur la table. À peine suis-je revenu m'asseoir à côté d'elle qu'elle vient se blottir sur mes genoux et pose sa tête sur mon épaule. Elle tremble toujours et elle est visiblement bouleversée, mais je ne sais absolument pas comment la calmer.

— Chut, tout va bien, ma chérie. Tout va bien se passer, lui dis-je en lui caressant le dos et en lui embrassant le dessus de la tête. Dis-moi ce qui te met dans un tel état. Dis-moi.

— Oh, mon Dieu, Noah, ça ne va pas bien du tout. Elle est mourante. Enfin, elle *était* mourante, mais maintenant Daniel dit qu'il y a un donneur, et moi qui ai été tellement méchante avec lui à la soirée. Je savais seulement qu'elle était mourante, et puis Dez est venue me chercher parce qu'il fallait que je vienne ici, et je mourais de peur de ne pas arriver à temps. Je ne voulais pas te laisser, mais j'étais obligée. Et j'avais besoin de toi auprès de moi, mais tu n'étais pas là parce que tu m'avais quittée ce matin et je t'en ai tellement voulu. J'avais envie de te hurler dessus. Je voulais frapper ta jolie petite gueule d'imbécile et tu n'étais même pas là. Et j'ai toujours envie de te crier dessus et de te cribler de coups, mais je ne peux pas parce que tu es là et j'ai juste envie que tu me serres dans tes bras. Tu m'as abandonnée…

Elle débite ces propos incohérents d'une voix haletante, le visage ruisselant de larmes, mais je comprends très bien. Elle est bouleversée et terrifiée et je n'étais pas là quand elle avait le plus besoin de moi. Elle a raison. J'ai été idiot. Et elle a déjà bien assez de soucis en ce moment sans devoir se préoccuper de mes sottises.

— Je sais, ma chérie. Je suis désolé, dis-je, sincère. Je suis là, maintenant, et je ne m'en vais pas tant que tu ne m'auras pas dit que tu n'as plus besoin de moi.

— Tant mieux. Parce que je te le jure, Noah Patrick Crawford, si jamais tu m'abandonnes encore, c'est moi qui vais te tenir pendant que Dez te la coupe, ajoute-t-elle en redoublant de larmes.

Je reste assis avec elle en la berçant jusqu'à ce que tout sorte. Ses larmes, ses radotages, ses frustrations, sa tristesse, tout. Au bout d'un moment, elle se tait et je crois tout d'abord qu'elle s'est endormie, mais elle lève vers moi ses yeux bouffis et sourit. Je l'embrasse sur le bout de son nez rosi à force de larmes, puis je lui souris à mon tour.

— J'ai taché ta chemise, dit-elle d'une voix rauque.

— Ce n'est qu'une chemise, Lanie. Ce n'est pas grave, dis-je en lui massant le bras. C'est plus de toi que je m'inquiète.

— Je suis désolée de t'être tombée dessus comme ça et de t'avoir pris en otage dans cette folie, mais j'ai une vie généralement un peu agitée, dit-elle en haussant les épaules d'un air gêné avant de se baisser pour prendre un mouchoir en papier dans la boîte posée sur la table.

— Ce n'est pas un secret, Lanie, dis-je. Mais je trouve ce trait de caractère tout à fait attendrissant chez toi.

Elle se tamponne les joues avec un petit rire sans joie.

— Depuis quand es-tu ici ? demande-t-elle.

— Pas assez longtemps, rétorquai-je en prenant le mouchoir et en finissant la tâche à sa place. Félicitations pour le donneur, au fait.

— C'est grâce à toi, n'est-ce pas ?

— Je n'ai pas vraiment ce genre de pouvoir, Lanie.

— J'ai du mal à le croire, mais tu as quand même fait venir Daniel.

— Il se peut que je lui aie demandé de veiller au traitement de ta mère, oui.

— Alors tu es implicitement son sauveur, parce que s'il n'était pas intervenu, elle n'aurait jamais eu ce donneur.

Je soupire en repoussant une mèche de cheveux derrière son oreille.

— Je ne suis pas un super-héros, Lanie. (Je lui prends le menton dans la main et la regarde droit dans les yeux.) Mais je serais prêt à prendre une balle à ta place où à essayer d'arrêter d'un geste une locomotive lancée à pleine vitesse, ou encore de sauter du haut d'un gratte-ciel pour te retrouver. N'importe quoi du moment que cela te rendrait heureuse, parce que je t'aime et que je n'ai pas besoin d'une autre raison.

— Je t'aime aussi, chuchote-t-elle. (Mon sang ne fait qu'un tour et mon cœur se met à battre à se rompre. Elle m'aime. Ma poupée m'aime aussi.) Je ne connais peut-être pas autant de jolis mots que toi pour le dire, mais…

— Hé, la coupé-je avant qu'elle recommence à radoter. Je n'ai pas besoin de plus. Il me suffit de savoir que tu m'aimes.

Elle ferme les yeux et pousse un long soupir. Quand elle les rouvre, elle les plonge dans les miens.

— Noah Crawford, dit-elle, je t'aime tellement que parfois je manque d'air tellement mon cœur enfle et me comprime les poumons.

Je me penche lentement en avant et prends ses lèvres entre les miennes pour lui donner un baiser sensuel. Ses doigts se crispent sur ma chemise alors que je me recule, puis reviens pour l'embrasser à nouveau, chaque fois un peu plus profondément. Cela ne lui suffit pas et, franchement, à moi non plus. Sans interrompre le baiser, je m'extirpe de sous elle afin qu'elle puisse s'allonger sur le canapé. Je pose un genou entre ses jambes pendant qu'elle tire sur ma chemise pour m'attirer contre elle.

Nous nous embrassons comme des adolescents sur le canapé du bureau de mon oncle et je me sens revivre. Je remonte la main le long de sa cuisse jusque sous sa robe, et je m'arrête brusquement en atteignant sa hanche. Il y a quelque chose qui ne va pas du tout.

Je glisse mes doigts sous l'élastique et le fais claquer.

— Qu'est-ce que c'est que cela, Miss Talbot ? demandé-je, ma bouche contre ses lèvres.

— Culotte, répond-elle dans un souffle avant de répandre une traînée de baisers sur mon cou.

— Je sais. Mais qu'est-ce qu'elle fait sur toi ?

— Polly l'a apportée avec la robe, dit-elle en refermant ses mains sur mes fesses pour m'attirer contre elle.

— Mais tu n'étais pas obligée de la mettre… protestai-je en refermant mes mains sur les siennes.

Elles sont nues. Au moins, la culotte est un string. Elle pousse un cri et s'arc-boute quand je plonge sur son cou et le suçote avidement.

— Non, mais tu m'avais quittée, et même si je me disais que tu ne pourrais pas la voir, dans ma tête j'avais l'impression de prendre ma revanche. Et puis tu as déchiré le contrat, dit-elle d'une voix haletante.

— Peu importe le contrat, tu m'appartiens toujours, dis-je en me frottant contre elle et en lui arrachant un gémissement qui prouve combien j'ai raison. Et tu n'as pas été sage du tout, Delaine.

— Mmm, fait-elle en enroulant ses jambes autour de mes hanches. J'adore ça quand tu deviens possessif et que tu me menaces.

C'est ce que j'aime dans notre relation. Nous venons de nous avouer notre éternel et mutuel amour et nous sommes en train de nous lancer dans des ébats coquins dans le bureau de mon oncle. Mais ce n'est pas bien. Ce n'est ni le lieu ni le moment.

— Ma chérie, rien ne me ferait plus plaisir que de t'infliger ta punition, mais nous devons arrêter avant de nous laisser emporter, dis-je en me dégageant.

Elle laisse retomber sa tête sur l'accoudoir et desserre l'étau de ses jambes autour de ma taille.

— Tu as raison, soupire-t-elle en fermant les yeux. (Puis elle les rouvre, souffle bruyamment en contemplant ma poitrine et se redresse pour rajuster ses vêtements.) Tu vois ? C'est le genre de choses que tu fais tout le temps, Noah Crawford. Tu débarques et tu me provoques, en sachant très bien que nous ne pourrons pas continuer, alors que ma mère est au bout du couloir et s'apprête à passer au bloc. J'ai bien envie d'expliquer à mon père comment tu as profité de sa délicieuse et innocente petite fille pour la transformer en icône pour adolescents travaillés par leurs hormones. Oh, zut ! Papa ! s'exclame-t-elle.

— Quoi donc ? demandé-je en riant.

— Comment vais-je lui expliquer ce que tu fais avec moi ?

— Pourquoi pas ceci : *papa, je te présente mon petit copain, il est très riche et très sexy. Il a une bite énorme et il sait y faire avec sa langue ?* suggéré-je en me pourléchant les lèvres d'un air suggestif.

— Je suis sérieuse, Noah, dit-elle sèchement.

— Moi aussi, et je crois avoir déjà prouvé que c'est tout à fait exact, mais je peux toujours te rafraîchir la mémoire, ajoutai-je avec un sourire polisson et un haussement de sourcils, tout en glissant ma main entre ses cuisses, prêt à joindre le geste à la parole.

— Noah ! s'écrie-t-elle en me flanquant une tape sur la main et en allant arpenter la pièce. Mon père croit que je suis partie à l'université, pas à l'Agence de Défloration de Noah Crawford. Comment vais-je lui raconter que nous nous sommes rencontrés ?

— Je peux toujours partir et il ne saura rien de moi, proposé-je.

Elle s'immobilise tout net et se tourne en pointant l'index vers moi.

— Tu n'iras nulle part !

— Très bien, calme-toi, dis-je en levant les mains pour me rendre.

Les mains sur les hanches, elle se mordille la lèvre. Il faut qu'elle arrête de faire cela, sinon nous n'allons pas sortir de ce bureau sans avoir baisé comme des lapins. Je me lève, vais la rejoindre, pose un doigt sur sa lèvre et lui relève le visage.

— Je trouverai quelque chose. Retourne à la chambre de ta mère et dis discrètement à Polly et Dez de venir me retrouver ici sans que ton père le sache.

— Qu'est-ce que tu vas faire ?

— Je ne sais pas encore, mais je suis sûr que si nous nous y mettons à trois, nous trouverons une histoire crédible.

— OK.

Je lui donne un baiser aussi chaste que tendre, et l'accompagne jusqu'à la porte.

— Au fait, dis-je avant qu'elle parte. Je t'aime.

Le sourire qu'elle m'adresse en se retournant sur le seuil est si électrique qu'il éclairerait toute la ville.

— Moi aussi je t'aime.

3
Hors d'œuvres

Noah

Finalement, nous trouvons un plan. Il nous faut quatre heures pour l'échafauder, mais nous le trouvons. Évidemment, une partie de ce temps a consisté à attendre ma cousine Lexi, car Polly a estimé que nous avions besoin de renforts.

— Tu abuses vraiment, tu le sais ? me crache Lexi une fois que je lui ai expliqué pourquoi nous avons besoin de sa présence.

— Oui, je le sais, conviens-je, parce que c'est vrai, mais aussi parce que ce n'est pas la question qui nous occupe pour l'instant. Quoi qu'il en soit, la situation a changé. Je l'aime, elle m'aime, elle est dans la chambre avec son père et elle ne veut pas que je parte parce qu'elle refuse d'affronter tout cela toute seule. Et je ne le veux pas non plus. Alors, tu vas nous aider ou pas ?

— Oui, accepte-t-elle finalement en me lançant son habituel regard de garce. Mais je ne le fais que parce que tu as clairement profité de la situation. Elle ne mérite pas de souffrir des conséquences de ce que tu as fait.

Je n'y vois aucun inconvénient, car elle a raison.

À vrai dire, c'est Lexi qui a imaginé cet ingénieux plan. Je n'y ai pas contribué, car je n'arrivais pas à chasser de mon esprit l'idée de Delaine portant une petite culotte. C'est un mépris affiché à mon règlement, un coup minable, et elle va devoir être punie – et vite. J'ai hâte.

— Allez, l'équipe, on y va et on rapporte la victoire, dit Dez. (Nous nous apprêtons à sortir, mais elle me barre le chemin avec un regard tout à fait intimidant.) Vous et moi, il faut qu'on bavarde un peu, non ?

Je dois avoir l'air effrayé, car elle a une tête à avoir descendu un ou deux gardiens de prison en son temps.

— Ça ne peut pas attendre ? J'ai hâte d'aller retrouver Lanie.

— Oh, comme c'est mignon, fait-elle mielleusement. Non, ça ne peut pas attendre, reprend-elle en plissant les paupières. Vous lui avez fait du mal et je me fiche de savoir qui vous êtes et combien d'argent vous avez, pas question que vous vous en tiriez comme ça. Seulement, comme Lanie vous aime, je ne peux rien faire. (Elle s'avance et colle pratiquement son visage au mien.) Mais refaites-la pleurer et je vous fiche le feu là où je pense.

J'entends le déclic d'un briquet et je baisse aussitôt les yeux : sans que je m'en aperçoive, elle a réussi à me piquer mon briquet pour bien me faire comprendre où elle veut en venir. Je recule d'un bond en me protégeant instinctivement. Elle éclate de rire, referme mon briquet et me le plaque sur la poitrine. Ayant vu ce que Delaine a fait de la boîte envoyée par la boutique de Fernanda, je ne doute pas un seul instant que sa meilleure amie est aussi douée qu'elle en pyrotechnie. Et cela me rend nerveux. Très.

— Vous auriez dû voir votre tête !

Dez tourne les talons et fait un clin d'œil à ma traîtresse de cousine. Manifestement, les liens du sang ne sont plus ce qu'ils étaient. Malgré tout, je suis heureux que Lanie ait une alliée de plus prête à la défendre bec et ongles.

Nous sortons finalement du bureau de Daniel et nous rendons à la chambre de Faye quand Dez rejoint Lexi et continue bras dessus, bras dessous.

— Alors… tu es agent de sportifs ? Tu dois avoir des tas de relations. Tu pourrais me faire entrer dans les vestiaires des Gators ? C'est un peu le rêve de toute ma vie. OK, peut-être pas de toute ma vie, mais quand même. Vestiaires, grands costauds, tous nus… c'est complètement mon truc.

— Je suis agent de sportifs. Comme ces gamins croient tous qu'ils sont la prochaine star, ils meurent d'envie que je vienne les voir dans les vestiaires. Et pour ta gouverne, ils n'ont aucune pudeur, mais ils ont de toutes petites serviettes. (Elle hausse les sourcils avec un air qui me donne la nausée.) Donc, oui, je peux te faire entrer. On se fera ça un week-end.

— Oh, mais quelle coquine ! s'exclame Dez en feignant d'être choquée.

— Non, mais Brad n'est pas très chaud pour me laisser tenter ce genre d'expédition sans lui, explique Lexi en riant. Pas parce qu'il n'a pas confiance, mais parce qu'il sait qu'ils vont mater ce qui lui appartient, or c'est un petit pingre qui n'aime pas partager. Cela dit, ça n'a pas d'importance : il n'a pas à me dire ce que je dois faire. Et comme je t'aime bien, je vais tout organiser et je t'appellerai. Le voyage sera un cadeau.

— Alexis Mavies, du fond de mon cœur, je suis prête à t'épouser, dit Dez, très sérieusement.

— N'allons pas jusque-là, répond Lexi.

Les trois filles pouffent tellement de rire qu'elles attirent l'attention des infirmières en passant devant leur bureau.

— Chut… leur ordonné-je alors que nous approchons de la chambre de Faye. OK, Lexi, va faire ton numéro, dis-je en posant la main sur ses reins pour la pousser vers la porte.

— Attends une seconde, toi ! (Elle se tourne et me donne une tape sur le front. Heureusement que c'est ma cousine.) Un truc délicat comme ça exige de la finesse et un peu de préparation. Je ne vais pas me précipiter là-dedans sans m'être mise dans la peau de mon personnage. Polly ? Dez ?

Je soupire, vaincu, pendant que Polly se précipite vers la fontaine avec un gobelet. Lexi se tourne vers Dez, qui lui chiffonne ses vêtements pendant qu'elle se pince et se claque les joues. Polly revient avec son gobelet et s'apprête à le lui jeter dessus, mais Lexi l'arrête d'un geste.

— Attends un peu ! Je suis censée avoir l'air d'avoir couru un marathon, pas d'avoir remporté un concours de t-shirts mouillés !

— Ah oui, pardon, répond Polly avec un sourire penaud.

— OK. Alors… (Lexi s'ébouriffe les cheveux, rejette les épaules en arrière et redresse le menton.) Arrose-moi, chérie. Fais-moi ruisseler.

J'aurais pu faire un million d'observations obscènes après avoir entendu une telle consigne, mais c'est ma cousine, et il n'est pas question que je me fasse traiter de pervers. Sans compter que Delaine m'attacherait au pare-chocs d'une voiture et me traînerait dans la rue jusqu'à ce qu'il ne reste plus rien de moi. L'idée de finir incrusté de gravier ne me dit rien qui vaille.

Polly plonge le bout des doigts dans le gobelet et asperge le visage, le cou et la poitrine de Lexi jusqu'à ce qu'elle donne l'impression très convaincante d'avoir couru et d'être paniquée. Après quoi, Lexi se met à respirer à toute vitesse comme si elle était hors d'haleine, se tourne vers la porte et l'ouvre avec un air qui cadre parfaitement avec le plan que nous avons concocté.

Lanie

L'attente est insoutenable ; un peu comme quand on guette sur un test de grossesse l'apparition d'une ou deux lignes après avoir passé une nuit d'ivresse avec un type qu'on a ramené sans savoir qu'il n'a ni boulot ni argent. OK, ça ne m'est jamais arrivé, mais j'ai de l'imagination et j'ai vu beaucoup de séries à la télé. Ma mère est au bloc, mon père patiente à côté de moi en lisant le journal local, et Noah est quelque part en train de fomenter Dieu sait quel plan pour expliquer sa présence dans ma vie. Il ne me reste plus d'ongles à ronger et je ne tiens plus en place.

Sandra, l'infirmière qui ressemble à Barbie, est venue quelques instants plus tôt nous informer que tout s'était bien passé et que ma mère est en salle de réveil. Daniel va bientôt venir nous donner tous les détails. C'est une merveilleuse nouvelle, cependant il y a encore une autre catastrophe à gérer. Mon père est peut-être un peu dépassé par les événements, mais il ne s'en laisse pas facilement conter et je sais que nous allons avoir du mal à lui faire avaler quoi que ce soit. J'espère que le plan de Noah est aussi parfait que son cul et que mon père n'a pas son revolver sur lui.

Soudain, la porte s'ouvre d'un coup et je fais un tel bond sur ma chaise que je me cogne au mur.

— Oh, mon Dieu, Lanie ! Nous sommes venus dès que nous avons su, s'exclame Lexi en se précipitant dans la chambre et en se jetant dans mes bras. Tu vas bien ? Et ta mère ? Qu'est-ce qui se passe ?

— Lexi ? Mais qu'est-ce que tu fais ici ? demandé-je, décontenancée.

— Je te sauve la mise, me chuchote-t-elle à l'oreille.

Au même instant, je regarde par-dessus son épaule et j'aperçois Noah qui entre du pas nonchalant et gracieux d'un mannequin sur le podium. Non, oubliez. Il a plus l'air d'une rock star devenue un dieu du sexe. Sa main droite est glissée dans la poche de son jean et l'autre caresse nonchalamment son menton impeccablement sculpté, tandis que son pouce effleure sa lèvre et que sa langue me mime un « Salut ! ». Quand Noah met ce genre de jean, je ne me tiens plus. Oui, c'est l'effet que ce mec a sur moi. Et comme ma mère va bien, ma réaction devant lui n'est pas le moins du monde indécente, je vous en prie.

— Oh, mon Dieu, c'est ton père ? (Lexi me laisse en plan et se précipite sur mon père en tortillant des fesses. Oui, en tortillant des fesses, ce qui m'amène à me demander si l'ingénieux plan qu'ils ont trouvé tous les quatre repose sur l'infidélité, parce qu'elle n'y va pas de main morte côté papillonnements de cils et exhibition de décolleté vertigineux. Si cela continue, les rideaux vont s'ouvrir et révéler un mât de pole dance, un podium et un DJ.) Quel plaisir de faire votre connaissance, Mr. Talbot, dit-elle en lui tendant la main. Je suis Alexis Mavis, la colocataire de Lanie.

Ma colocataire ? Première nouvelle. Je décide bien sûr de ne rien dire et de voir où cela va nous mener. Un regard à Polly et Dez qui retiennent leur souffle m'indique que je fais bien.

Mon père est sous le charme de Lexi et j'ai envie de le gifler à le voir saliver comme ça alors que sa femme, ma mère, est quelque part en salle de réveil. Je sais bien que mon père ne la trahirait pas. Et soyons justes, ce n'est pas sa faute non plus. Je ne pense pas me tromper en avançant que Lexi fait cet effet-là à n'importe quel homme et que sa réaction est donc tout à fait normale. Et puis, il faut lui reconnaître qu'il ne reste pas longtemps hypnotisé par cette paire de nichons qu'elle agite devant lui.

— Alexis Mavis, la scandaleuse agent de sportifs et épouse de Brad Mavis ? demande mon père avec un air admiratif.

Ah, voilà qui explique pourquoi il salivait à ce point. La seule autre chose qui peut provoquer cette réaction chez un homme, c'est le sport, et mon père est un grand fan.

— La seule et unique, répond Lexi avec un sourire radieux.

Oh, ce qu'elle est douée.

Mon père a l'air aussi dérouté que moi. Je crois que je ne le laisse pas trop voir, étant donné que je suis totalement distraite par la présence de Noah. Ajoutez à cela le fait que je sache qu'il m'aime et je ne suis plus capable de quoi que ce soit de cohérent.

— Lanie ne vous avait rien dit ? demande Lexi en échangeant un regard avec moi. (Elle lève les yeux au ciel et pousse un soupir exaspéré en me voyant hausser bêtement les épaules.) Quand elle est arrivée sur le campus, il y a eu une confusion dans l'attribution des chambres : il ne restait plus de place. Et comme elle était très en retard, elle ne pouvait plus compter que sur elle-même. Brad et moi sommes des anciens de l'université de New York et nous étions là-bas pour déjeuner avec le doyen, mais en partant, nous avons surpris la conversation et nous avons voulu l'aider. Elle a eu de la chance, nous avions une chambre libre dans notre penthouse juste à côté du campus, explique-t-elle d'un air tout à fait convaincant.

— Et tu ne nous as pas appelés parce que… ? demande mon père, en penchant la tête de côté avec ce petit regard qu'il me lançait toujours quand j'étais petite et que j'avais fait une bêtise.

— Eh bien, je… réponds-je en cherchant de l'aide du côté de Lexi.

— Elle était prête à reprendre ses sacs et retourner chez vous, mais je suis une chaude partisane des études et je ne pouvais pas la laisser renoncer à cause d'une erreur administrative, intervient Lexi. (Je trouve qu'elle en fait un peu trop, mais si cela marche, je suis prête à lui faire une ovation debout et à lui donner un oscar.) En plus, Brad est souvent absent pour les matchs et un peu de compagnie ne me fait pas de mal. Elle vient avec moi à des tas de réceptions où Brad ne peut pas aller à cause de son emploi du temps, et c'est là qu'elle a fait la connaissance de mon cher et tendre cousin Noah.

— Noah ? demande mon père en se tournant vers moi. Qui c'est, Noah ?

— C'est moi, monsieur, dit Noah en s'avançant vers lui, la main tendue. Noah Crawford. Je suis ravi de faire enfin votre connaissance. Lanie m'a tellement parlé de vous et de sa mère.

— Ah oui ? fait mon père en me jetant à nouveau un regard oblique. Eh bien, j'aimerais pouvoir en dire autant à votre sujet.

J'entends d'ici son détecteur de bobards qui crépite à tout-va.

— Oui, excuse-moi pour ça, papa, dis-je en me levant pour rejoindre Noah et faire les présentations pour rattraper la situation. (Noah me prend par la taille et m'attire contre lui, signe que nous formons un front uni. Seulement, du coup, je suis distraite parce que je le sens tout contre moi et que je peux respirer son odeur.) Papa, je voudrais te présenter mon… euh… petit copain, Noah Crawford, terminai-je.

Je suis tellement peu sûre d'avoir choisi le bon terme que cela sonne plus comme une question que comme une affirmation. Mon père nous regarde, puis il baisse les yeux vers la main de Noah et finit par la serrer.

— Le célèbre Noah Crawford, hein ?

— De Scarlet Lotus, confirme Noah. Je suis vraiment désolé d'apprendre la maladie de votre épouse. Puis-je vous demander comment elle va ?

— Exceptionnellement bien, répond une voix derrière nous. (Tout le monde se retourne alors que Daniel entre avec le dossier de ma mère. Il s'arrête tout net en voyant Lexi à côté de mon père.) Je vois que vous avez fait la connaissance de mon neveu et de ma fille ? demande-t-il à mon père. (Celui-ci hausse un sourcil en comprenant le tour que nous avons essayé de lui jouer.) Le monde est petit, sourit-il.

— Oui, apparemment, répond mon père. Et donc, en ce qui concerne ma femme ?

— Eh bien, comme je l'ai dit, elle se porte exceptionnellement bien, reprend Daniel avec un calme tout professionnel. La transplantation s'est déroulée sans aucune difficulté. À présent, il va falloir attendre de voir si son organisme tolère son nouveau cœur. Elle va être suivie de très près durant sa convalescence.

— Nous pouvons la voir ? demandé-je.

— Pour le moment, le repos est capital pour qu'elle se remette. La moindre émotion, explique-t-il en nous regardant les uns après les autres et en s'arrêtant sur Noah et moi, ne peut que lui être néfaste. En conséquence, je vous propose de limiter les visites à vous, Mr. Talbot. Sandra va vous emmener la voir dans quelques minutes.

— Mais Lanie est sa fille, proteste mon père.

— Je veux la voir, insisté-je.

— Vous la verrez, répond Daniel. Mais soyez patiente, je vous en prie. Pour l'instant, c'est un par un.

— Vas-y la première, Lanie, propose mon père, même si son expression trahit combien il aimerait être à ma place.

— Ce n'est pas grave, papa, le rassuré-je avec un sourire. De toute façon, j'ai faim. J'irai la voir quand elle ira mieux.

— Et si je t'emmenais manger quelque chose ? propose Noah en me faisant un chaste baiser sur la tempe. Je craignais que tu oublies tellement tu es inquiète et je ne m'étais pas trompé.

Il me fait son irrésistible sourire sexy. Je me mords la lèvre, me retenant de me jeter sur lui devant tout le monde. Mon père n'apprécierait pas autant que moi ce petit intermède érotique.

— Nous allons venir avec vous, propose Polly en prenant le bras de Dez.

Je suis vraiment ravie de voir les deux versants de ma vie se rejoindre avec autant de facilité.

— OK, dis-je en prenant la main de Noah. Dis à maman que je l'embrasse et que je viendrai la voir dès que j'y serai autorisée, d'accord ?

— Pas de problème, ma chérie, dit mon père en attrapant un journal posé sur une table.

Daniel nous adresse un sourire entendu et s'en va. Lexi, Dez et Polly lui emboîtent le pas, mais alors que Noah et moi nous apprêtons à sortir, mon père nous arrête.

— Lanie ? demande-t-il. Je peux te dire un mot ? En tête à tête ?

Un peu inquiète, je fais un sourire d'excuse à Noah.

— Je t'attends à l'ascenseur, dit-il en me déposant un baiser sur le front avant de rejoindre les autres.

Je respire un bon coup pour me calmer, puis je me tourne vers mon père en m'efforçant de sourire.

— Qu'y a-t-il ?

— Pourquoi il t'a fallu autant de temps avant de venir voir ta mère ?

— Comment ça ? Je suis venue dès que Dez m'a prévenue.

Mon père jette le journal sur la petite table entre nous et me le désigne du menton. Je m'approche et le retourne pour mieux voir. Et là, en une de la rubrique mondaine du *Chicago Times* du jour, figure une photo de Noah et moi sur le tapis rouge de la soirée de Scarlet Lotus. Le titre proclame : *Le célibataire le plus convoité de Chicago est-il déjà pris ?*

— Papa, je peux expliquer, commencé-je.

— Pas besoin, Lanie, répond-il en m'arrêtant d'un geste. Tout ce que je sais, c'est que tu étais à Chicago. Et même si je n'avais pas lu l'article, je me demandais déjà comment tu avais réussi à arriver aussi vite de New York. Je me faisais tellement de souci pour ta mère que je n'ai même pas remarqué à quel point c'était suspect que tu aies obtenu une bourse à la dernière minute et que tu puisses partir à New York du jour au lendemain. Ensuite, deux millions de dollars sans indication de provenance apparaissent sur notre compte en banque et tout d'un coup, le cardiologue le plus prestigieux s'intéresse à ta mère, et il se trouve que c'est le père de ta prétendue colocataire, laquelle se trouve être la cousine du (il désigne le journal d'un geste) « célibataire le plus convoité de Chicago ». Ce type ne sait pas quoi faire de son argent et ma fille – tellement timide qu'elle n'est même pas allée à la soirée de fin d'année de son lycée – sort avec lui et sa photo se trouve dans le journal ? (Il soupire et secoue la tête.) Ça ne tient absolument pas debout, mais pour le moment, peu importe. Nous avons droit à un miracle et je soupçonne que toutes ces *coïncidences* ont un rapport, mais je ne remettrai pas en question ce miracle parce qu'il me permet d'avoir encore un peu avec moi mon épouse. Fais simplement en sorte que je ne le regrette pas.

— D'accord, papa, dis-je avec un immense sourire. (Je m'approche encore et me baisse pour l'embrasser sur le front.) Merci.

— Oui, oui, oui. Fiche le camp et va manger quelque chose. Tu es trop maigrichonne. Et quand tout sera fini et que ta mère sera rentrée chez nous, vous viendrez tous les deux dîner pour que les présentations soient faites dans les règles.

Traduction : il veut présenter Noah à son Smith & Wesson.

Même s'il me laisse tranquille pour le moment, je le supplie du regard de ne pas m'embarrasser le moment venu. Noah compte pour moi et la dernière chose dont j'ai besoin, c'est que mon père joue les protecteurs auprès de sa fille de vingt-quatre ans. Je ne suis plus une gamine et je suis plus que capable de me débrouiller toute seule. Il pourrait user de cet argument s'il savait jusqu'où je suis allée pour aider ma famille, mais pour moi, c'est une preuve de force et non de faiblesse. Malgré tout, je sais qu'une fois qu'il aura vraiment fait la connaissance de Noah, il sera conquis tout comme je l'ai été. Et puis, ce sera peut-être amusant de voir le grand Noah Crawford, lui qui aime tant tout contrôler, se tortiller sur son siège pour changer.

— C'est noté, dis-je en le serrant dans mes bras. Je reviens tout à l'heure voir comment va maman.

Une fois que j'ai quitté la chambre, je pousse un long soupir de soulagement avant de me diriger vers les ascenseurs. Je n'ai pas fait trois pas que deux mains surgissent d'une embrasure et m'attirent dans une chambre. Je ne pousse pas un seul cri et je ne me débats pas non plus, car j'ai senti le parfum de mon agresseur bien avant de le voir.

— Noah, qu'est-ce que tu fais ? dis-je en riant tandis qu'il me plaque contre le mur et se colle contre moi.

— Je t'ai dit que j'étais affamé, répond-il en me dévorant le cou de baisers.

— Non, pas du tout. C'est moi qui ai dit que j'avais faim, gloussé-je.

— Bonnet blanc et blanc bonnet, réplique-t-il en me plaquant d'une seule main les deux bras au-dessus de la tête.

— Vous êtes insatiable, Mr. Crawford, dis-je en me laissant aller.

— C'est contagieux, Miss Talbot, dit-il en refermant sa main libre sur mon sein droit qu'il caresse.

— Alors, que faisons-nous ici, dans ce cas ?

— Je pense que vous avez besoin d'un peu de… comment dit-on ? Gestion de stress ? (Sa main descend sur mon flanc, puis il la glisse sous ma robe et sur le devant de ma petite culotte. Je gémis et frissonne dès que ses doigts frôlent ma chair et commencent à me caresser le clitoris.) Mmm… Oui. Vous aviez besoin de cela, n'est-ce pas ?

Sa langue s'enroule autour du lobe de mon oreille qu'il suçote et mordille.

J'essaie de dégager mes mains pour les plonger dans ses épaisses boucles de cheveux, mais il me maintient fermement.

— Ah, ah, ah, Lanie. On ne touche pas. On goûte seulement.

Il souligne le dernier mot en enfonçant son long doigt en moi et en lui imprimant de lents va-et-vient. Sa paume appuie sur mon clitoris qu'elle masse à chaque mouvement, au point que mes jambes se dérobent sous moi. Je tomberais à genoux s'il ne me retenait pas à bout de bras.

Je sens un deuxième doigt s'insinuer en moi et caresser les parois de ma chatte jusqu'à ce que je me mette à onduler. Il fait aller et venir ses doigts avec une lenteur qui me rend folle, puis il accélère et ralentit de nouveau. C'est délicieusement insoutenable et il suffirait d'un geste de trop pour que mon corps explose.

— Pas si vite, chuchote-t-il contre mes lèvres avant de s'en emparer dans un baiser brûlant. (Il retire ses doigts, me laissant frustrée. Je proteste d'un gémissement et il rompt le baiser avec ce petit rictus cruel qui me fait immanquablement fondre.) Patience, ma chérie. Tu sais que je m'occupe toujours de toi.

Il s'écarte et m'abaisse les bras jusqu'à ce qu'ils soient plaqués le long de mon corps, paumes à plat contre le mur.

— Je vais te lâcher les mains, Delaine, mais je veux que tu les laisses là où elles sont. Si tu les bouges, tu n'auras pas le droit de jouir. C'est compris ?

— Je te déteste vraiment, dis-je, même si je suis prête à faire tout ce qu'il demande.

— Mais non, sourit-il, narquois. Tu m'as déjà dit que tu m'aimais et tu ne peux pas revenir là-dessus.

Il m'embrasse le bout du nez et retire lentement ses mains.

Noah

Je me mets à genoux et glisse les mains sous sa robe pour la remonter sur ses cuisses. Incapable de résister à l'envie de titiller son sexe, je goûte du bout de la langue la soie noire trempée.

— Mmm, quel hors-d'œuvre. Je pense que je vais le garder pour tout à l'heure.

Je lui arrache sa petite culotte. Je l'ai déclarée hors la loi et il n'est pas question qu'il y ait un obstacle entre moi et ce que je désire.

Lanie pousse un cri de surprise et je lève un regard malicieux vers elle.

— On ne sait jamais, je pourrais avoir faim plus tard, dis-je avec désinvolture. Mais je n'ai pas oublié votre insolent mépris pour l'interdiction de la culotte, Miss Talbot. Vous me le paierez. Plus tard.

Je glisse sa petite culotte dans ma poche de jean. Une fois cela fait, je pose les mains entre ses cuisses laiteuses et les écarte afin de les offrir à l'invasion. Je ne prends pas mon temps, je n'essaie pas d'être lent et sensuel : j'enfouis mon visage entre ses cuisses et m'y attaque. Lanie se cambre et ses genoux se dérobent, mais je la maintiens fermement par les hanches. Il n'est pas question qu'elle échappe à ma bouche tant que je n'aurai pas décidé de la libérer.

Je me redresse légèrement, alternant coups de langue caressants et exigeants, et je vois du coin de l'œil ses doigts trembler.

— Ne bouge pas les mains, ma chérie. Je m'en voudrais de devoir m'arrêter avant de t'avoir donné ce que tu désires, mais je suis un homme de parole et je le ferai. Alors ne joue pas à ce jeu-là avec moi, dis-je avant de frôler de mes lèvres son point sensible.

— S'il te plaît, Noah. S'il te plaît, il faut que je…

J'adore l'entendre quémander ce que je suis le seul à pouvoir lui donner. Cela me fait incroyablement bander et j'ai une irrépressible envie d'y plonger ma bite. C'est vrai, rien ne nous empêche de nous soulager en même temps. De faire d'une pierre deux coups, si j'ose dire. Je donne un dernier et délicieux long coup de langue sur sa chatte, puis je me relève et pose les mains sur le mur de part et d'autre de sa tête. Je me colle contre elle pour qu'elle sente à quel point je bande.

— Voilà l'effet que tu me fais. C'est vraiment douloureux, mais je t'assure que le plaisir en fait partie, lui dis-je.

Je continue de me frotter contre elle et lui arrache des gémissements appréciateurs. Je recule vivement, déboucle ma ceinture et baisse juste assez mon jean pour que ma bite en jaillisse. Après quoi, je glisse les mains entre ses cuisses et les écarte tout en la soulevant de façon à ce qu'elle ait les jambes posées sur mes avant-bras.

— Je vais prendre mon temps avec toi une fois que nous serons rentrés, mais pour le moment, on va faire vite. Cramponne-toi à moi, ma chérie, lui ordonné-je, lui donnant enfin la permission de me toucher.

Elle passe les bras sous les miens et se cramponne à mes épaules. Je la pénètre, à fond. Nous poussons tous les deux un gémissement de plaisir que j'étouffe de ma bouche sur la sienne, préférant éviter d'attirer l'attention d'une infirmière fouineuse ou – Dieu nous en préserve – de son père qui se serait mis en tête d'enquêter. Je ne tiens surtout pas à commencer ma relation officielle avec la femme que j'aime en étant méprisé par son père, voire en finissant dans un tiroir à la morgue, même si au-dessous de la ceinture, je suis déjà gagné par une raideur qui n'a rien de cadavérique.

Je pilonne inlassablement sa petite chatte serrée. Elle enfonce dans mes épaules ses ongles que je sens à travers ma chemise, mais loin de me retenir, cela me fait du bien, car je sais qu'elle fait cela à cause du plaisir que je lui donne. Ses baisers se font suppliants, mes coups sont de plus en plus violents, puis enfin, je la sens qui se crispe sur ma bite et gémit dans ma bouche. Son corps se raidit entre mes bras dans l'orgasme, me laissant la liberté de me laisser aller à mon tour et de me répandre en elle dans un dernier grognement étranglé.

C'est haut la main le coup le plus rapide de ma vie. J'avoue que je me sens un peu nul de m'être comporté ainsi juste après que nous nous sommes mutuellement juré notre amour. Il faut vraiment que je me rattrape plus tard, jusqu'à ce qu'elle soit pleinement comblée. Et que je recommence depuis le début car, comme elle l'a fait remarquer, je suis un baiseur insatiable. Littéralement.

Je me retire et la repose délicatement à terre. Elle chancelle un peu dans mes bras et je l'attire contre moi.

— Doucement, ma chérie. Ça va ?

— Oh, oui, je me sens vraiment bien, soupire-t-elle avec satisfaction.

Sa réponse me fait glousser. Elle a le même effet sur moi. Cela ne me surprend pas vraiment, car c'est ainsi depuis la première semaine que nous avons passée ensemble, et il en sera toujours de même.

Toujours ? Suis-je en train d'envisager le long terme dans cette relation ? Carrément, oui. Elle est à moi.

4

Enviez-moi, les filles

Lanie

— Je n'y crois pas ! piaille ma mère.

— Oh, sûrement que si, s'esclaffe Dez devant sa réaction. Vous auriez dû le voir, Faye. Il a fait comme ça... (Dez rentre son menton dans sa poitrine et écarte les épaules pour imiter l'homme le plus fort du monde et baisse la voix pour se moquer de mon père.) C'est ma femme, mon petit gars, et il n'est pas question que je reste sans rien faire pendant qu'un aide-soignant boutonneux tout juste sorti de l'adolescence et encore travaillé par ses hormones la lave ! Je suis le seul à avoir le droit de toucher ce petit lot ! Lâchez cette éponge et cette bassine et reculez lentement, mon petit gars, avant que ça se gâte.

Ma mère rit aux éclats quand Dez termine son petit numéro très éloigné de la réalité et c'est un bonheur de l'entendre. Je ne l'ai pas entendue rire comme cela depuis tellement longtemps que j'ai oublié à quoi cela ressemblait. Évidemment, si mon père avait entendu Dez, il n'aurait pas trouvé cela aussi drôle. Heureusement, il est resté à la maison pour préparer le retour de ma mère.

Dix jours se sont écoulés depuis son opération. Pour le moment, tout va bien. Elle a repris des couleurs, elle est assise dans son lit, elle rit, mange, sourit... bref, elle vit. La cicatrice sur sa poitrine est encore rouge, mais elle a nettement guéri et elle la fait à peine souffrir quand elle tousse. Du moins, c'est ce qu'elle prétend. Quoi qu'il en soit, elle a de nouveau le regard pétillant et elle suit avidement toutes les consignes de santé qu'on lui donne pour que la greffe ne soit pas rejetée.

Elle s'inquiète seulement pour les parents de la jeune femme qui lui a donné cette nouvelle chance. Elle voudrait les remercier et leur présenter ses condoléances, mais Daniel a déclaré que la famille avait préféré ne pas divulguer son identité. Sur sa suggestion, je rédige avec ma mère une lettre qu'il accepte de leur transmettre, dans laquelle nous leur disons espérer qu'ils trouvent la paix malgré leur peine. J'espère également que ma mère trouvera la sienne, mais elle est sentimentale et je sais que l'idée que quelqu'un ait dû mourir pour lui permettre de vivre va la hanter jusqu'à son dernier jour. Espérons qu'il est encore très loin.

— Eh bien, ça ne s'est pas tout à fait passé comme ça, intervient Polly.

— Sûrement que si, rétorque Dez.

— Mon père ne dit jamais « petit lot », dis-je.

— Euh, si, me contredit ma mère avec un sourire coquin.

— Oh, quelle horreur, maman ! m'indigné-je, certaine que je vais avoir un mal de chien à chasser de mon esprit les images que ces paroles viennent de susciter.

— Oh, je t'en prie, Lanie, répond-elle. Comment crois-tu que tu es venue au monde ? Je t'assure que ce n'était pas l'Immaculée Conception. Nous nous sommes bien amusés quand nous t'avons fabriquée, continue-t-elle en prenant un air rêveur. Les choses que ton père sait faire avec son…

— Ne termine pas cette phrase ! la coupé-je. Les vieux qui font ça, c'est trop dégoûtant !

— Les fêtes l'inspirent vraiment, continue-t-elle. On ne fête jamais Noël sans sa bûche et il remplit ma cheminée de cadeaux. À Pâques, il cache ses œufs – c'est parfait pour lui, je t'assure : avec ses petites fesses blanches, on dirait le derrière d'un petit lapin. Pour Halloween… (Je me bouche les oreilles et fredonne pour couvrir ses paroles. Sans résultat. Je l'entends tout de même.) Le jour de la Fête nationale, comme tu t'en doutes, ton père a une fascination pour la statue de la Liberté, alors j'ai un costume…

— Arrête ! Arrête ! Je t'en prie ! la supplié-je. Je refuse d'en entendre plus !

Elle finit par se taire devant mes cris et elle me jette son fameux regard qui signifie qu'elle sait que je lui cache quelque chose.

— Ne fais pas l'innocente, dit-elle en lissant les draps sur son ventre. J'ai vu ce beau gosse que tu balades partout avec toi. Vous êtes toujours en train de vous tripoter. Je parie que c'est un champion au lit aussi, hein ? Après tout, c'est quand même Noah Crawford, le célibataire le plus convoité de Chicago.

— Sans rire ? Je vais vomir, fait Lexi d'un ton las en examinant ses ongles. J'adore mon cousin et tout ça, soupire-t-elle en se redressant sur sa chaise, mais je n'ai vraiment pas envie d'entendre les détails.

— Tais-toi donc, toi, réplique ma mère qui veut la jouer entre copines. Je veux tout savoir. Alors, me demande-t-elle, ce garçon, il a vraiment été gâté par la nature ?

— Oh ! Pas question que je réponde, dis-je, aussi gênée qu'atterrée. (J'ai envie de me cacher six pieds sous terre.) Pour qui tu te prends ? Une cougar ? Il faut que je te rappelle que je suis ta fille et que tu dépasses les limites de la bienséance ?

Dez prend la défense de ma mère, comme toujours quand il s'agit de me tourmenter.

— Arrête de jouer les saintes nitouches et raconte-nous tout. Tu es arrivée tout en cuir avec des talons de douze, les lèvres écarlates, et tu as séduit Danny Zuko. (Son obsession pour *Grease* frise la démence.) Laisse-nous vivre ce conte de fées par procuration. Enfin, ma chérie, tu as décroché le gros lot, le moins que tu puisses faire, c'est t'en vanter un peu devant tes copines qui ont eu moins de chance. (Elle croise les jambes, pose le coude sur son genou et le menton dans sa main.) Allez, quand il s'occupe de toi, il y va à fond tout de suite et il te fait grimper aux rideaux ? Ou bien il y va tout doucement ? Et n'essaie pas de me mentir, ma cocotte : j'ai vu combien il chausse et la taille de ses mains !

— Oh, mon Dieu ! Je refuse d'en croire mes oreilles, marmonné-je. C'est pour la caméra invisible, c'est ça ?

Dez fait des moulinets pour mimer une caméra imaginaire braquée sur moi.

— Lanie Marie Talbot, c'est de votre vie qu'il s'agit, reprend-elle d'un ton d'animatrice de jeu télévisé. Alors dites-nous… C'est une trottinette ou un semi-remorque ?

— Allez, dis-nous, renchérit Polly.

Je suis choquée. Mais vraiment. Elle est totalement obnubilée par la conversation, comme si j'allais livrer le secret de la vie éternelle ou quelque chose de ce genre. Noah est son patron et elle est mariée à l'un de ses plus proches amis, mais tout ce qui l'intéresse, c'est se mêler de mes affaires et savoir s'il en a une grosse.

— Dis-leur, bon sang, soupire Lexi en levant les yeux au ciel. Comme ça, on pourra refermer ce chapitre répugnant.

— Très bien ! m'exclamé-je en levant les mains au ciel. Il est énorme, OK ? É-nor-me ! Et il baise comme un dieu ! Je reste sur le cul à chaque fois. C'est tout juste si je ne me mets pas à parler en langues et à avoir la tête qui tourne à trois cent soixante degrés comme si j'étais possédée. Si le sexe le plus exceptionnel de l'univers devait s'incarner dans un être vivant, ce serait un clone de Noah Crawford. C'est le champion des orgasmes, l'alpha et l'oméga du sexe. On devrait la lui couper et l'empailler pour l'exposer au-dessus de la cheminée, ou dans une vitrine en verre blindé avec alarmes thermiques et détecteurs de mouvements au musée de la Bite ! C'est le saint Graal des pénis et il est le seul à savoir en exploiter toute la puissance. Bref, Noah Crawford est le sexe fait homme. Il me fait friser les orteils et me donne des convulsions. Voilà. Vous êtes contentes ?

La chambre est plongée dans un tel silence qu'on entendrait une épingle tomber. Ma mère est restée bouche bée et Polly ouvre de grands yeux. Quant à Dez…

— Si tu devais donner une dimension précise, ce serait… ?

J'entends quelqu'un se racler la gorge et je me retourne brusquement. Noah est sur le seuil, les mains dans les poches. D'après son rictus satisfait, il a dû entendre suffisamment de mon discours pour avoir la tête aussi grosse que ce qu'il a dans le pantalon. Génial. Il va être encore plus impossible à vivre.

— Désolé de vous interrompre, mesdames, poursuit-il en entrant. Mrs. Talbot, vous avez une excellente mine.

— Je, euh… Merci, bafouille ma mère, qui pense apparemment encore à ce que je viens de débiter et est probablement en train d'imaginer mon petit copain tout nu.

Lorsqu'elle est revenue de la salle de réveil, Noah était à mes côtés et je me rappelle qu'elle est restée bouche bée en se frottant les yeux comme si elle n'en revenait pas de ce qu'elle voyait. Elle rayonnait comme la mère d'une gamine qui vient de remporter un concours de beauté et est déjà l'objet des convoitises de tous les pédophiles. Non que ma mère ne m'ait jamais traitée ainsi, ni que Noah soit un pédophile, mais il est à la frontière ténue entre pervers et fou de sexe. Bref, ma mère était ravie que sa fille ait un petit ami. Et que ce soit avec Noah Crawford qu'elle sorte ? Oui, ça aussi, ça lui plaisait bien.

— Tu m'as manqué, dit Noah en se baissant derrière moi et en déposant un très chaste et délicat baiser dans mon cou, avant de m'envelopper les épaules de ses bras et de s'adresser à ma mère. J'ai parlé à Mr. Talbot en chemin et il m'a dit que tout le matériel médical était arrivé aujourd'hui et avait été installé. Apparemment, tout est prêt pour que vous puissiez rentrer dès que Daniel aura donné son feu vert.

— En fait, le Dr Crawford a dit que je pouvais rentrer demain, si je n'ai aucune complication d'ici là, s'enthousiasme ma mère. Je tiens à vous remercier pour tout ce que vous avez fait. Je sais que vous ne voudrez jamais reconnaître que c'est grâce à vous, mais si vous n'aviez pas agi, je ne serais pas là en cet instant et ma fille serait loin d'être aussi heureuse qu'elle a l'air de l'être. Vous avez changé la vie de toute notre famille, Noah, et nous ne pourrons jamais vous rendre cela.

— Je ferais n'importe quoi pour Lanie, répond-il en me serrant contre lui. De toute façon, je n'ai fait que ce que tout un chacun aurait fait en ayant les moyens, Mrs. Talbot. Je ne suis pas un saint.

— Eh bien, à mes yeux, vous l'êtes, et je n'oublierai pas de sitôt ce que vous avez fait, répond ma mère avec un regard embué. (Elle respire un bon coup et se ressaisit avant de reprendre.) Alors, Lanie, qu'est-ce que tu comptes faire ? Tu vas retourner à l'université ?

Oui, mes parents s'imaginent toujours que je suis inscrite à l'université de New York. Comment vais-je me sortir de ce pétrin ? Lexi vient à mon secours.

— En fait, j'ai joué sur mes relations au bureau du doyen, dit-elle, et je l'ai convaincu de laisser Lanie suspendre sa scolarité pour ce trimestre et la reprendre au suivant, sans que cela affecte sa *bourse*, précise-t-elle. (Elle me jette un regard indiquant que je suis censée faire ce qu'elle dit. Comme si elle avait réussi à tromper son monde la dernière fois qu'elle a joué un numéro. Tu parles.) Elle peut donc rester auprès de vous pendant un petit moment.

— C'est merveilleux ! s'extasie ma mère. Tu vas revenir à la maison, alors ?

— Euh… (Je suis prise de court. Je n'ai pas vraiment pensé à ce que je vais faire, ni où je vais aller une fois qu'elle sortira de l'hôpital. Je me tourne pour regarder Noah, espérant qu'il va voler à ma rescousse, mais son air abattu ne m'offre ni consolation ni espoir de pouvoir rentrer avec lui. D'après son faible hochement de tête et son sourire forcé, il tente de dissimuler que lui non plus ne souhaite pas cette séparation. En même temps, il devait bien savoir que cela arriverait, ce qui signifie qu'il se sacrifie à nouveau pour moi et ma famille. Sauf que pour une fois, j'aurais préféré qu'il soit égoïste et exige que je reste avec lui, mais je sais qu'il n'en fera rien. Je me tourne vers ma mère pour ne pas devoir regarder sa belle gueule, en espérant avoir la force de répondre ce que je suis obligée de dire.) Oui, maman, je vais rentrer à la maison.

Je lui adresse un demi-sourire que j'espère assez convaincant pour qu'elle ne culpabilise pas.

Quel genre de fille suis-je devenue ? Je devrais mourir d'envie d'être auprès d'elle pour l'accompagner dans sa convalescence, car elle n'est pas au bout de ses peines. Mais je n'arrive pas à m'imaginer dormir dans mon lit glacé – ce lit où j'ai dormi nuit après nuit en me demandant si j'étais condamnée à ne jamais savoir ce que c'est de se blottir dans la chaleur d'un corps, ne jamais connaître le feu qui bouillonne dans les veines au contact des doigts d'un amant, ne jamais savoir ce que c'est d'être adorée par quelqu'un qui compte.

Je sens l'haleine brûlante de Noah sur mon oreille quand il prend la parole juste derrière moi.

— Si cela ne vous ennuie pas, Mrs. Talbot, j'aimerais vous la voler pour la soirée, dit-il d'une voix rauque. Sauf si vous avez besoin d'elle ici, bien sûr.

Toujours à jouer le gentleman plein d'attention ! *Mais balance-moi sur ton épaule comme un homme des cavernes, bon sang ! Emporte-moi dans ta grotte en poussant des grognements pour mettre en garde quiconque essaierait de te prendre ta proie !* Dieu sait que ce mec n'a aucun problème à se comporter comme cela quand il a décrété qu'il sait mieux que personne ce qui est le mieux pour moi. C'est peut-être sacrément tordu de ma part, mais j'ai un peu envie de retrouver ce Noah-là. Du moins en cet instant.

— Non, non, non. Lanie est restée auprès de sa vieille mère malade tous les jours depuis que je suis hospitalisée, répond-elle. Elle a besoin de sortir. Allez, vous… hum… vous amuser tous les deux.

Elle essaie de retenir ses gloussements, mais Dez et ses deux acolytes se mettent à ricaner et c'est la pagaille. Non, mais vraiment. On croirait des gamines. Il est évident qu'elles ne sont pas près d'oublier mon couplet sur Noah le dieu du sexe. C'est à cet instant que je me rends compte que je possède ce qu'elles convoitent manifestement. Elles sont jalouses, sauf Lexi, bien sûr. Je tiens à profiter de ce que je viens de découvrir et les faire toutes souffrir pour m'avoir mise dans l'embarras. Je me lève, et après avoir embrassé ma mère, je prends la main de Noah et l'entraîne vers la porte.

— Où allez-vous ? demande Polly.

Je m'arrête tout net et je fais volte-face.

— Je pars à la quête du saint Graal, réponds-je avec un sourire entendu. Enviez-moi, les filles !

* * *

— L'alpha et l'oméga du sexe, hein ? demande Noah alors que nous entrons dans l'ascenseur vide et que les portes se referment sur nous.

J'inspire profondément pour m'étourdir de son parfum qui remplit le petit espace. Je crois même que je ronronne.

— Quelque chose de ce genre.

Brusquement, Noah me plaque contre la paroi de tout son poids et sa bouche couvre la mienne d'un baiser brûlant. Ses mains sont partout : elles me caressent les seins, m'empoignent les fesses, frôlent le point délicat sous la couture de la braguette de mon jean. L'attaque est si rapide et furieuse que j'ai à peine le temps de reprendre mon souffle. Mais cela n'a aucune importance, je suis convaincue de pouvoir vivre sans oxygène, car tant que Noah continue de faire ces choses qui me font battre le cœur, c'est que je suis encore vivante. Certes, je vais probablement en ressortir un peu étourdie, mais cela en vaut la peine.

L'ascenseur tinte pour signaler l'arrêt à un étage. Avant que les portes s'ouvrent, Noah s'écarte et se replace à mes côtés. Une infirmière monte avec un plateau-repas. Si j'en juge par ses grands yeux écarquillés quand elle me regarde, elle doit avoir parfaitement compris ce que nous faisions. Je suis encore haletante, je suis sûre d'être un peu décoiffée et toute froissée, et je sens même que j'ai le feu aux joues. Quand l'infirmière cesse enfin de me dévisager, son regard passe sur Noah et elle étouffe un cri. Je me tourne pour le regarder et je le trouve tout à fait normal. Je me dis que l'infirmière a probablement dû succomber comme toutes les autres femmes quand je remarque soudain l'énorme bosse de son entrejambe. Apparemment, l'infirmière ne dévisage plus seulement, elle se rince l'œil. Pas question que je la laisse faire. Je me place vivement devant lui pour la priver du spectacle de sa bite colossale – elle est à moi.

Heureusement, une autre infirmière monte à son tour et les deux femmes nous tournent le dos et entament la conversation. Mais ce n'est pas pour autant que je vais me priver de lui arracher les yeux pour avoir osé mater mon homme.

Noah me prend par la taille et m'attire contre lui, si bien que mes fesses se retrouvent appuyées contre sa braguette. Du bout du nez, il me frôle l'oreille tout en se frottant contre moi et en chuchotant :

— Alors, jalouse ? (Je secoue la tête. Il glousse discrètement et dépose un baiser sur ma nuque.) Sûrement. (Son haleine brûlante caresse mon oreille.) J'ai envie de te sauter. Tout de suite. Ici. Dans cet ascenseur. Sous leurs yeux.

Mon cœur se met à battre de plus belle. Jamais je ne me serais considérée comme une perverse, mais je ne suis pas vraiment surprise que l'exhibitionnisme se révèle excitant pour moi. Noah m'a déjà montré de nombreuses facettes différentes de celle que je suis réellement et dont j'ignorais jusque-là l'existence. Et du diable si je ne meurs pas autant d'envie que lui de faire ce qu'il suggère. Et je sais que ce n'est pas seulement pour que ces deux garces sachent que c'est à moi qu'il appartient.

L'ascenseur s'arrête finalement au rez-de-chaussée et Noah me conduit jusqu'à la sortie où Samuel nous attend avec la limousine. Une fois que nous y sommes montés, Noah m'attire contre lui et m'embrasse longuement.

— Tu m'as manqué, dit-il enfin.

Il est resté à mes côtés durant toute cette épreuve. Il n'y a pas eu un jour où nous avons été séparés, mais je sais ce qu'il veut dire. À l'exception d'une seule occasion, nous n'avons pas pu nous isoler pour nous occuper de… nos petites affaires. Nous sommes sur les nerfs et une autre séparation nous guette, puisque je risque de retourner habiter chez mes parents. Avec un peu de chance, nous aurons un peu plus de moments d'intimité, car je ne suis pas du tout contre l'idée de filer dans les bois avec lui et nous amuser comme deux adolescents.

— Moi aussi, chuchoté-je en lui caressant la joue.

Un sourire malicieux se peint sur son visage.

— Et n'imagine pas que j'ai oublié ta punition non plus.

— On ne va pas recommencer avec cette fichue petite culotte, soupiré-je en levant les yeux au ciel.

— Oh, que si, dit-il en m'empoignant brutalement par les cheveux et en me forçant à le regarder, ce qui m'excite carrément. C'était un petit coup minable, et vous le savez très bien, donc vous devez être punie.

— Et quelle sera ma punition, Mr. Crawford ? demandé-je, m'empressant de jouer le jeu.

— Oh, je crois que j'ai une petite idée. Vous avez faim ? (J'acquiesce.) Tant mieux, car j'ai quelque chose pour vous juste là. (J'entends cliqueter la boucle de sa ceinture et la fermeture éclair de sa braguette descendre.) Tes lèvres m'ont manqué, dit-il en me donnant un chaste baiser. Et ta bouche aussi, soupire-t-il.

Ce n'est pas à ma tendance aux sarcasmes qu'il fait allusion et cela me grise totalement, car je sais que je peux le soulager avec le plus grand plaisir.

Sans me lâcher les cheveux, il baisse ma tête vers son entrejambe où se dresse déjà sa bite. Je réprime une envie de rire, car je ne suis pas du tout intimidée. Comment quelque chose que je désire pourrait-il être une punition ? Je m'en tire à bon compte. Même si tout le plaisir sera pour lui. C'est peut-être ce qu'il cherche, d'ailleurs.

— Je t'aime, gémis-je en espérant qu'il changera d'avis s'il a effectivement l'intention de me priver de ma jouissance.

— Mmm, moi aussi, ma chérie. Maintenant, suce-moi, dit-il en me poussant la tête.

Je suis toute contente qu'il n'ait pas pour autant perdu ce côté dominateur qui me plaît tellement chez lui, sous prétexte que nous nous sommes avoué notre amour. Ce ne serait pas pareil. *Lui* ne serait pas pareil et je n'ai pas du tout envie qu'il change.

Comme l'angle sous lequel je suis n'est pas particulièrement confortable, étant donné la grosseur de son sexe, je me laisse glisser sur le sol entre ses jambes et je le prends dans ma main. Sa peau est brûlante et douce comme de la soie, mais il est dur comme de la pierre et je ne peux m'empêcher de l'admirer. Il est tout ce dont je me suis vanté devant les filles et il m'a tellement manqué. Je le prends en bouche et ronronne d'aise de le retrouver. Il a vu juste : j'apprécie un peu trop d'avoir sa bite dans ma bouche.

— Putain, oui. Tu aimes ça, hein ? Les petites coquines aiment bien sucer, hein, ma chérie ? Putain, montre-moi.

Il gémit en relevant mes cheveux afin de mieux voir ce que je suis en train de faire.

Je ronronne de plus belle et le suce avec encore plus d'enthousiasme, désireuse de le satisfaire. Ma salive qui ruisselle le long de sa tige me facilite le mouvement et me permet de l'engloutir plus profondément.

— Bon sang, siffle Noah, c'est parfait. J'adore entendre ces bruits humides quand tu me suces bien à fond comme ça.

Je commence à accélérer la cadence, aiguillonnée par ses encouragements salaces, quand un grondement monte des tréfonds de sa poitrine. Noah me tire violemment les cheveux et m'arrête. Puis il se met à onduler des hanches, faisant rapidement aller et venir sa bite dans ma bouche. Je le sens me cogner le fond de la gorge à chaque fois puis se retirer presque entièrement avant de s'enfoncer à nouveau. J'ai un mal de chien à me retenir de vomir, mais j'adore qu'il me défonce la bouche comme ça.

— J'aimerais tellement que tout le monde voie comme tu es belle quand tu me suces, grogne-t-il sauvagement.

Je ne sais absolument pas ce qui me prend : peut-être est-ce le souvenir de l'ascenseur, ou le fait que je veuille que tout le monde voie combien cet homme me fait du bien, mais quoi qu'il en soit, je tends le bras pour appuyer sur la commande de la vitre. Elle descend pour offrir à tout Chicago une vue imprenable sur notre petit numéro. J'ai l'impression d'être une star du porno qui vient de remporter un hot d'or, même si la seule chose qui apparaisse est ma tête qui monte et descend et les grimaces de plaisir de Noah. Mais ne vous méprenez pas : n'importe quel conducteur qui arrive à notre hauteur sait sans aucune ambiguïté ce que nous sommes en train de faire à l'arrière de la limousine.

— Oh, putain, ce que je t'aime, gémit Noah, alors que les lumières de la ville qui se répandent par la vitre baissée balaient son visage ciselé.

Je l'engloutis autant que je peux, avalant son gland à fond de gorge avant de le libérer.

— C'est ça, ma chérie. Continue de me sucer comme ça et quand nous serons arrivés à la maison, je te donnerai ce que tu attends, grogne-t-il en s'enfonçant dans ma bouche d'un coup de hanches. Je vais baiser ta petite chatte bien serrée et ensuite, je vais défoncer ton beau petit cul.

Jeu, set et match, but, panier – peu importe le terme, tout ce que je sais c'est que j'ai envie de remporter le trophée.

Je lui donne tout ce que j'ai et je le dévore comme une affamée qui n'a pas mangé depuis des jours et qui tombe sur un buffet à volonté. Toutes les leçons qu'il m'a données me sont plus utiles que jamais. Il donne des coups de hanche tout en me poussant la tête de sorte que sa bite se loge tout au fond de ma gorge, et il jouit. Son sperme brûlant est comme une éruption de lave dans ma bouche. Je l'avale le plus vite que je peux, préférant ne pas trop sentir le goût salé du liquide visqueux, mais ravie des gémissements extatiques de fauve qui s'échappent de ses lèvres délicieuses.

— Bon sang, halète-t-il en retombant dans un dernier sursaut tandis que je libère sa bite. Je t'aurais baisée d'une manière ou d'une autre, mais là, il n'y a pas de mot pour décrire l'effet que ça m'a fait.

— Alors je suis pardonnée pour la petite culotte ? gloussé-je.

— Oui, tu l'es, dit-il avec un sourire en coin tout en se rajustant. Mais ne recommence jamais, parce que je ne serai que trop heureux de te faire subir la même punition.

— Des promesses, des promesses, chantonné-je en m'essuyant le coin des lèvres.

La voiture ralentit puis s'arrête et en regardant par la vitre, je m'aperçois que nous sommes arrivés. À la maison. Je me sens soudain nauséeuse, ne sachant pas combien de temps je vais devoir rester sans lui, ni les conséquences qu'aura notre séparation sur les sentiments qu'il éprouve pour moi. C'est vrai, son bureau et sa maison sont à Chicago et moi je vais être coincée à Hillsboro. Ce n'est pas vraiment le bout du monde, mais avec son emploi du temps, je ne risque pas de le voir souvent.

— Eh bien, qu'est-ce qu'il y a ? demande-t-il en me soulevant le menton pour me regarder dans les yeux.

— Je ne sais pas si je vais le supporter.

— Quoi donc ?

— Être loin de toi.

— Je ne m'en vais nulle part, Lanie.

— Oui, mais moi si, dis-je en me dégageant et en me redressant. Et tu as envie de sexe constamment, ce qui est d'ailleurs précisément la raison pour laquelle tu m'as achetée… (Je m'interromps brusquement en le voyant grimacer comme si je venais de le gifler.) Pardon, ce n'est pas ce que je voulais dire. Je… Bon sang, ça me tue, tu sais.

— Oui, je sais, répond-il à mi-voix. Mais il reste les week-ends et je viendrai à Hillsboro à la moindre occasion.

Je croise les bras en faisant la moue.

— Bien sûr, ce sera comme ça pendant un certain temps et puis tu t'en lasseras, tu viendras de moins en moins souvent jusqu'à ce que ce soit seulement une fois de temps en temps, juste par habitude. Tu commenceras à m'en vouloir et tu n'auras pas le temps de t'en rendre compte que tu ne viendras plus du tout parce que tu seras passé à autre chose.

Je frissonne en sentant déjà le vide qui se creuse dans mon cœur.

— Ne fais pas ça, dit-il.

— Quoi donc ?

— Ne nous condamne pas si vite, explique-t-il en se passant une main dans les cheveux, irrité. Je t'aime, Lanie. Il m'a fallu beaucoup de temps pour pouvoir m'ouvrir ainsi de nouveau, et je ne vais pas te lâcher aussi facilement. Je suis à toi et tu es à moi, et nous allons tirer le meilleur du temps que nous passerons ensemble. Maintenant, descends.

Il ouvre la portière et sort en me tendant la main. Je repense à ma première nuit chez lui, quand j'ai refusé sa proposition et que je ne me serais jamais douté que nous en arriverions où nous sommes aujourd'hui. Je prends cette main tendue qui symbolise le couple que nous formons et qui sera capable d'aller jusqu'au bout.

J'ai à peine posé le pied par terre qu'il me soulève et me jette sur son épaule – exactement comme l'homme des cavernes que j'attendais qu'il soit à l'hôpital – et me porte jusqu'à l'entrée. Je glousse devant sa brutalité qui me fait oublier la douleur de notre séparation, heureuse de ne vivre que dans l'instant. Car si nous devons nous contenter de petits moments dérobés, je tiens à les vivre à fond en espérant que tout ira bien.

Une fois entrés, il me porte jusqu'à son bureau, ouvre un tiroir et en sort quelque chose que je ne vois pas, étant donné que je suis la tête en bas, le nez collé à ses fesses. Le sang me monte à la tête, mais le spectacle étant magnifique, je ne me plains pas.

— Qu'est-ce que tu fais ? demandé-je en riant.

— Tu vas bien voir, dit-il en tournant les talons.

Il m'emporte dans l'escalier puis le long du couloir. Je connais bien le chemin : il se dirige vers la chambre, où, espérons-le, nous aurons droit à quelques agréables ébats. Quand il me repose sur mes pieds, le sang qui reflue de ma tête m'étourdit.

— Commençons par le début, dit Noah en me retenant, une règle à la main. Si tu tiens à te vanter de moi, j'estime que tu dois avoir des informations fiables.

— Une règle ? demandé-je.

— En effet, sourit-il, narquois. Peut-être aurais-je dû en prendre une plus longue ?

Il veut que je mesure son sexe ? *Quel égocentrique !*

Je hausse les épaules. Si on ne peut pas le raisonner, autant lui faire plaisir. Sans compter que je suis très curieuse de connaître moi-même le chiffre exact.

Je prends donc la règle et tends la main vers son pantalon.

— Holà, holà ! m'arrête-t-il en reculant. Tu ne peux pas le mesurer tout de suite, Delaine. Je sais que je suis impressionnant au repos, mais encore plus quand je bande. Il faut que tu attendes que je sois excité.

— Mmm, je vois, dis-je en m'approchant. Eh bien, je vais tenter de m'occuper de cette question. Tout cela uniquement dans l'intérêt de la science, évidemment.

Je le plaque contre le mur et entreprends de l'embrasser tout le long du cou. En même temps, je le saisis au creux de ma paume et le masse à travers son jean. Même au repos, il est encore d'une taille impressionnante, mais il ne faut pas bien longtemps pour que la bosse dans son pantalon grossisse et durcisse sous mes doigts et je ne peux retenir le sourire satisfait qui se peint sur mes lèvres.

— Tu es… très douée, gémit Noah.

— Mmm… J'ai eu un très bon professeur, dis-je en reculant et en débouclant son jean. Je crois que tu es à point, maintenant, grand garçon.

Son énorme bite jaillit et je referme la main dessus afin de l'immobiliser et de la mesurer correctement. Je suis impressionnée. Non, mais vraiment. Noah fait presque vingt-trois centimètres, et j'ai eu tout cela en moi, et cela va finir dans mon cul. J'avoue que je suis un peu intimidée.

— Et voilà, sourit-il. La preuve que la bite de ton petit copain est vraiment le saint Graal.

Je jette la règle en levant les yeux au ciel.

— Tu m'as entendue depuis le début ?

— Exactement, répond-il avec un sourire cynique, le regard pétillant.

Il s'avance vers moi et saisit le bas de mon chemisier qu'il soulève au-dessus de ma tête.

— Et maintenant tu as la grosse tête, c'est ça ? dis-je en déboutonnant sa chemise.

Je couvre sa poitrine de baisers en respirant son odeur au creux de chaque muscle.

— Eh bien, je crois que j'ai de bonnes raisons, non ? (Il ôte ses chaussures d'un coup de pied et détache la boucle de mon soutien-gorge dont les bretelles glissent sur mes épaules.) Et elle est tout entière à toi, ma chérie, dit-il en prenant mes seins et en suçotant l'un des tétons. Mon Dieu, j'ai tellement envie de te baiser.

Il ne nous faut pas bien longtemps pour nous déshabiller l'un l'autre et, avant d'avoir le temps de m'en rendre compte, je me retrouve étalée sur le lit avec la tête de Noah entre les cuisses.

— Mmm, je t'aime, ma chérie, murmure-t-il contre la chair ruisselante.

Sa langue me titille rapidement le clitoris, puis il l'aspire dans sa bouche et le tète délicatement, tout en continuant de l'agacer avec talent du bout de la langue. Je relève les genoux et referme mes cuisses sur sa tête en gémissant au contact de son menton râpeux. Deux doigts s'insinuent en moi tandis que deux autres s'affairent entre mes fesses. Comme il me prépare pour l'invasion, je me détends du mieux que je peux, savourant les autres sensations qu'il me procure pour faire diversion. Quelques instants plus tard, je me surprends à pousser en avant pour aller avidement à la rencontre de ses doigts.

— Oui, tu en as envie aussi, hein ? (Je parviens tout juste à gémir en guise de réponse.) Ne t'inquiète pas, ma chérie, je vais te la donner. Il faut juste que je sois sûr que tu es prête.

Je jouis violemment en ondulant des hanches, puis je me raidis quand l'orgasme s'empare de tout mon corps et me paralyse. Noah retire délicatement ses doigts et rampe sur le lit jusqu'à moi. De tendres baisers couvrent mon épaule et mon cou jusqu'à ce que mon souffle retrouve sa régularité et que je reprenne mes esprits. Noah m'enveloppe de ses bras et me retourne le dos contre lui. Puis il me pénètre par-derrière.

Il me fait l'amour tendrement en me serrant contre lui et en murmurant à mon oreille son amour et son admiration.

— Je t'aime tant, lui dis-je en lui embrassant la paume, qui est pratiquement la seule partie de son corps qui reste à ma portée.

— Je sais, ma chérie, répond-il en plongeant son visage dans ma nuque. Moi aussi, je t'aime. Mon Dieu, que tu es bonne.

Mais je peux lui en donner encore plus.

— Noah, je suis prête, dis-je, sentant qu'il attend ma permission avant d'aller plus loin.

— Tu es sûre, ma chérie ? demande-t-il en m'embrassant tout le long de la nuque jusqu'à l'oreille. Bon sang… j'ai tellement envie, mais je ne veux pas te faire mal.

— Tu sais comme moi que jamais tu ne pourrais me faire mal, le rassuré-je. S'il te plaît !

Noah passe la main au-dessus de moi pour ouvrir le tiroir de la table de chevet et en sortir un flacon de lubrifiant. Sans s'écarter de moi, il en prend un peu sur le bout de ses doigts et l'étale sur mon anus, tout en continuant ses va-et-vient en moi.

— Ce sera une première pour moi aussi, chuchote-t-il en m'embrassant l'épaule avant de sortir et de se lubrifier le sexe.

— Tu ne l'as jamais fait ? m'étonné-je.

— Non. Alors si cela fait trop mal, il faut que tu me le dises, d'accord ?

Je sens le bout de sa bite qui appuie contre mon anus. J'acquiesce en retenant mon souffle. Je suis inquiète, mais j'en ai affreusement envie : une première pour tous les deux. Enfin quelque chose que nous aurons ensemble et que personne d'autre ne pourra jamais nous enlever.

Je le sens qui pousse très lentement en avant. Puis, d'un vif et bref coup de reins, il est en moi. La sensation cuisante m'arrache un cri et je me raidis, retenant de nouveau mon souffle en m'efforçant de réprimer la douleur que provoque la dilatation. Des larmes me montent aux yeux malgré moi, comme si j'étais une petite fille qui vient de tomber et de s'écorcher le genou ; sauf que c'est bien davantage. Mon instinct naturel me souffle de le repousser, mais je ne bouge pas, je me contente de fermer les yeux, retenant mon souffle de peur que le moindre mouvement n'empire les choses.

— Respire, ma chérie. Il faut que tu respires, chuchote-t-il d'une voix tendue tout en me caressant amoureusement les bras de ses mains tremblantes et en semant des baisers sur mes épaules. Respire et essaie de te détendre. Cela va passer.

J'expire longuement et m'efforce de détendre mes muscles. Il a raison : dès que je commence à me détendre, la douleur s'atténue un peu.

— Continue, lui dis-je.

— Tu es sûre ? demande-t-il d'une voix rauque et tremblante. Je ne suis pas allé plus loin que le gland.

Quoi ?!

Je hoche rapidement la tête en serrant les dents. J'inspire profondément et j'expire, me préparant à ce que la douleur redouble. J'en suis capable. Je peux le faire rien que pour lui.

— Seulement… vas-y lentement, dis-je d'une voix tendue.

— Je te fais mal. Ne le faisons pas, répond-il.

Je le sens qui s'apprête à se retirer et c'est absolument hors de question.

— Non ! J'en ai envie. S'il te plaît, Noah, laisse-moi te faire ce cadeau. Accorde-moi ça, le supplié-je tout en reculant un peu pour lui prouver à quel point je le désire.

Je l'entends pousser un gémissement. De plaisir, pas de dépit. C'est l'effet que je viens de lui faire. Puis je sens ses douces lèvres humides et chaudes frôler mes épaules tandis qu'il commence à entrer en moi à nouveau. Ce n'est pas tout à fait aussi douloureux, juste inconfortable. Mais plus il bouge, plus il s'enfonce, plus je me détends et commence à apprécier les sensations. Un gémissement m'échappe et je sens se resserrer l'étreinte de ses bras et sa respiration s'accélérer. Je veux savoir qu'il apprécie lui aussi. Je veux l'entendre le *dire*.

— Quel effet ça te fait? demandé-je. Ça te plaît ?

— Oh, mon Dieu, ma chérie. Tu ne peux pas savoir, gémit-il de sa voix rauque en répandant son haleine brûlante sur mon cou. Tu es tellement bonne.

— Encore, vas-y, continue, le pressé-je, consciente qu'il se retient de peur de me faire mal. Mais je veux qu'il y aille à fond et à dire vrai, ça me plaît pas mal. Je savais que je ne grimperais pas aux rideaux la première fois, mais ce n'est pas grave.

Noah me saisit par la hanche et me maintient fermement pendant qu'il donne ses coups de reins, de plus en plus rapides et profonds.

— C'est ça, mon chéri, l'encouragé-je. Fais ce qui te donne le plus de plaisir. Je veux que tu jouisses à fond.

— Bon sang, ce que j'aime t'entendre me dire des trucs cochons comme ça, parvient-il à répondre entre deux halètements.

Il n'a pas besoin d'en dire plus. Si cela lui plaît, je vais lui en donner encore plus.

— Noah, j'ai ta bite énorme dans mon cul, gémis-je pour allier les sensations mentales aux sensations physiques. Oh, mon Dieu, chéri. Tu es en train de m'enculer.

Et le tour est joué.

— Putain, merde, gronde-t-il, les dents serrées. Je… ne… peux… pas… m'arrêter. Oh, mon Dieu. Je vais… Putain, je vais jouir, chérie.

Noah s'enfonce violemment en moi, ses hanches claquent sur mes fesses et sa main m'empoigne la taille si brutalement que je suis sûre que j'aurai un bleu demain matin. Il me mord l'épaule et rugit en jouissant comme un fauve en furie. Je ne peux que me cramponner tout en souriant de satisfaction. C'est moi qui ai fait cela pour lui. Je lui ai donné ce que personne ne lui avait encore donné ni ne lui donnera jamais si j'ai mon mot à dire là-dessus. Et je recommencerai mille fois. Parce que j'en suis capable.

Cela m'a fait plutôt mal. Mais la douleur et l'inconfort que j'ai subis valaient la peine au final, car c'est un lien que seuls lui et moi partageons. Je sens tout le plaisir que je lui ai donné et je suis ravie qu'un homme qui maîtrise apparemment toujours tout ne soit plus maître de lui quand il s'agit de moi. C'est une liberté qu'il mérite et je veux qu'il en soit toujours ainsi.

Quand j'ai rencontré Noah, j'étais vierge dans tous les sens du terme, physiquement comme émotionnellement, et il m'a fait connaître un monde de plaisirs indicibles. Il a peut-être payé deux millions de dollars pour m'avoir, mais je lui dois tellement plus que cela pour tout ce qu'il m'a offert en échange. Je lui dois mon cœur, mon âme, mon corps – ils sont entièrement à lui.

— Je t'aime tellement, Noah Crawford, chuchoté-je en passant une main dans mon dos pour caresser ses fesses. Merci.

— Moi aussi, je t'aime, Delaine Talbot, répond-il sur le même ton. (Je sens son cœur qui bat contre mon dos et sa poitrine pantelante.) Je n'imagine pas partager quelque chose d'aussi intime avec quiconque d'autre que toi. Merci de m'avoir fait confiance.

5
La fleur rouge s'ouvre

Noah

Faire l'amour à Lanie est ce qu'il y a de plus facile à réaliser au monde parce que je l'aime de tout mon être. Mais la faire souffrir pour assouvir mon propre plaisir a été une torture.

J'en avais tellement envie. C'est d'autant plus excitant que c'est interdit. Mais quand je l'ai pénétrée pour la première fois et que je l'ai entendue étouffer un cri et se raidir… Je m'attendais à ce qu'elle ait mal au début, mais je ne pensais pas que ce serait à ce point et je ne pouvais pas lui faire subir cela. J'ai voulu arrêter, mais elle m'a pratiquement supplié de continuer. C'est en voyant combien elle tenait à vivre ce moment, cette première fois avec moi, une première pour moi aussi, à donner même si elle ne recevait rien d'autre que de la douleur en échange, que j'ai continué malgré mes réserves.

Je lui aurais donné tout ce qu'elle demande. J'aurais décroché la lune pour la déposer à ses pieds délicats, rassemblé tout l'univers en une minuscule boule pour la placer dans ses petites mains, je lui aurais donné n'importe quoi. Parce qu'elle mérite tellement plus que cela et que je sacrifierais toute ma vie pour qu'elle ait tout ce qu'elle désire.

Mais rien ne pourra jamais compenser le fait que je l'ai traitée comme une putain, comme rien de plus qu'un bout de viande qui n'était là que pour satisfaire mes envies de baise, comme un jouet de plus dans ma collection, un objet. Ni le fait que j'ai volé son innocence. Comment allons-nous arriver quelque part alors que notre relation est née des entrailles d'intentions impures ? Il faut que j'aie la foi, car si notre relation est faussée, je préfère tout arrêter. Vous voyez ? Elle a vraiment fait de moi sa chose soumise. Laissez-moi vous le prouver…

Sur le moment, je suis dans tous mes états. Je tremble de peur de lui faire mal — et la force qu'il m'a fallu pour me retenir et ne pas la pilonner : c'est dire à quel point c'était bon. Cela ne veut pas dire que sa chatte l'était moins ; c'est juste que me livrer à cette danse interdite avec elle était tellement… On ne partage ce genre de choses qu'avec quelqu'un en qui on a confiance, avec qui on envisage de passer le reste de sa vie, avec qui on a un putain de lien sacré.

L'intimité de ce moment n'a rien à voir avec ce que j'ai surpris entre Julie et David. Entre eux, il n'y avait rien d'intime du tout. Ce n'était rien de plus que deux obsédés qui baisent pour baiser, pour me fendre le cœur et me laisser exsangue. Ils peuvent chercher pendant tout le reste de leur misérable vie, jamais ils ne trouveront rien qui approche ce que je vis avec ma Lanie. Ma Lanie.

Nous avons besoin de cette intimité avant d'être séparés. Et bien que je sache qu'il faut que je reste fort pour elle, je suis effondré de savoir qu'elle ne sera pas là quand je rentrerai le soir, qu'elle ne sera pas nue à mes côtés dans le lit chaque nuit, que je ne verrai pas chaque jour cette lumière dans son regard. Ce regard qui exprime bien plus que ne le pourraient mille mots. Ce regard qui dit que je suis son univers, tout comme elle est le mien. Les lèvres peuvent dire n'importe quoi, mais les yeux, les yeux ne mentent jamais. Et ce que je vois dans les siens reflète ce que j'éprouve dans tout mon être. Elle m'aime. Elle m'aime vraiment, moi. Pas mon argent, pas mon statut social. Moi. Et contre vents et marées, je vais tout faire pour que cela dure.

Delaine bouge ses fesses contre moi, me rappelant que je suis encore en elle. J'ai débandé, mais je suis de nouveau excité à chacun de ses mouvements et si elle continue, je vais avoir de plus en plus de mal à me retirer d'elle. Il est évident que j'aimerais beaucoup recommencer, je sais qu'elle va rester endolorie et ce n'est pas parce qu'elle tient à se donner encore à moi que je vais en profiter. Sa simple présence est suffisante et il est temps pour moi de lui donner quelque chose en échange. Aussi, avant que ma bite gonfle trop et la fasse souffrir encore plus, je me retire… espérant qu'elle supportera mieux si je le fais rapidement.

La culpabilité me transperce le cœur quand elle tressaille et je me fais immédiatement encore plus attentionné. Je veux vouer un culte à cette femme, lui montrer combien je la vénère, et m'occuper d'elle, pour changer, tout comme elle s'est occupée de tous ceux qui l'entourent, moi y compris.

— Pardonne-moi, ma chérie, dis-je en la retournant et en la serrant contre moi. Je suis tellement désolé de t'avoir fait mal.

Elle pourrait sangloter dans ma poitrine ou me cribler de coups de poing avec ma bénédiction, elle pourrait faire tout ce qu'elle veut en représailles pour la douleur que je lui ai infligée, mais ce qu'elle fait me laisse abasourdi. Elle glisse une cuisse entre les miennes, passe un bras autour de ma taille pour empoigner mes fesses et enfouit son visage dans mon cou.

— Tais-toi, Noah, murmure-t-elle entre deux baisers. Tu t'en fais une montagne et tu plombes l'ambiance. Et pour ta gouverne, je tiens à recommencer.

Je l'ai déjà dit et je le répéterai encore : j'adore tellement cette fille que ça me fait mal.

Elle renverse la tête en arrière pour me jeter un regard où brille une lueur coquine. J'ai de toute évidence créé un monstre. Et moi qui me croyais insatiable. Certes, je le suis, mais ce que je ne suis pas, c'est un connard insensible. Ma poupée a mal et elle essaie de le dissimuler pour que je ne culpabilise pas, ce qui est dément, puisque je me sens évidemment coupable. Comment pourrait-il en être autrement ?

Je me penche en avant et prends ses délicieuses lèvres entre les miennes, remplissant ce baiser de tout l'amour et de toute l'adoration que je peux lui témoigner. C'est lorsque je sens que je bande à nouveau que ma bouche quitte la sienne. Elle prendrait cela comme le signe que je la désire encore, ce qui est le cas. Cependant, ses besoins comptent plus que les miens, et en cet instant, il faut que je prenne soin d'elle, qu'elle soit prête à l'admettre ou pas. Cela me coûte beaucoup, mais je parviens enfin à me dégager d'elle et à me glisser hors du lit.

— Nooon, proteste-t-elle en tendant le bras et en me rattrapant par la main. Où tu vas ?

Je sais très bien ce qu'elle éprouve : moi non plus, je ne supporte pas d'être séparé d'elle ne serait-ce qu'une seconde. Cette simple idée me met la mort dans l'âme et elle me manque déjà. Comment vais-je m'arracher à elle ? Un bref instant, mon côté égoïste pointe son horrible museau et je demande presque à Lanie de ne pas partir. Je sais qu'elle restera si je lui demande, mais je n'arrive pas à m'y résoudre. Je lui ai déjà pris trop de choses.

— Pas loin. Jamais je n'irai bien loin, ma chérie.

Avec un dernier et tendre baiser, je m'écarte et me détache physiquement d'elle, mais l'invisible fil qui la relie à mon cœur nous maintient ensemble malgré la distance. Jamais je n'ai éprouvé cela – un lien aussi fort, une telle obsession pour une seule personne –, c'est une énigme dont je ne veux pas trouver la solution.

Cela me donne espoir.

Je fais rapidement couler un bain en m'assurant qu'il ne soit ni trop chaud ni trop froid. Par bonheur, Polly a fait le plein de savonnettes parfumées et l'étiquette de l'une d'elles promet un bain calmant et apaisant. Il y a intérêt, sinon je colle un procès au fabricant pour publicité mensongère. Ma poupée mérite uniquement le meilleur.

Je retourne la retrouver, pas trop vite, pour ne pas avoir l'air plus empressé que je ne le suis déjà. Mon sexe claque sur ma cuisse alors que j'approche du lit. Elle le lorgne comme un chien errant affamé contemple une saucisse pendue dans la vitrine d'une charcuterie.

— J'essaie vraiment d'avoir un peu de retenue, là. Tu sais, d'être un petit copain délicat et plein d'attentions. Mais si tu continues de te pourlécher les babines comme ça, le prince risque de se transformer en ogre. Et je pense vraiment que ce ne serait pas une bonne idée, là, dis-je en écartant les draps et en la soulevant dans mes bras.

Alors que je l'emporte, elle passe les bras autour de moi et enfouit son visage dans mon cou.

— Je peux encaisser, dit-elle en levant juste assez le menton pour que sa voix sensuelle vienne caresser mon oreille.

Un frisson me parcourt l'échine jusqu'à mon bas-ventre, ce qui ne me facilite pas du tout la tâche. Je respire un bon coup pour me ressaisir.

— Je ne sais pas pourquoi, mais je n'en doute pas, dis-je en montant dans la baignoire avec Lanie dans les bras.

Lentement, je m'assois et la dépose sur mes genoux. Quand elle se met à gigoter tout en m'embrassant dans le cou en gémissant, je sais que ce n'est qu'une question de temps avant que je meure d'envie de la pénétrer à nouveau, alors que c'est la dernière chose à faire. Et donc, d'un geste vif, je m'arrange pour l'asseoir entre mes jambes tendues, ce qui me permettra peut-être de terminer ce bain sans lui faire de nouveau l'amour.

Delaine devient une nymphomane. Je m'en veux de l'avoir corrompue, mais je tiens à ce qu'elle sache qu'entre nous, il y a désormais plus que simplement du sexe. Je repense à son attitude dans la voiture tout à l'heure, son incertitude concernant notre avenir à cause de la séparation qui nous guette. Il faut qu'elle sache que même si nous devons être loin l'un de l'autre pendant un petit moment, mes sentiments pour elle ne vont pas changer. Il faut qu'elle ait confiance en moi, en nous.

— Je t'aime, lui chuchoté-je à l'oreille en la prenant par la taille pour la serrer contre moi. Je t'aime tellement. Tu le sais ?

Maintenant que ces trois mots ont réussi à franchir mes lèvres, je ne me lasse pas de les dire.

— Moi aussi, je t'aime, répond-elle en me caressant les bras du bout des doigts.

— Ce n'est pas ce que je t'ai demandé, dis-je. Je t'ai demandé si tu *savais* que je t'aime. Parce que si nous devons être séparés pendant un certain temps, il faut que tu saches sans le moindre doute combien tu comptes pour moi. Et si c'est vrai que l'on désire encore plus un être dont on est séparé, mes sentiments pour toi vont être décuplés. Personne ne pourra se mettre entre nous.

— Tu es en train de me dire que tu vas me harceler, Noah ? plaisante-t-elle en inclinant la tête sur le côté et en m'exposant sa gorge délicate.

— Je t'assure que je suis tout à fait sérieux, réponds-je en déposant une traînée de baisers sur la peau laiteuse. À chaque instant que nous serons éloignés l'un de l'autre, chuchoté-je en atteignant son oreille, je penserai à toi. Chaque nuit où tu ne seras pas dans mon lit à mes côtés, je rêverai de toi. Chaque fois que je… sentirai l'odeur du bacon, je banderai pour toi et je me caresserai en criant ton nom. Je t'appellerai sans autre raison que pour simplement entendre ta voix. Je passerai à l'improviste, rien que pour voir tes yeux s'éclairer en voyant arriver celui que tu attends depuis si longtemps. Et je t'emporterai, juste pour le plaisir de te dévorer, car j'aurai faim de toi, Lanie. Oh, tu n'imagines pas à quel point. (Elle entrouvre les lèvres et laisse échapper un petit gémissement. Puis ses yeux se ferment et ses jambes s'écartent comme si son corps obéissait à mes paroles.) Alors si pour toi, c'est du harcèlement, oui, je crois que je vais te harceler. (Je laisse ma main glisser sur son ventre jusqu'entre ses cuisses et elle s'arc-boute en gémissant.) Je suis un ferme partisan des trois P : Proclamer. Protéger. Pourvoir. Je te donnerai tout ce dont tu as besoin. *Tout*, dis-je en glissant mes doigts en elle tout en appuyant du pouce sur son clitoris. Tu es à moi, je dois veiller sur toi et je ne suis pas partageur. Donc, si jamais je vois un type te tourner autour et convoiter ce qui m'appartient, je vais me jeter sur lui et lui faire très mal. Tu es prête à t'engager à ce point, Delaine ?

— Oh, mon Dieu, oui, Noah, gémit-elle pendant que mes doigts s'activent en elle.

— Oui, ma chérie. C'est ça. Je suis un dieu, je règne sur mon univers et c'est *toi* mon univers, dis-je en titillant un téton de mon autre main. Je peux te donner tout ce qu'il te faut, et je le ferai. Mais je suis un dieu jaloux et vengeur, Lanie.

Elle pose une main entre ses cuisses sur la mienne et l'autre sur ma nuque.

— Je… oh… à toi… Noah… Rien… Oh, mon Dieu… qu'à… toi.

— C'est bien. Je suis content que nous soyons d'accord, dis-je en enfonçant mes doigts de plus belle. Tu veux jouir ? (Elle hoche la tête.) Mmm… je n'en suis pas si sûr, ajoutai-je en jouant avec elle. Supplie-moi.

— S'il te plaît, souffle-t-elle.

— Oh, allons. Je suis sûr que tu peux mieux faire, dis-je en faisant rouler son téton entre mes doigts. Convaincs-moi.

Elle se cambre en enfonçant ses ongles dans mon cou et en appuyant sur ma main glissée entre ses cuisses. Mes doigts accélèrent encore leur mouvement, mais quand elle commence à se crisper sur moi, je les retire.

— Tss-tss… Pas avant que tu m'aies convaincu.

— Je t'en prie, Noah, geint-elle. J'ai tellement envie de jouir que j'en pleurerais. Je t'en prie, fais-moi jouir. Laisse-moi jouir sur tes doigts.

Bon sang, ce que j'ai envie d'elle. Mais il faut que sa jouissance me comble pour m'aider à tenir jusqu'à ce que je puisse la posséder à nouveau.

— Oh, tu vas jouir, Lanie, mais pas sur mes doigts.

Je retire ma main et la soulève pour la tourner afin que ses fesses soient perchées sur le bord du muret carrelé qui entoure la baignoire, et sur lequel est heureusement posée une serviette bien douillette qui lui permettra d'être plus à son aise étant donné ce que je lui ai fait subir il n'y a pas si longtemps.

J'ai tellement hâte de lui donner ce qu'elle réclame, de la savourer, que j'écarte sans beaucoup de précaution ses jambes pour pouvoir accéder à son joli petit minou. Mais elle n'émet pas le moindre cri de protestation, juste un gémissement de plaisir quand j'enfouis mon visage entre ses cuisses et commence à laper ses lèvres soyeuses du plat de la langue. Elle s'agrippe à mes cheveux – bon sang, ce que j'aime quand elle fait ça – et soulève ses jambes pour les poser sur mes épaules et s'offrir entièrement à moi.

Je lève les yeux et la voyant qui me regarde, je fais exprès de tirer lentement la langue avant de m'attaquer à son délicieux petit clitoris.

— Putain, murmure-t-elle. (Elle se mord la lèvre puis elle écarte les cheveux qui sont retombés sur ma tempe.) C'est incroyablement bon. Tu aimes mon goût, Noah ?

— Mmm, fais-je en fermant les yeux avant d'embrasser tendrement sa fente.

Je l'entends haleter et je redresse la tête pour vérifier qu'elle me regarde toujours. Elle continue.

Du bout des doigts, j'écarte ses chairs et libère son clitoris afin qu'elle apprécie pleinement comment je m'y prends pour la faire jouir. Je me penche en avant et engloutis son bouton gonflé dans ma bouche, le tire entre mes lèvres et le lâche, avant de recommencer.

— Bon sang, siffle-t-elle. Lève-toi et baise-moi, chéri. J'ai besoin de te sentir en moi.

Je ne relève pas, totalement fasciné par l'effet que j'ai sur elle, mentalement, physiquement et émotionnellement. Mes yeux rivés sur son visage guettent la plus infime expression de plaisir, car savoir que je lui fais du bien… cela m'excite à mort.

Tout aussi fascinée par ce que je fais, elle suit le moindre de mes mouvements. Je découvre mes dents et en frôle son délicieux clitoris avant de le titiller lentement du bout de ma langue. Elle retient son souffle, sa main se crispe dans mes cheveux tandis que je tète son petit bouton érigé entre mes lèvres en lui faisant un clin d'œil. Je comptais la rendre folle, et apparemment, je suis sur la bonne voie.

— Oh, mon Dieu, il faut que tu arrêtes, mon chéri. Tu vas me faire jouir et j'ai envie de sentir ta bite en moi.

Pas question que je me prive de l'exquis nectar de son fruit qui, je le sais, m'attend en récompense de mes efforts. Je ne m'arrête pas. Au contraire, je la pousse au bord du précipice en agitant ma langue à la vitesse de l'éclair sur son clitoris que je tète et caresse de mes lèvres pour l'amener à l'orgasme.

— Non, non, dit-elle à mi-voix en me tirant sur les cheveux pour tenter vainement de m'arrêter. (Je dévore sa chatte comme si c'était la dernière fois, alors que je sais bien que je ferai tout pour recommencer.) Tu vas me faire… (Elle tire et pousse ma tête pour me forcer à la libérer, mais je ne cède pas d'un pouce. Son corps va m'offrir ce que j'attends et je ne m'arrêterai qu'une fois que je l'aurai obtenu.) Bon sang ! Noooon…

Mi-gémissante, mi-grondante, elle enfouit soudain ma tête dans ce lieu de tous les délices. Ses cuisses se referment violemment et prennent ma tête dans leur étau tandis qu'elle se raidit et que son écume vient jaillir sur ma langue. Je lèche, je tète et j'avale. Tout. Tout cela est à moi. À moi.

À mesure que s'estompe l'orgasme que je viens de lui donner, elle desserre ses doigts et ses cuisses. Elle prend ma tête entre ses mains et me force à la relever vers elle.

— Tu es vraiment énervant, dit-elle entre deux halètements.

— Je suis à peu près certain que nous avons déjà abordé le sujet, Delaine. Je suis insatiable. N'essaie jamais de me refuser ce que je désire, parce que je finirai toujours par l'obtenir, dis-je avec un rictus sardonique avant de l'aider à se rasseoir dans la baignoire.

Elle me surprend en me poussant jusqu'à ce que je me retrouve plaqué contre la paroi opposée.

— Et toi, ne t'avise pas de me refuser ce que je veux, Noah Crawford. Parce que je finirai toujours par le prendre, rétorque-t-elle.

Et sur ces mots, elle grimpe sur mes genoux, empoigne ma bite et…

— Ma chérie, non. Tu es trop…

Trop tard. Elle se laisse tomber sur ma bite, qui est dure comme une barre de titane, et s'y empale entièrement. Exactement comme la dernière fois dans le jacuzzi.

— Bon sang, grondé-je en renversant la tête en arrière tandis quc sa chatte se resserre sur moi.

Elle glousse avec effronterie devant ma réaction et je redresse la tête pour voir son sourire insolent. Ce sourire qui est *le mien*. C'est comme si je me voyais dans un miroir et je me dis que c'est entièrement ma faute. Oui, j'ai incontestablement créé un monstre. C'est un prêté pour un rendu, tout comme je le soupçonnais la première fois que nous avons couché ensemble, la nuit où j'ai pris sa virginité. Je savais à ce moment-là que j'allais être servi et elle est en train de me le prouver. Elle est incroyablement têtue et veut toujours me montrer que j'ai tort. Je ne vais pas le lui reprocher, parce que je suis exactement pareil et qu'elle a appris en m'observant. Je la laisse donc faire ce qui lui plaît, je la laisse me donner du plaisir, puisque de toute façon, au final, il faudra en passer par ses quatre volontés.

Et je n'ai absolument rien contre.

* * *

L'odeur des jacinthes m'enveloppe et la brise fraîche qui fait tourbillonner leur parfum autour de moi m'apporte les notes d'un quatuor à cordes et les rires des amis et de la famille qui arrivent. Le soleil me caresse le visage et les mains. Il ferait une chaleur étouffante s'il n'y avait pas ce petit vent.

Je suis heureux. C'est une occasion merveilleuse, même si je ne sais pas trop ce qui est en train de se passer.

— Oh, Noah, elle est exceptionnelle. C'est exactement le genre de fille que j'ai toujours espéré te voir rencontrer, roucoule une voix derrière moi.

Je la reconnais. Je me retourne et je la vois. Ma mère, entre les hautes herbes, parmi les fleurs violettes, blanches et jaunes qui s'épanouissent autour de sa robe rouge. Elle tient le bras de mon père, qui sourit fièrement, les cheveux encore noirs et les tempes un peu grisonnantes. Ma mère a raison : cela lui donne un air tout à fait distingué, vraiment.

— Maman ? Papa ? Qu'est-ce que vous faites là ? demandé-je, décontenancé.

Je sens que c'est naturel qu'ils soient avec moi, mais en même temps, une voix me souffle que ce n'est pas normal.

— Et quelle insolente, aussi. Elle me rappelle un peu ta mère, renchérit mon père en regardant son épouse avec adoration.

Ma mère éclate de rire et lui fait un baiser sur la joue.

— C'est une bonne chose. Chez les Crawford, vous autres, les bonshommes, vous avez besoin qu'une femme vous mène à la baguette.

Brusquement, les voilà juste devant moi. Je ne me suis pas rendu compte qu'ils ont bougé. Ma mère se tourne vers moi et sourit gentiment en me prenant le visage dans les mains.

— Il n'y en a pas deux comme elle, Noah. Ne la laisse jamais partir. N'oublie pas : dans la boue et la vase s'épanouit la fleur rouge ; elle triomphe et se dresse vers la lune.

Je me rappelle qu'elle disait cela souvent quand j'étais enfant, mais je ne comprenais pas à l'époque ce que cela voulait dire, pas plus qu'aujourd'hui.

— Le lotus écarlate, murmuré-je.

Elle hoche la tête avec un grand sourire, manifestement ravie que je me souvienne.

— Nous t'aimons, Noah. Nous sommes si fiers de toi.

Mon père se racle la gorge et je me tourne vers lui.

— Nous devons partir, à présent, mon garçon. Nous ne pouvons pas rester. (Partir ? Mais où cela ?) Nous voulions juste te féliciter, dit-il en me prenant par l'épaule pour me serrer contre lui. Et merci de m'avoir offert un verre, ajoute-t-il à mon oreille.

Ma mère m'embrasse et je ferme les yeux en respirant son parfum floral familier. Quand je les rouvre, ils ont disparu. Je me retourne, cherche de part et d'autre, mais ils ne sont nulle part. Je m'immobilise en apercevant au loin une femme en blanc qui me tourne le dos. Ses cheveux sont relevés en chignon et un voile retombe sur son visage alors qu'elle se tourne pour rajuster sa robe. Elle tient un bouquet de fleurs rouges. La brise qui se lève à nouveau m'apporte son parfum et me confirme ce que je sais déjà. Je sais qui elle est en sentant mon cœur enfler dans ma poitrine comme s'il allait se rompre. Un immense sourire se peint sur mes lèvres. C'est elle.

— Delaine ? appelé-je.

Elle ne répond pas. Elle lève les yeux vers moi, et même si je ne vois pas son sourire, j'en sens la chaleur dans mon cœur. C'est alors qu'elle se retourne et s'enfuit en courant avec un gloussement surnaturel qui me chatouille l'oreille.

— Lanie ! crié-je en m'élançant derrière elle. Pourquoi t'enfuis-tu ?

Je cours à perdre haleine. Mes jambes sont lourdes et j'ai l'impression d'avoir des semelles de plomb. Au moment où je crois l'avoir rattrapée, je tends la main pour la saisir, mais la fragile étoffe de sa robe me file entre les doigts et elle disparaît de nouveau.

Elle répond avec le même gloussement surnaturel. Elle joue avec moi, elle me défie.

— Allez, Noah. Attrape-moi !

Je rassemble toutes mes forces et m'élance d'un bond. Je la saisis par la taille et l'attire dans mes bras. À travers le voile, je distingue les yeux pétillants d'une joie enfantine qu'elle lève vers moi. Elle renverse la tête en arrière et un rire joyeux s'élève dans l'air autour de nous. Son corps doux et souple fond contre le mien.

— Où est-ce que tu t'imagines aller comme ça, ma chérie ? demandé-je en l'étreignant.

Je sens la chaleur de sa main sur mon bras et le chatouillis délicat de ses doigts dans mes cheveux.

— Embrasse-moi, Noah. Fais-moi tienne pour toujours, chuchote-t-elle.

Je soulève le voile pour contempler la pureté de sa beauté et prendre mon dû. Quand mes lèvres frôlent les siennes, elle disparaît.

— Noah, réveille-toi. Réveille-toi, tu es en train de rêver.

Je me réveille en sursaut, le corps encore à demi figé par un reste de sommeil. Mes yeux s'ouvrent brusquement et je la vois tout contre moi, une main sur mon bras, tandis que l'autre me caresse délicatement les cheveux.

Ce n'était qu'un rêve.

Elle me regarde et un chaleureux sourire illumine son visage sans défaut.

— Ça va ?

— Oui, dis-je d'une voix encore enrouée par le sommeil en me frottant les yeux. Ça va. Je t'ai réveillée ?

— On peut dire ça, plaisante-t-elle. Tu me serrais tellement fort que j'avais du mal à respirer. Le manque d'oxygène a tendance à vous réveiller. Je crois que ça s'appelle l'instinct de survie, dit-elle en riant.

Je repousse de son front une mèche de cheveux échappée de sa queue-de-cheval et la replace derrière son oreille, puis j'embrasse le bout de son petit nez.

— Pardon.

— Hé, je ne me plains pas. J'aime bien ton côté possessif, dit-elle en caressant ma joue mal rasée. Tu veux me raconter ton rêve ?

Ce n'est pas qu'il ait eu quoi que ce soit de terrible : ce n'était pas un cauchemar. Mais il semblait très réel et cela m'a fait peur. Il me faut un peu de temps pour le digérer avant de lui en faire part, si jamais je lui en parle un jour. Pas la peine de l'effrayer aussi. Donc, même si cela me fait passer pour un autiste, je secoue la tête et décide de le garder pour moi.

C'est à ce moment-là que le réveil se déclenche et sa sonnerie perçante déchire le silence, mettant immédiatement fin à ce moment d'intimité. Lanie pose le front sur ma poitrine et nous gémissons de concert, conscients que c'est le symbole de notre séparation. Je dois aller travailler et elle, rejoindre sa famille. Nous n'en sommes heureux ni l'un ni l'autre, mais c'est ce que nous devons faire en attendant d'être ensemble de manière permanente.

J'assène une taloche au réveil, qui tombe sur le sol avec un bruit sourd et se tait. Nous n'avons pas besoin que quelque chose nous rappelle notre séparation imminente, mais il est là, menaçant comme la guillotine devant le condamné à mort. Car c'est l'impression que cela me fait. Être sans elle, ce sera comme être décapité. Avoir le cœur arraché serait une métaphore plus adaptée, car elle va clairement l'emporter avec elle.

— Je t'aime, murmure-t-elle dans ma poitrine alors que je caresse son dos satiné.

— Je sais, réponds-je avant de déposer un baiser sur le dessus de sa tête. Moi aussi.

Elle lève vers moi un regard plein de conviction.

— Je sais, dit-elle.

Et tout le poids du monde s'envole alors que nous scellons cette déclaration dans un baiser.

Ce n'est pas un baiser d'adieu, ce n'est pas un baiser fait pour nous exciter, même si je suis en train de bander. Ce baiser est une promesse. Il dit que nous savons que nous serons ensemble, que nous pensons chaque mot que nous avons prononcé, que nous nous aimons et qu'ainsi, nous allons vaincre tous les obstacles qui se dresseront sur notre chemin. Peu importe que nous soyons séparés, peu importe les pièges que la vie nous tendra. Car notre relation a beau avoir eu un commencement tordu, dans la boue et la vase s'épanouit la fleur rouge.

J'ai enfin compris.

6

Pris sur le fait !

Lanie

Je m'efforce de retenir mes larmes tout en finissant de ranger mes derniers bagages. Je sais que je vais revenir, mais c'est quand même difficile. Je viens de faire un tour dans le dressing pour prendre mon dernier jean, quand la chemise blanche que je portais le soir où Noah a décidé de me dévorer en guise de dessert attire mon regard. Je caresse distraitement la manche, me rappelant son expression quand il m'a vue entrer seulement vêtue de cette chemise. À l'époque, je le détestais, mais même alors, je ne pouvais pas nier la puissante attirance sexuelle qu'il y avait entre nous. Cela me donne envie de la retirer de son cintre et de l'emporter. Elle ne va pas manquer à Noah. Il possède des tonnes de vêtements et pour lui, cette chemise n'est qu'un flocon dans une avalanche. Pour moi, elle est sans prix.

Il sort de la salle de bains vêtu d'un sweat-shirt à capuche noir aux manches retroussées, d'un jean et de baskets. Ses cheveux encore humides de la douche matinale sont hérissés. Il a manifestement décidé de renoncer à se raser, mais je ne me plains pas. J'aime bien sa barbe de deux jours.

— Un peu décontracté pour le bureau, tu ne trouves pas ? demandé-je avec un sourire en fourrant la chemise avec mes vêtements dans mon sac.

Il me prend par la taille et m'attire contre lui. Je sens le léger parfum d'eau de toilette et de gel douche que j'inspire longuement pour le graver dans ma mémoire. Comme si je risquais d'oublier.

— Oui, mais c'est la tenue parfaite pour ramener ma poupée chez ses parents.

— Tu vas sécher le bureau ? dis-je en me retournant.

— Mmm. (Il m'embrasse le bout du nez.) Je veux passer jusqu'à la dernière seconde avec toi. Le bureau pourra se débrouiller sans moi pendant une journée. (Il pose son menton sur mon épaule et considère mon sac.) Mais comment as-tu réussi à tout emballer là-dedans ?

— Je n'ai pas tout pris, expliqué-je. Les vêtements luxueux ne sont pas vraiment indispensables à Hillsboro. C'est une petite ville. Il n'y a même pas de centre commercial. Tu me vois aller à l'épicerie en talons aiguilles et minijupe ?

Il fredonne distraitement tout en pressant ses hanches contre mes fesses. Je prends cela comme un oui. Je me frotterais bien contre son entrejambe comme un chaton qui réclame des caresses, mais ce ne serait pas la manière la plus efficace de quitter la chambre. Cela dit, je ne dirais pas non à l'idée de remettre le couvert avec son énorme sexe, mais ma mère a besoin que quelqu'un s'occupe d'elle à la maison et il faut que mon père se repose un peu.

— Nous n'allons jamais réussir à partir si tu continues à faire ce genre de choses, l'avertis-je.

Puis, me rendant compte que je n'ai effectivement pas pris grand-chose et ayant envie de m'amuser un peu avec Noah, je soupire exagérément.

— Il faudra que je rachète des vêtements, étant donné que tu as balancé tous ceux avec lesquels je suis venue.

Noah enfouit son visage dans mon cou et gémit, ce qui me fait rire. Il s'en veut d'avoir agi ainsi, et je trouve cela incroyablement attendrissant. Je me retourne et prends son visage dans mes mains.

— Je t'aime, lui rappelé-je.

— Et je ne me lasserai jamais de te l'entendre dire, répond-il avec un regard rempli d'adoration. Tiens, poursuit-il en sortant son portefeuille de sa poche arrière et en y prenant une petite carte en métal noir. Prends cela pour les vêtements ou quoi que ce soit dont tu peux avoir besoin ou envie.

— Une carte de crédit, Noah ? Tu ne crois pas que tu m'as déjà assez donné ?

— Hé, proteste-t-il en me prenant le menton entre les doigts. Je croyais qu'on avait déjà réglé ce sujet. Tu es la femme dont j'ai décidé de m'occuper, et j'ai l'intention de faire les choses correctement. Je refuse de t'entendre te plaindre. (Il me donne un chaste baiser, puis il s'empare de mon sac et le hisse sur son épaule en me tendant la main.) Prête ?

J'attrape sa main tendue car je le ferai toujours. J'ignore absolument tout de ce qui nous attend, mais du moment qu'il me tient la main, je le suivrai dans la nuit la plus noire, et à la fin de notre voyage, il y aura toujours de la lumière.

Noah s'immobilise sur le seuil de la chambre et fait volte-face.

— Qu'est-ce qu'il y a ? demandé-je, décontenancée.

Il retourne à la table de chevet, ouvre le tiroir et en sort la boule Crawford avec une grimace réprobatrice.

— Tu as oublié quelque chose, non ?

— Eh bien, je ne pensais pas que j'en aurais besoin, réponds-je, perplexe.

— Oh, si, tu vas en avoir besoin, dit-il en la fourrant dans mon sac.

Noah donne congé pour la journée à tout le personnel à l'exception de Samuel. Il est heureux, et cela me rappelle que c'est grâce à moi.

Une fois mon sac chargé dans le coffre de la voiture et Noah et moi montés, nous partons. Je regarde la maison disparaître au loin. Sentant ma tristesse, Noah m'attire contre lui et je pose ma tête sur son épaule. Il y dépose un baiser.

— Cela ne va plus être qu'un immense désert qui ne redeviendra une maison qu'à ton retour.

J'éprouve la même chose. Pas vis-à-vis de la maison, mais de mon cœur. Chez moi, c'est là où se trouve Noah, qu'il s'agisse d'une vaste demeure entourée de buis taillés ou d'un carton dans une ruelle. Peu importe. Tout ce qui compte, c'est qu'il soit avec moi.

Je m'assoupis durant le long et pénible trajet jusqu'à Hillsboro. Je me rappelle seulement que Noah me caresse amoureusement les cheveux et me propose de poser la tête sur ses genoux. Je me dis tout d'abord que c'est une manière de sous-entendre qu'il a envie que je le suce, mais il veut juste se montrer câlin. Ne vous méprenez pas : c'est agréable, pourtant j'ai l'impression qu'il réprime la facette de lui-même dont je suis tombée amoureuse, son côté dominateur et autoritaire qui me fait fondre. Peut-être est-ce parce qu'il pense que c'est la conduite de rigueur après nos déclarations ruisselantes d'amour. Je pourrais me révolter devant son insistance à me faire prendre ce repos – ou lui proposer plus fermement de lui tailler une pipe – mais en vérité, il m'a épuisée la nuit dernière et un peu de sommeil ne me fera pas de mal. Il ne faut pas bien longtemps avant que je m'endorme.

Noah me réveille un bon moment plus tard. Il se plaint qu'avoir eu ma tête sur ses genoux le fait atrocement bander et qu'il a l'entrejambe en feu. C'est bien fait pour lui. Il se rajuste pendant que je regarde autour de moi. Nous arrivons aux abords de Hillsboro : je reconnais le paysage. J'ai pris cette route quantité de fois avec mes parents. Quand j'étais petite, je regardais par la vitre et je m'inventais des histoires. Ma préférée consistait à m'imaginer que j'étais une pauvre jeune fille enfermée dans une petite maison, forcée à vivre dans la solitude en attendant que le prince charmant juché sur son cheval blanc vienne l'enlever.

Je ricane intérieurement. Quelle petite fille n'a pas fait ce rêve ?

Ce souvenir d'enfance est resté tellement vif dans ma mémoire que je me rappelle presque tous les détails. D'ailleurs, juste après le virage, il y a un…

— Arrêtez-vous ! crié-je en commençant à tambouriner sur la vitre qui nous sépare de Samuel.

— Ma chérie, qu'est-ce qui t'arrive ? s'affole Noah.

— Il faut qu'on s'arrête ! S'il te plaît, Noah ! Il le faut ! insisté-je, alors qu'il est juste assis à côté de moi et que je lui casse les oreilles.

Comprenant l'urgence, il appuie sur le bouton qui fait baisser la vitre de séparation.

— Samuel, arrêtez-vous, dit-il de ce ton très professionnel qui d'habitude a le don de me taper sur les nerfs, mais pas cette fois.

Une fois la voiture arrêtée sur le bas-côté, j'ouvre précipitamment la portière et je saute dehors.

— Lanie ! crie Noah derrière moi tout en descendant à son tour. Pourquoi tu me fuis ?

Je ne peux pas m'arrêter pour lui répondre. Elle est là, la maisonnette que j'imaginais être la mienne : une cheminée en pierre, des jardinières remplies de jacinthes sous la fenêtre en arc de cercle, la porte en bois noueux, et au milieu d'une prairie, par-dessus le marché. L'herbe est haute et verte, semée de petites fleurs violettes, blanches et jaunes, et l'air pur embaume. L'endroit est parfait, et il est à vendre.

Je cours à toutes jambes. Il faut que je la touche, que je sache qu'elle est réelle et que ce n'est pas simplement un produit de mon imagination. Le vent souffle dans mes cheveux, et soudain, je redeviens une fillette. Mon esprit, mon visage et mon cœur sont remplis d'une joie enfantine. J'en ai mal aux joues tellement je souris.

Je sens les doigts de Noah qui m'effleurent le bras, mais je continue de courir en gloussant comme une folle. Je me retourne vers lui en riant :

— Allez, Noah ! Attrape-moi !

Au moment où j'atteins le perron de la maisonnette, ses bras se referment sur ma taille et il m'attire contre lui. J'éclate de rire, mon Dieu, comme je ris.

Tout est parfait. Je suis devant la petite maison, dans les bras de mon chevalier. Et mon chevalier me sourit.

— Où est-ce que tu t'imagines courir, ma chérie ?

Derrière lui, le soleil que cache sa tête plonge son visage dans l'ombre et fait un halo dans sa magnifique chevelure. Il est splendide. Je lève la main et passe les doigts dans ses cheveux, le cœur débordant de bonheur.

— Embrasse-moi, Noah.

Il ouvre de grands yeux et se raidit.

— Wow... J'ai l'impression d'avoir déjà vécu cet instant, chuchote-t-il en faisant une drôle de tête.

— Quoi ?

— Rien, répond-il en secouant imperceptiblement la tête avant de m'embrasser.

Généralement, nos baisers sont avides et débordent de feu et de passion. Mais celui-ci est suave et délicat, maîtrisé. Et il m'excite affreusement.

— Mmm... soupiré-je avec satisfaction. (J'ouvre les yeux et le découvre qui me contemple avec une expression que je ne lui ai jamais vue jusqu'ici. On dit toujours que les yeux sont la porte de l'âme, et là j'en ai la preuve.) À quoi tu penses ? lui demandé-je.

Il sourit et secoue la tête.

— À de la boue et des fleurs qui s'épanouissent. Mais ne te préoccupe pas de cela.

Voilà des propos bien curieux, mais Noah a ses petites bizarreries et comme je trépigne intérieurement de joie, je n'insiste pas.

— Viens, dis-je en lui prenant la main et en l'emmenant regarder à l'intérieur par les fenêtres.

— Qu'est-ce qu'on fait ici ? Qu'est-ce que c'est que cet endroit ?

— Quand j'étais petite, je me racontais que j'habitais ici, lui expliqué-je. (Je scrute l'intérieur. La pièce est vide. Je l'entraîne sur le côté de la maison pour faire la même chose.) C'est magique, tu ne trouves pas ?

— Magique ?

— Oui, comme sorti d'un conte de fées. (Les mains de chaque côté du visage pour masquer les reflets du soleil sur la vitre, j'étouffe un cri en distinguant enfin l'intérieur.) Oh, la cheminée est à couper le souffle !

À l'intérieur, rien n'a l'air moderne. L'endroit a un côté rustique et désuet, comme sorti d'un almanach campagnard plutôt que d'un magazine de décoration. Arches, parquet, vitres troubles. Je nous imagine sans peine Noah et moi blottis sur le canapé ou faisant l'amour sur un épais tapis devant la cheminée. Évidemment, je mets la charrue avant les bœufs : je suis de nouveau perdue dans mon petit univers imaginaire. *Quelle rêveuse tu fais, Lanie Talbot.*

— C'est un peu délabré, dit Noah en examinant les lieux, sourcils froncés.

— Noah Crawford ! m'indigné-je en lui donnant une tape sur le bras. Comment oses-tu parler comme ça de la maison de mes rêves ? Sans compter que tout peut s'arranger avec un peu d'amour et d'huile de coude.

Il a raison, mais ce n'est pas si délabré. Il manque quelques bardeaux au toit, tout est recouvert de poussière et de suie, et d'après le sifflement du vent dans les fenêtres, il faut probablement les remplacer, mais d'un point de vue général, cela reste un endroit idyllique.

— Oh, j'ai toujours voulu voir le jardin à l'arrière ! m'écrié-je en l'entraînant de nouveau.

Nous faisons le tour de la maison et je m'immobilise. Le spectacle est de toute beauté. À une cinquantaine de mètres de la maison se trouve un petit étang où nagent des canards. À côté se dresse un petit kiosque où est accrochée une balancelle blanche. Il est entouré d'un jardin circulaire traversé d'une allée dallée menant à la maison. Et comme il est plein ouest, l'orientation est parfaite pour admirer le soleil couchant.

Sans crier gare, Noah me plaque contre la paroi de la maison. Il pose une main sur le mur et de l'autre, il m'empoigne les fesses pour m'attirer contre lui. Nos corps embrasés et nos fronts se touchant, il plonge son regard dans le mien et déclare :

— Cette expression que tu as… J'ai tellement envie de toi, là.

Il m'embrasse dans le cou tout en me pétrissant le cul et en frottant ses hanches contre moi. Il ne blague pas. Je le sens qui bande contre mon ventre et je me demande comment il arrive à ne pas faire exploser son jean.

Sa main se pose soudain sur ma taille et fait sauter le bouton de mon pantalon avant de se glisser à l'intérieur. Quand ses doigts atteignent ma chatte, je gémis et renverse la tête en arrière.

— Noah, on ne peut pas, dis-je sans conviction en retenant vainement son bras. Samuel…

— Il est dans la voiture. Il ne va pas venir par ici, marmonne-t-il dans mon cou qu'il continue d'assaillir de baisers ardents.

— Des voisins, tenté-je en voyant un peu plus loin une autre maison à travers les arbres.

— Qu'ils regardent. J'ai envie de toi. Tout de suite.

J'entends le bruit très reconnaissable d'une fermeture éclair qui s'ouvre.

— Je vais faire vite, je te le promets, chuchote-t-il à mon oreille. Tourne-toi, ma chérie.

Je jette un autre coup d'œil à la maison de l'autre côté et ne voyant personne, je fais ce qu'il demande. J'avoue que je suis excitée par notre situation précaire, notre envie d'une gratification immédiate prenant le pas sur le risque de nous faire surprendre.

L'air frais cingle ma peau nue quand Noah baisse mon pantalon à mi-cuisse. Il se colle contre moi et sa main s'égare sur mes fesses et entre mes jambes.

— Bon sang, Delaine. Tu mouilles toujours autant pour moi, dit-il en se mettant à genoux.

Appuyée des deux mains sur le mur, mes jambes emprisonnées par mon jean, je ne peux que le laisser faire. Il éloigne mes hanches du mur tout en cherchant ma chatte de sa langue.

— Oh, mon Dieu, Noah, gémis-je en fermant les yeux et en me mordant la lèvre.

Juste goûter : c'est tout ce qu'il demande. Sa langue s'insinue entre mes chairs trempées pour trouver le petit bouton de plaisir et le titiller un moment avant de le laisser. Il donne un long coup de langue à ma chatte d'avant en arrière, mais il continue jusqu'à ce que…

— Putain !

Je sens sa langue qui tourbillonne autour de mon anus, puis il y dépose un sensuel et profond baiser avant de se relever.

— Tu as aimé ça, hein ? demande-t-il d'une voix rauque.

Je le sens frotter son gland d'avant en arrière entre mes jambes pour trouver une ouverture.

Eh bien, oui, cela m'a plu, oui.

Noah me pénètre lentement jusqu'à la garde. Il ondule des hanches et se retire un peu avant de s'enfoncer à nouveau. Il se contente de tester l'angle d'approche, mais cela me rend absolument folle.

— Prête, ma chérie ?

— Mmm-mmm, réponds-je, le souffle court.

Cela fait glousser Noah, qui m'embrasse juste sous l'oreille. Puis il m'empoigne par les hanches et commence ses va-et-vient réguliers.

— Génial, gémit-il. C'est comme tremper ma bite dans un pot de miel. Doux, chaud, suave. Qu'est-ce que j'ai bien pu faire pour te mériter ?

Évidemment, c'est moi qui aurais dû poser la question et il aurait dû connaître la réponse à la sienne, mais même si je le disais un million de fois, il n'arriverait toujours pas à le croire.

— Tu as sauvé la vie de ma mère… et la mienne, réponds-je. (Puis, me sentant un peu coquine, j'ajoute :) Et puis j'adore la manière dont tu me lèches la chatte.

J'entends dans sa poitrine le grondement qui me plaît tant et ses coups de boutoir se font plus rapides et violents.

— Dans ce cas, dit-il, je te mérite sans doute, en effet.

Je me tourne vers le bosquet situé à l'est au moment même où un type sort de la maison voisine, chargé d'un plateau qu'il emporte vers un barbecue.

— Noah, chuchoté-je. Un type vient de sortir de la maison d'à côté.

— Alors il vaut mieux que tu ne fasses pas trop de bruit, non ? (Ses grognements sont plus discrets que d'habitude, mais il continue de me baiser sans changer de rythme.) Si tu fais du bruit, tu vas attirer son attention. Sauf, évidemment, si c'est ce que tu *cherches*.

Noah commence à travailler mon clitoris à un rythme expert. Il m'engloutit le lobe de l'oreille et le mordille. Je laisse échapper un gémissement et ma tête retombe sur son épaule.

— Chut, il va te voir. (Le fait que Noah ait une voix qui respire le sexe ne facilite pas la situation.) Et une fois qu'il aura vu combien tu es belle quand tu te fais prendre par-derrière, il te voudra pour lui. Tu as oublié que je t'ai dit de ne pas me forcer à faire souffrir quiconque, Lanie ?

Je me mords la lèvre pour ne plus faire aucun bruit. Il en serait capable, je le crois vraiment. Noah est possessif et sans pitié, et d'après ce qu'il a subi dans le passé, je ne doute pas qu'il fera tout ce qu'il estime nécessaire pour ne pas endurer une fois de plus le même chagrin.

— Juste encore un peu, ma chérie. Juste… encore… un peu, me chuchote-t-il à l'oreille tandis que ses hanches me cognent les fesses.

Je sens que je me crispe et que j'emprisonne sa bite alors que tout est prêt à exploser au creux de mon ventre. Il faut que je jouisse rapidement, car Noah va se retenir en m'attendant, ce qui augmente le risque de nous faire surprendre. Quel amant désintéressé. Cela ne lui fait peut-être rien qu'on nous surprenne, mais moi, si.

Tout en m'écartant d'une main de la paroi rugueuse, de l'autre j'empoigne celle de Noah. Nous œuvrons ensemble pour que j'atteigne le point de non-retour, puis j'explose.

Je me mords la lèvre avec un gémissement qui n'a rien de discret, mais je ne peux pas faire mieux dans de telles circonstances. Le voisin lève la tête et regarde autour de lui, mais pas dans notre direction. Sans doute pense-t-il que le bruit ne peut pas venir d'une maison vide.

— Putain, oui, jouis sur ma bite, ma chérie. Voilà… comme ça… me chuchote Noah à l'oreille tandis que je suis secouée des spasmes de l'orgasme.

Il jouit, violemment, mais sans un bruit. Ses hanches tressautent, je sens sa bite qui palpite en moi à chaque giclée de plaisir, puis il retombe contre moi de tout son poids.

— Dites donc ! Qu'est-ce que vous fichez là-bas ? entends-je s'écrier une voix d'homme.

Noah et moi relevons brusquement la tête et apercevons le type qui s'avance dans notre direction avec une main en visière.

— Oh, mon Dieu !

— Je crois qu'il est temps de partir, dit Noah en riant tout en se retirant.

Nous remontons précipitamment nos pantalons, puis je repars rapidement vers la limousine en me rajustant et en espérant que je ne vais pas m'étaler en route. Ce serait vraiment embarrassant. Noah, mort de rire, m'emboîte le pas. Si je n'étais pas terrifiée à l'idée que le voisin nous rejoigne et voie qui nous sommes, je ferais volte-face et je le culbuterais dans l'herbe pour lui faire passer l'envie de prendre de tels risques.

Heureusement que l'autre maison est vraiment loin. Hillsboro est une toute petite ville où tout le monde se connaît. En d'autres termes, si ce type avait pu repérer qui je suis, il y aurait eu de grandes chances qu'il connaisse aussi mon père. Et je ne crois pas que celui-ci apprécierait de savoir que Noah saute sa fille en pleine nature. Et en public, en plus. Ma mère ? Elle pousserait sûrement des cris, mais mon père a tout un tas d'armes à la maison et ce ne sont pas des jouets.

Et me voici donc en train de courir sans avoir eu la possibilité de m'essuyer après notre exploit. Mon jean risque de me coller aux fesses et je vais avoir un mal de chien à l'enlever. Samuel attend près de la portière ouverte avec l'air de très bien savoir quelles prouesses nous venons d'accomplir. Derrière moi, Noah est essoufflé d'avoir ri et couru, et il est incapable de la mettre en veilleuse, alors qu'un type parfaitement capable de nous dénoncer à mon père nous court après. À peine arrivée à la voiture, j'évite le regard entendu de Samuel et me jette sur la banquette arrière, une main sur la poitrine pour tenter de calmer mon cœur qui bat à se rompre. Il faut que je fasse plus de sport, sans compter qu'un peu de religion ne me ferait pas de mal non plus. Noah se laisse tomber à côté de moi sur le siège, sans cesser de rire. Je lui assène une tape et il se protège de mes coups en continuant de s'esclaffer.

— Arrête ! Ce n'est pas drôle, Noah !

— Excuse… moi, réussit-il à articuler en reprenant son souffle. Tu étais tellement terrorisée… tu courais à toutes jambes… et c'était tellement mignon.

Je croise les bras et me détourne. Oui, je fais la moue, je n'en suis pas très fière, mais je la fais quand même.

— Allons, viens là, ma chérie, roucoule Noah en me prenant dans ses bras et en m'attirant contre lui. Je t'aime.

Je ne peux pas rester fâchée contre lui, je n'en ai pas le courage. Je suis juste soulagée que nous ayons réussi à filer sans nous faire pincer.

— Mon père te la couperait et la mangerait au petit déjeuner, et elle me manquerait, gémis-je.

Oui, je gémis. Mais c'est de Noah Crawford et de sa bite colossale qu'il s'agit. Réfléchissez et dites-moi si vous n'auriez pas gémi aussi à la perspective de devoir lui dire adieu.

— Oui, j'y suis aussi un peu attaché, répond-il.

Il rit à nouveau, mais il s'interrompt brusquement en voyant mon regard noir.

— Il n'y a pas de quoi rire, dis-je. Peut-être que je devrais l'informer de ce que tu as forcé sa précieuse petite fille à faire. Je parie que tu ne trouveras pas cela aussi drôle.

— Mmm, je ne me rappelle pas t'avoir forcée à quoi que ce soit que tu ne veuilles pas faire, rétorque-t-il. Tu avais envie, Lanie. Tu voulais ma *bite.* (Sa manière d'appuyer sur le dernier mot me rend toute chose.) Avoue.

— Non.

— Aaavoue ! dit-il en me chatouillant les côtes.

Je me mets à rire malgré moi et j'essaie de me dérober mais il m'attire contre lui et m'emprisonne dans ses bras.

— Nous sommes deux adultes consentants, Lanie. Et un jour prochain, ton papa devra laisser partir sa petite poupée, dit-il d'un air grave tout en me caressant la joue de l'index. Parce que c'est à *moi* qu'elle appartient, la poupée, à présent.

Je ne peux m'empêcher de sourire. Quelle femme ne serait pas heureuse d'entendre Noah Crawford lui murmurer des paroles aussi attendrissantes ? Ravi de ma réaction, Noah relève la tête et m'embrasse délicatement.

Il n'y a jamais un temps mort entre nous deux et je prie pour que cela reste ainsi. Même si nous vieillissons et grisonnons ensemble, assis sur une petite balancelle blanche dans un kiosque, tout en jetant du pain aux canards dans le soleil couchant, je serai toujours aussi heureuse.

7
Comment ?

Noah

Cela fait presque deux semaines que je l'ai vue. Deux très longues et insupportables semaines depuis que j'ai ramené Lanie à Hillsboro. Je suis irritable, dans mes bons jours. C'est ce qui arrive à un homme qui ne dort plus à cause de l'absence de celle qu'il aime.

Cela dit, je lui ai parlé chaque jour. Une certaine normalité est revenue chez ses parents. Sa mère n'est plus alitée et vaque à ses occupations, tandis que son père a repris le travail à l'usine, et c'est une bonne chose. Même moi, je dois admettre que son père mérite une petite pause dans son quotidien de garde-malade. Et d'après Lanie, il n'est plus aussi ronchon, mais cela lui déplaît toujours autant de laisser sa femme. Même si c'est pour des raisons tout à fait différentes, je comprends ce qu'il éprouve : moi aussi, je déteste ne pas être aux côtés de Lanie.

Comme si la première semaine sans elle n'avait pas été assez pénible, j'ai dû partir en déplacement et cela m'a fait manquer notre week-end ensemble. J'aurais volontiers envoyé balader ce voyage d'affaires pour la retrouver, mais il y avait une réunion du conseil d'administration et je me suis déjà trop absenté. Ce qui n'est pas très bon pour moi, étant donné que David Stone ne relâche pas la pression.

Il est encore plus arrogant ces derniers temps qu'à son habitude, si c'est possible, et je commence à être un peu soupçonneux. C'est à croire qu'il est au courant de quelque chose que j'ignore. Quelque chose d'important. Je me dis que c'est peut-être parce qu'il a l'intention de rapporter au conseil d'administration notre petite empoignade du lendemain de la soirée Scarlet Lotus. Cela ne m'inquiète pas. Les membres du conseil d'administration avaient pour mes parents un énorme respect dont j'ai hérité et il y a de grandes chances pour qu'ils estiment que David était en tort.

J'ai presque envie de prendre les devants et de vendre à ce salaud ma part de l'entreprise pour pouvoir être auprès de Lanie, mais je ne peux pas faire cela à mes parents. Scarlet Lotus était leur rêve et même si je sais que mon bonheur compterait encore plus pour eux, je ne peux pas être aussi égoïste.

Oui, je sais. Tout d'un coup, me voilà devenu un vrai petit saint. Mais depuis que j'ai avoué mes sentiments à Lanie, j'ai envie d'être le genre d'homme qu'elle mérite, un homme qui se sacrifie tout autant qu'elle.

Lanie a été très compréhensive et a tenu à ce que je fasse ce déplacement et m'occupe de mon travail. Je sais pourtant que ce n'était qu'une façade qu'elle a adoptée parce qu'elle savait que cela faisait partie de mes obligations.

Cependant, la manière dont elle a dissimulé le désarroi dans sa voix avec une gaieté qui évoquait davantage Polly l'a trahie et a été la preuve qu'elle souffre autant que moi de notre séparation. C'est une torture. Un véritable supplice. Mais savoir combien ce sera merveilleux quand nous serons de nouveau ensemble nous permet de tenir le coup.

J'essaie de m'absorber dans mon travail pour oublier son absence, mais cela ne marche pas non plus. J'avoue que je suis un peu sec avec le personnel, Mason, Polly et Samuel y compris. Polly ne se laisse pas faire et répond, ce qui n'est pas très malin, mais je la respecte d'avoir du caractère. Elle n'est pas du genre à supporter mon cinéma quand elle sait que rien ne le justifie. Je ne m'acharne pas sur elle car je sais que Lanie lui manque autant qu'à moi. Son amie n'est pas là, et elle n'en a pas beaucoup d'autres. Quand on est une casse-pieds, il n'y a pas tellement de gens pour vous supporter. En plus, j'ai un peu forcé Mason à m'accompagner dans mon déplacement. Elle m'en a énormément voulu, mais elle s'en est remise. Je crois.

Encore deux jours.

Deux insoutenables et accablantes journées avant de la revoir. La serrer dans mes bras, goûter ses lèvres pleines, toucher sa peau douce. Ce sera juste assez pour me faire tenir au moins jusqu'au prochain conseil d'administration du lundi suivant.

Oui, je suis un optimiste.

Je termine d'étudier les rapports que Mason a préparés sur les nouveaux clients que j'ai réussi à convaincre malgré mes préoccupations, et je range mes affaires.

Mason entre dans mon bureau avec l'ordre du jour de la réunion.

— Vous partez, patron ?

— Oui, j'en ai fini pour la journée. Bravo pour les rapports, au fait. Ils ont l'air parfaits.

Mason ouvre de grands yeux incrédules devant mon compliment. Le pauvre homme en a pris pour son grade ces derniers jours et c'était injuste. Il ne le méritait pas. Désireux de mettre en pratique ma théorie du sacrifice, je lui présente mes excuses.

— Au fait, je suis désolé d'avoir été dur avec vous dernièrement. C'est juste qu'avec Lanie absente…

— Ne vous inquiétez pas. Polly est dans le même état, me coupe-t-il pour m'épargner.

— Alors vous y avez droit à la maison comme au bureau, hein ?

— Je crois que je ne me serais jamais douté de l'effet que cette fille a eu sur la vie de tant de gens.

Moi non plus, mais il a raison. Même Lexi m'appelle plus souvent ces derniers temps, ce qui ne lui ressemble pas du tout, et toujours pour prendre des nouvelles de Lanie. Je lui ai dit de l'appeler directement, que Lanie serait ravie de l'entendre, mais Lexi ne veut pas la déranger. Bien sûr. Comme si j'allais la croire.

— Eh bien, vous ne le méritez pas, dis-je en enfilant mon manteau et en lui donnant une tape sur l'épaule en sortant. Passez une bonne soirée, mon vieux.

Ces derniers jours, le temps s'est rafraîchi, ce qui est logique pour la saison, mais je me demande si je ne le remarque pas encore plus parce que Lanie n'est pas là pour me tenir chaud. Sérieusement, c'est comme si toute la chaleur avait disparu autour de moi. Mon petit rayon de soleil est à des kilomètres et je suis seul et glacé.

— Hé, Crawford ! s'écrie David alors que j'arrive à l'ascenseur.

Je ne m'arrête pas pour bavarder avec lui ; je n'ai vraiment rien à lui dire. Et puis j'ai un rendez-vous téléphonique avec ma poupée et j'ai l'intention de ne le manquer sous aucun prétexte.

— Qu'est-ce que tu veux, Stone ? demandé-je sèchement.

— Juste m'assurer que tu comptais venir à la réunion de lundi, c'est tout.

Le ton est nonchalant, mais ce n'est pas difficile de repérer la lueur aiguë dans ses yeux noirs et le rictus méprisant sur ses lèvres. Je crispe le poing. J'ai la main qui me démange tant j'ai envie de claquer ce connard pour lui faire passer l'envie de sourire.

— Pourquoi je n'y viendrais pas ? soupiré-je en enfonçant d'un coup de poing rageur le bouton de mon ascenseur comme si c'était son visage.

— Eh bien, comme on ne te voit pas beaucoup ces derniers temps, je voulais m'en assurer. Il faut absolument que tu assistes à cette réunion, Crawford. Elle va être tout à fait distrayante.

Il me fait son sourire tout en dents et un clin d'œil avant de me laisser tranquille.

Distrayante. Ce connard s'imagine vraiment qu'on va me virer parce que je l'aurais menacé de mort ? Les gens disent ce genre de choses tous les jours. Et même si ce n'est pas convenable sur le lieu de travail, ce n'est pas suffisant pour que je perde mon entreprise et la livre à quelqu'un comme lui. En plus, c'est sa parole contre la mienne et je doute fortement qu'il ait porté un micro sur lui ce jour-là.

Je rentre chez moi à toute vitesse comme un enragé. Enfin, à la vitesse à laquelle un enragé peut aller dans les embouteillages. Rester assis à l'arrière de la limousine pendant tant de temps me rend fou. Je jurerais que je sens encore l'odeur délicieuse de Lanie flotter ici après nos quelques ébats. Je deviens dingue, je le jure.

Une fois arrivé dans la vaste demeure qui est mon foyer depuis toujours, le vide et le désir s'installent à nouveau. C'est drôle, mais quand elle était là, la maison ne me paraissait pas aussi grande. Lanie avait le don de remplir chaque pièce d'une présence immense mais si proche qu'elle donnait l'impression qu'elle et moi étions seuls au monde. Et je suis d'humeur à avoir envie de le repeupler, ce monde. Vous savez, pour sauver l'humanité, tout ça. Et je prends soudain conscience que j'ai envie d'avoir des enfants avec elle. Des tas et des tas d'enfants.

La dernière fois que nous nous sommes parlé, elle a déclaré qu'elle allait m'épuiser la prochaine fois que nous nous verrions. Je glousse intérieurement à cette perspective. C'est elle qui est devenue insatiable. Naguère encore petit chaton qui tremblait sous mon regard, elle s'est transformée en lionne, en souple prédateur que son besoin d'assouvir sa faim rend prête à tout et intrépide. La roue a tourné : si elle est devenue la lionne, je suis devenu l'agneau.

Pas tout à fait, mais je ne suis pas contre le lui laisser croire si cela signifie qu'elle va se montrer encore plus aventureuse. Je l'admire de savoir ce qu'elle veut et de ne pas avoir honte de le prendre, même si je suis un participant plus que consentant.

Je mange un morceau en vitesse et prends une douche rapide en attendant son coup de fil. Je sors à peine de la salle de bains quand le téléphone sonne. Je lâche ma serviette pour me précipiter dessus, totalement nu, et je m'affale n'importe comment sur le lit.

— Oh, bon sang. (Oui, ce sont les premiers mots que je prononce en répondant au téléphone.) Salut, ma chérie.

Lanie a dû entendre à quel point je souffre d'après ma voix étranglée.

— Qu'est-ce qui ne va pas ? s'inquiète-t-elle.

— Je crois que tu me manques trop, dis-je en roulant sur le dos.

— Oh, mon pauvre chéri, roucoule-t-elle.

— Tu es une méchante petite allumeuse. Tu sais très bien que je n'ai qu'une envie, c'est te baiser la bouche. Voilà que je bande rien que d'y penser et je ne peux rien faire pour arranger ça.

— Oh, je n'en suis pas si sûre, rétorque-t-elle d'une voix langoureuse qui n'arrange rien non plus. Qu'est-ce que tu portes ?

— Je suis couché dans le lit. Qu'est-ce que tu crois que je porte ? réponds-je d'une voix rauque.

Elle sait très bien que je dors nu.

— Mmm… Montre-moi.

— Quoi ? demandé-je, dérouté.

— Regarde ton portable.

Je tends la main pour saisir mon téléphone qui vibre sur la table de chevet. Comme de bien entendu, un texto de ma poupée m'attend. Et quand je l'ouvre, je manque de tomber du lit. Sur la photo, elle est nue comme au premier jour, ne laissant absolument rien à l'imagination. Elle est adossée à la tête de lit, ses splendides cheveux ruisselant sur ses épaules, ses seins gonflés, ses tétons dressés. Ses genoux relevés et écartés m'offrent le magnifique spectacle de la chair rosée entre ses cuisses. Et ses yeux. Seigneur, ses yeux qui me regardent par en dessous alors qu'elle mord sa lèvre pulpeuse comme si elle mourait de désir que je la caresse.

— Je t'ai montré ma photo. À présent, c'est ton tour, ronronne-t-elle au téléphone.

— Oh, tu veux jouer, c'est ça ? demandé-je avec un sourire narquois qu'elle peut entendre même si elle ne le voit pas.

— Et en entendant ça, tu trouves que j'ai envie de jouer ? (J'entends un déclic suivi de la reconnaissable vibration de la boule Crawford que je lui ai offerte.) J'ai envie de toi. Je ne peux plus attendre. Fais-moi jouir, Noah.

— Bon sang…

Je suis plus qu'heureux de la faire jouir, même si c'est avec un objet métallique plutôt qu'avec une partie de mon corps.

— C'est ma boule, ma chérie ? demandé-je, alors que je connais la réponse.

— Non, mais là, oui. (Une autre vibration plus aiguë se joint au bourdonnement plus sourd et je hausse un sourcil.) Ah, d'accord. Alors, euh… qu'est-ce que c'était, l'autre, Lanie ?

— Dez m'a emmenée dans une petite boutique aujourd'hui, glousse-t-elle. De jouets pour adultes. Je ne connaissais même pas son existence tellement elle est bien cachée au fond d'une ruelle.

— Tu as acheté un vibromasseur ?

J'espère qu'elle a utilisé ma carte de crédit pour acheter ce qu'il y a de mieux sur le marché, même si ce foutu gadget finira à la poubelle dès qu'elle aura repris la place qui est la sienne dans ce lit. Aucune bite, réelle ou artificielle, n'approchera sa chatte tant que je serai parfaitement capable de m'occuper moi-même d'assouvir ses envies. La boule Crawford est une exception, simplement parce que c'est un gadget qui décuple le plaisir, pas un ersatz de bite.

— Mmm. Évidemment, il est loin d'être aussi gros que le vrai, mais comme je ne peux pas t'avoir, il faudra bien que je m'en contente. (Entendre cela me donne la grosse tête. Et je n'ai pas que la tête qui enfle, d'ailleurs.) Dis-moi ce que je dois faire avec, Noah. Dis-moi comment me faire du bien. Qu'est-ce que tu me ferais si tu étais avec moi en ce moment même ?

— Putain, ma chérie… (Je lorgne la photo qu'elle m'a envoyée et je sais exactement ce que je ferais.) Je te jetterais sur le lit et j'enfouirais mon visage entre tes magnifiques cuisses pour te dévorer. C'est cela que je ferais si tu étais là avec moi.

(Elle gémit et ma bite tressaille sur mon ventre. Bon sang, cette femme me met dans tous mes états.) Mais comme tu n'es pas étalée toute nue sur mon lit, je vais devoir faire avec. Ton vibromasseur prendra ma place pour la soirée. On l'appellera le mini-moi. Je veux que tu le mettes de côté et que tu prennes la boule, ma chérie. Fais-la glisser sur ton corps et laisse-la au-dessus de ton clitoris. Pas dessus, *au*-dessus.

Elle gémit de nouveau, appréciant manifestement les légères vibrations qui agacent ses chairs.

— Laisse-le là. Même si tu as une terrible envie de le faire glisser plus bas, laisse-le, ordonné-je. Maintenant, prends dans tes mains tes seins magnifiques et pétris-les. Bon Dieu, c'est agréable, hein ? Lèche-toi les doigts, ma chérie. Presse tes seins l'un contre l'autre et avec tes doigts mouillés, pince tes tétons durcis. C'est ma bouche, trempée et brûlante, qui les tète et les titille. Je vais de l'un à l'autre, ma langue les agace et en fait le tour, puis je les engloutis ensemble. Griffe-les doucement du bout des ongles. Ce sont mes dents. Bon sang, je crève d'envie de les mordiller. Tu me sens, ma chérie ?

— Oh, mon Dieu, oui.

— Putain, quand tu le dis comme ça… (Je ferme les yeux et je la vois presque qui se tripote. Je note mentalement de mettre cela en pratique la prochaine fois que nous nous verrons. Peut-être que je vais même la regarder aussi se donner du plaisir avec son petit jouet. Finalement, peut-être que je devrais le lui laisser.) Touche-toi, ma chérie. Glisse tes doigts entre les lèvres de ta chatte et sens comme tu es douce et chaude, continué-je de la taquiner. Tu mouilles pour moi, Lanie ?

— Je ruisselle, gémit-elle.

Ma voix est rauque et grave même à mes propres oreilles et le sang afflue dans ma bite.

— C'est bien, ma chérie. Prends le mini-moi et mets-le dans ta bouche.

D'après le bourdonnement étouffé qui me parvient, je déduis qu'elle a fait exactement ce que je lui ai demandé. Des bruits humides mêlés de gémissements avides qui me donnent envie de voir en vrai ce qu'elle fait, pas seulement de l'imaginer.

— Ça suffit, Lanie. Tu ne veux pas me rendre jaloux, tout de même ?

— Si tu es jaloux, tu me baiseras à fond? demande-t-elle d'un ton enjôleur, espérant que je vais répondre oui.

— Tu aimes ça, quand je te baise à fond ?

À l'autre bout du fil, elle pousse un miaulement qui me fait encore plus battre le cœur. Je bande comme jamais et j'ai vraiment peur de me faire éclater une veine si je ne me soulage pas rapidement. Ma main est comme douée d'une vie propre et je commence à me caresser.

— J'adore quand ma chatte est tellement bonne que tu ne peux plus te retenir.

Nom de Dieu! Ma poupée a dit *chatte* et ça me met dans un état indescriptible. Je laisse échapper un grognement entre mes dents serrées.

— Répète.

— Répète quoi ?

Elle sait très bien quoi. Elle joue avec moi et cela m'agace un petit peu. Surtout parce qu'elle n'est pas là avec moi et que je suis chaud comme la braise.

— Tu sais très bien. Redis-le.

— Chaaaaaatte.

— Putain, si tu étais là, je n'aurais aucune pitié. Je te dérouillerais la chatte.

Et je le pense vraiment, en plus.

— Alors, qui c'est, l'allumeuse, là ? Dis-moi ce que je dois faire, maintenant, Noah.

Ah oui, c'est vrai. Elle a un gode dans la main. Je pourrais imaginer des tas de choses avec ça. Il va bien falloir que j'en choisisse une.

— Allume-le, ma chérie. Tu sens comme je vibre dans ta main. Je veux que tu fasses glisser mon gland sur tes lèvres ruisselantes. Trempe-moi dans ta chair humide.

— Mmm, ce que c'est bon, Noah.

Je cale mon téléphone sur mon épaule et d'une main, j'attrape le lubrifiant dans le tiroir de la table de chevet. J'en verse une généreuse quantité dans ma paume avant de reposer le flacon à l'aveuglette pour ne pas quitter des yeux ma main qui s'active sur ma bite.

— C'est ça, ma chérie, tu me sens bien, je suis en train de caresser l'entrée de ta chatte avec ma bite. Je suis prêt pour toi. Je veux te baiser à fond. Je veux te faire crier mon nom.

— Oh, mon Dieu, oui, Noah, geint-elle en haletant presque autant que moi.

— Mets-toi à genoux, ma chérie. Tu veux bien faire ça pour moi ? Mets le haut-parleur, redresse-toi sur les genoux et cramponne-toi à la tête de lit avec ta main libre.

J'entends des frottements au bout du fil, puis de nouveau sa voix, un peu plus lointaine à présent.

— OK, je fais quoi, maintenant ?

— Tu vas chevaucher ma bite, Lanie. Mets-la entre tes cuisses et écarte les genoux jusqu'à ce que tu sois assez bas pour me sentir frôler ta chatte.

— J'ai tellement envie de toi, gémit-elle.

— Alors prends-moi. Baisse-toi sur ma bite et chevauche-moi, à fond, comme tu aimes.

Voulant éprouver la sensation en même temps qu'elle, je pince le bout de ma bite entre deux doigts tout en arc-boutant les hanches pour que le reste de ma bite glisse dans ma main.

Mes yeux se ferment tandis que je m'imagine en train de la pénétrer.

— Oh, putain, Lanie. Ce que tu es bonne. Tu aimes ça ?

— Oh, mon Dieu, Noah, ce qu'elle est *épaisse*, dit-elle en appuyant sur le dernier mot.

— Chérie, il faut que tu arrêtes de dire des trucs pareils, sinon je saute dans ma voiture et je fonce jusqu'à Hillsboro pour te kidnapper.

Et je suis à un cheveu de le faire.

— Tu viendrais avec ta grosse bite ?

Sa question me met en feu. Mes mains se resserrent sur ma bite que j'astique de plus en plus vite, et le lubrifiant devient de plus en plus chaud dans ma paume. Je ferme les yeux en imaginant sa chatte qui m'enserre, tantôt me comprimant, tantôt me libérant, tandis qu'elle va et vient sur moi.

Je veux qu'elle baisse les yeux vers moi, la bouche légèrement entrouverte, les cheveux volant sur ses épaules, tout en griffant ma poitrine. Ses hanches cognent les miennes tandis qu'elle caresse son petit bouton juste contre mon bas-ventre.

Elle gémit et geint à l'autre bout du fil, pas trop fort pour ne pas réveiller toute la maison, mais je sens qu'elle n'en a pas encore assez.

— Chevauche-moi, Lanie, plus fort.

J'imagine ses fesses qui claquent sur mes cuisses et ses seins qui tressautent à chaque mouvement. Ma main accélère la cadence et je me mords la lèvre presque jusqu'au sang.

— C'est si bon, gémit-elle.

J'entends ses halètements et le léger bruit de la tête de lit tandis qu'elle va et vient sur le gode posé sous elle.

— Retiens-toi, ma chérie, retiens-toi encore un peu, la supplié-je, près de jouir moi-même.

— Noah, j'ai envie de toi. S'il te plaît, supplie-t-elle. Donne-m'en encore.

— Je t'ai promis de te donner tout ce dont tu as besoin. Tu te souviens ? Je te l'ai promis, n'est-ce pas ? Lâche la tête de lit, Lanie. Sers-toi de tes doigts. Trouve le point qui a besoin d'un tout petit peu plus. Travaille-le avec les doigts et quand je te le dirai, tu le pinceras. (Ses halètements se font plus intenses et plus rauques.) Maintenant, ma chérie. Pince-le maintenant.

— Oh, putain ! s'écrie-t-elle à mi-voix pour ne pas réveiller la maison.

Je vois presque sa tête retomber en arrière et tout son corps se crisper dans l'orgasme. Et cette vision m'apporte exactement ce qu'il me faut à moi aussi.

— Voilà, ma chérie. C'est ça… Là… exactement…

Je jouis dans un grognement en m'arc-boutant contre mon poing qui serre ma bite, le gras du pouce sur le gland. Le sperme jaillit comme une épaisse lave en fusion et retombe sur mon ventre. Je continue par saccades jusqu'au bout.

— Tu es encore là ? demande Lanie en reprenant le téléphone et en coupant le haut-parleur.

Elle halète encore, mais sa voix est douce et profonde. Un bras sur le visage, je m'efforce de reprendre mes esprits.

— Oui, ma chérie, je suis là.
— Tu me manques, Noah.
À moi aussi, elle me manque.

* * *

Il faut environ quatre heures pour arriver à Hillsboro, le double pour l'aller-retour. Ce qui veut dire que j'ai assez de temps pour me rendre là-bas et rentrer à temps pour aller au bureau. J'ai mentalement fait le calcul une bonne douzaine de fois en regardant les minutes s'égrener sur le réveil jusqu'à minuit. Malgré le plaisir que j'ai pris il y a deux heures, je n'arrive pas à dormir. Une fois de plus. La frontière est ténue entre l'amour et l'obsession, et j'ai peur d'être dangereusement près de la franchir. Cela dit, il se peut que ce soit le manque de sommeil qui me fasse penser à tout cela. J'ai besoin d'un remède, et vite, et je sais que j'ai encore deux jours à attendre. Le problème, c'est que n'ayant absolument pas l'intention de perdre à dormir le moindre moment que je passe avec elle, je suis prisonnier d'un cercle vicieux tant que je n'aurai pas trouvé de solution. Ou bien je vais devenir fou.

Je me lève et enfile un jean avant de descendre boire un verre de lait ou de tequila. Peu importe, du moment que cela me rend le sommeil. Sauf que je suis distrait quand j'arrive au rez-de-chaussée. Partout où je regarde, je la vois. Lanie à genoux devant la porte d'entrée ; Lanie rentrant après avoir flanqué le feu à de la lingerie qu'elle ne voulait manifestement pas ; Lanie descendant l'escalier comme Cendrillon partant pour le bal ; Lanie sur les marches, le visage ruisselant de larmes après que je l'ai baisée rageusement. Je ferme les yeux sur cette image et je suis récompensé par le souvenir de Lanie dans la douche juste après, son joli peignoir tout trempé tandis qu'elle me maintient sous le jet.

Je traverse la maison et j'arrive dans le salon de musique. Elle est là aussi, étalée sur le demi-queue, blottie sur mes genoux alors que nous faisons l'amour. Un peu plus loin dans mon bureau ; Lanie seulement vêtue d'une cravate en soie, debout sur le seuil ; Lanie telle que je l'ai vue sur l'écran de la caméra de surveillance en train de danser dans la cuisine.

Elle me manque tellement. Mon cœur souffre tandis que je revois ces innombrables images d'elle. Certaines innocentes, d'autres nettement moins. Chaque magnifique sourire rivalise avec les petits ricanements sexy de l'époque où elle me détestait. Son expression si excitante alors qu'elle jouit, encore et encore. Son air déterminé la première fois qu'elle m'a avoué qu'elle m'aimait. Tout. Peut-être que je pourrais survivre sans elle à mes côtés, mais je n'en ai absolument pas envie.

Au diable la distance, j'ai besoin de la voir.

Pieds nus et sans chemise, je fonce jusqu'à l'entrée, prends mes clés dans le vide-poche et cours à ma Lamborghini. Quelques gouttes de pluie viennent parsemer le pare-brise alors que je la sors du garage et m'élance vers Hillsboro pour la retrouver.

Je fonce comme un enragé. Les routes humides ne sont pas vraiment ce qui se fait de mieux pour conduire une Lamborghini, mais je m'en moque. Il faut que j'arrive à elle et que j'aie le temps de la serrer dans mes bras avant de devoir l'abandonner pour revenir ici, et la Lamborghini est le moyen de transport le plus rapide que j'aie sous la main. Je note mentalement d'investir dans un hélicoptère dès demain.

La pluie redouble en route et, à chaque gerbe d'eau que soulèvent mes pneus, chaque coup de l'essuie-glace sur le pare-brise, je m'abîme plus encore dans mes pensées habitées par Lanie.

Je repense au rêve que j'ai fait avec elle et à ce qui s'est passé le lendemain quand je l'ai ramenée chez elle. Cette maisonnette, cette prairie, son rire et le sourire sur son visage, c'était comme si le rêve avait pris vie juste sous mes yeux.

J'entends encore sa voix, triste et accablée, me disant que je lui manque. Elle résonne dans mon esprit et me serre le cœur. Moi aussi je suis triste et accablé. Elle me manque et je me fiche bien d'être accro.

J'écrase l'accélérateur pour voler vers ma destination. La nuit m'environne. Mes phares trouent l'obscurité de la route déserte devant moi et se reflètent sur la chaussée mouillée. Je suis presque arrivé, encore quelques kilomètres et elle sera dans mes bras.

Le temps que j'entre dans sa rue, la pluie est devenue un véritable déluge. Je coupe les phares, afin de ne pas alerter ses parents, et je me gare un peu plus bas. Une faible lueur brille à la fenêtre de la chambre de Lanie et tremblote en projetant des ombres dansantes sur le mur. C'est manifestement une bougie. Le reste de la maison est plongé dans le noir et il n'y a pas âme qui vive dans la rue.

Je descends de voiture et referme aussi discrètement que je peux la portière, mais pas suffisamment. Un premier chien, puis un deuxième commencent à aboyer, et c'est rapidement un vacarme.

La pluie, poussée par un vent impitoyable, crible ma peau nue. En quelques secondes, je suis lessivé de la tête aux pieds et gelé, mais je m'en contrefiche. Je tremble dans le froid, mais je n'ai qu'une seule chose en tête. Lanie. Évidemment, si j'avais consacré un peu de cette énergie à réfléchir mieux, je saurais ce que je compte faire. Je ne vais pas sonner à la porte, car c'est avec son fusil que son père va venir ouvrir.

Je considère l'arbre qui se dresse juste devant la fenêtre de Lanie et calcule les chances que j'ai de pouvoir y grimper pour atteindre sa chambre.

Comme quelques branches pendent bas, je devrais y arriver. Jusqu'au moment où je m'y essaie.

Avec mes pieds nus et l'écorce couverte de mousse, je n'ai aucune prise. J'empoigne la branche au-dessus de moi et me hisse dessus. Je suis presque arrivé à l'enfourcher quand elle se brise sous mon poids et que je retombe lourdement. J'en ai le souffle coupé, mais je n'ai pas roulé pendant quatre heures pour renoncer aussi facilement. Au moment où je me relève pour ma seconde tentative, je vois les rideaux s'écarter à la fenêtre de Lanie.

— Noah ? demande-t-elle avec surprise, apparemment réveillée par le bruit de la branche cassée. Tu es fou ? Qu'est-ce que tu fais ici ?

Je lève la tête vers le ciel noir. Des gouttes de pluie me tombent dans les yeux et m'obligent à cligner des paupières. Je reste bouche bée, incapable de me détacher de la femme de mes rêves. Ses cheveux sont ramenés en une queue-de-cheval approximative, quelques mèches retombant sur son visage. Ses yeux sont encore bouffis de sommeil. Elle est d'une parfaite imperfection, et j'ai envie de la faire mienne éternellement. C'est alors que deux petits mots s'échappent de mes lèvres, aussi inattendus qu'imprévus. Ce n'est pas une question. Ce n'est pas un ordre. Allez, c'est une prière.

— Épouse-moi.

8
La bulle éclate

Lanie

Depuis ma fenêtre, je regarde Noah. Il est à moitié nu. Sans chemise ni chaussures, juste un jean trempé qui moule ses formes splendides. La pluie qui lui colle les cheveux sur le front et le force à cligner ses paupières à longs cils coule sur ses lèvres. Et il me contemple comme si j'étais un ange descendu du ciel alors que je sais que j'ai l'air d'une déterrée.

— Épouse-moi.

Ces deux mots montent jusqu'à moi malgré le vent impitoyable qui menace de le culbuter. J'ai le cœur battant, mes genoux se dérobent, la pièce tourne et je me cramponne au rebord de la fenêtre pour ne pas m'effondrer.

En vain. Je trébuche en avant et manque de tomber par la fenêtre, mais je me raccroche juste à temps à une branche.

— Lanie ! crie Noah avec angoisse.

Il faut que j'arrive jusqu'à lui, que je saute dans ses bras et que je l'étreigne. Descendre par l'escalier prendrait trop longtemps et puis après tout, c'est bien trop traditionnel pour nous. Puisque je suis déjà à moitié suspendue à la branche devant moi, autant y aller. S'il a pu affronter le mauvais temps pour venir jusqu'à moi, je peux en faire autant. Il en vaut la peine.

Je rampe dehors le long de la branche, tandis que la pluie crible ma peau nue de gouttes glacées et détrempe la chemise de Noah que j'ai emportée.

— Retourne à cette satanée fenêtre, Lanie, avant de te rompre le cou ! ordonne Noah.

Mais depuis quand je l'écoute ? Je suis déjà descendue d'une branche à une autre et il ne m'en reste plus qu'une avant de pouvoir sauter à lui. Et c'est là que se réveille la reine des maladroites qui sommeille en moi.

— Oh, zut !

Je dérape et tombe la tête la première. Je ferme les yeux pour ne pas me voir m'écraser sur le sol, mais imaginez ma surprise quand je sens au lieu de la terre un rempart de chair. Noah a amorti ma chute, mais cela ne nous empêche pas de tomber tous les deux à la renverse.

Je me redresse et je le regarde, encore stupéfaite de sa présence ici. Un roulement de tonnerre gronde au loin, mais nous demeurons sans rien dire, affalés dans la boue à nous dévisager. Son regard plonge dans le mien et je le scrute, tentant de deviner s'il regrette sa proposition inattendue.

Je ne décèle rien de tel.

En revanche, je vois un désir aussi puissant que le mien, une certitude qui dissipe le moindre doute, une vérité qui reflète la mienne. J'aime cet homme, il m'aime, et c'est juste.

Il crispe la mâchoire et me prend le visage dans ses mains, puis il pousse un long soupir et repousse une mèche de cheveux trempée sur mon front.

— Je ne veux plus être séparé de toi. Je ne *supporte* pas, dit-il d'une voix tremblante.

J'éprouve la même chose, mais les mots sont coincés dans ma gorge, étranglée par une myriade d'émotions insondables. Et comme je suis manifestement incapable de parler, je m'efforce d'exprimer mes sentiments autrement. Je l'embrasse comme je ne l'ai encore jamais embrassé. Je me perds dans Noah Crawford. Il est à moi et je suis à lui. Le reste du monde n'existe plus : l'orage implacable, les chiens qui hurlent dans tout le quartier comme des sirènes d'alarme à quatre heures du matin, tout cela cesse d'exister.

Nous roulons ensemble sur le sol et je me blottis contre lui. Sentant mon désir, il tire ma cuisse sur sa hanche. L'étoffe trempée de son jean appuie sur mon bas-ventre et je gémis dans sa bouche. Il sait toujours ce dont j'ai besoin et il prendra toujours soin de moi ainsi qu'il l'a promis.

Mes mains s'égarent sur sa poitrine nue, ses épaules musclées, ses biceps, chaque pouce de son corps glisse, trempé, sous mes doigts. J'enroule mon autre jambe sur lui et le retiens prisonnier, lui interdisant de repartir.

D'une main, Noah m'empoigne les fesses tandis qu'il s'arc-boute contre moi et me donne un baiser ardent et passionné. Quand ses lèvres finissent par quitter les miennes, c'est pour glisser le long de ma joue jusque derrière mon oreille.

C'est alors qu'il s'arrête et s'écarte brusquement en me regardant, sourcils froncés, bouche entrouverte, l'air décontenancé. La pluie ruisselle de ses cheveux et une goutte tombe sur ma joue. C'est drôle, la pluie nous inonde, mais c'est cette goutte-là qui me fait frissonner et me donne la chair de poule.

— Qu'est-ce qu'il y a ? demandé-je sans comprendre.

— Tu n'as pas répondu à ma question.

Je glousse en levant les yeux au ciel.

— Noah, je suis tombée de la fenêtre, je me suis rattrapée à une branche et j'ai failli me rompre le cou en descendant d'un arbre. Tout cela pour arriver à toi. Tu tiens vraiment à ce que je le dise ?

— Oui, j'y tiens pas mal, répond-il, sincère. Je te demande de devenir ma femme, de porter mes enfants et de vieillir à mes côtés. Je te demande de m'épouser, Delaine Marie Talbot, pour le meilleur et pour le pire, dans la maladie comme dans la santé, pour t'aimer et te chérir jusqu'à ce que la mort nous sépare. Est-ce que cela te paraît être quelque chose que tu as envie de vivre jusqu'à la fin de tes jours ?

Je me mords les lèvres pour retenir le sourire narquois qui me vient et je hausse nonchalamment les épaules.

— Peut-être.

Il me fait un sourire éclatant.

— Peut-être, c'est tout ?

— Je suis folle de toi, Noah Crawford. Et je suis tout à fait sûre que c'est parce que je suis amoureuse de toi, et pas parce que tu me rends folle. Donc, oui, je pense que c'est quelque chose que j'ai envie de vivre jusqu'à la fin de mes jours.

— C'est oui ?

— Oui, Noah, réponds-je, dissipant le moindre doute qu'il pourrait encore avoir.

— OK, tant mieux, soupire-t-il avec soulagement.

— Bien sûr, dis-je en passant mes doigts dans ses cheveux trempés.

Je le dévore du regard. Ses yeux noisette sont remplis de tant d'amour et d'adoration. Il est heureux, et c'est grâce à moi.

Je suis la ligne de sa mâchoire qui se raidit sous mon doigt et je m'arrête sur ses lèvres. Il ferme les yeux et m'embrasse le bout des doigts. Il renverse la tête en arrière tandis que je poursuis le long de son menton, puis de sa pomme d'Adam. Il a un cou épais et musclé, où palpite une veine remplie de l'essence vitale qui parcourt son corps parfait. C'est presque injuste, tant de beauté chez un seul homme. Mais je ne vais pas me plaindre, puisqu'il va être à moi pour toujours.

— Tu me feras l'amour ?

— Toujours. Mais il faut nous abriter de la pluie, dit-il en se levant et en m'aidant à en faire autant. Ton père va probablement me faire la peau.

Malgré mes protestations, il me prend par l'épaule et me serre contre lui pour m'entraîner vers la maison. C'est alors que je me rends compte que je suis sortie par la fenêtre et que la porte est verrouillée.

— C'est fermé à clé, lui dis-je.

— Ah. Eh bien, pas question que tu repasses par ce fichu arbre, ça c'est sûr. (Il regarde autour de lui.) La porte de derrière ?

— Verrouillée aussi.

— Il va falloir que tu les appelles pour qu'ils te fassent entrer, dit-il en allant vers sa voiture. Je vais prendre mon téléphone… Oh, zut ! Quel idiot. Je l'ai laissé chez moi.

— Tu as fait tout le chemin jusqu'ici sans avoir pris ton téléphone ?

— Sans avoir pris mon téléphone, mon portefeuille, mes chaussures, ma chemise, achève-t-il avec une lueur diabolique dans le regard. Si je n'avais pas déjà enfilé mon jean, je ne l'aurais pas pris non plus. Tu vois combien tu me rends dingue ?

Je me hisse sur la pointe des pieds et lui fais un baiser sur le bout du nez.

— OK, alors examinons la situation. Nous sommes tous les deux à moitié nus, il fait nuit, il pleut, il n'y a pas moyen de rentrer, et j'ai envie de toi, *là tout de suite.* Viens avec moi.

Je lui prends la main et l'entraîne vers un bosquet voisin de la maison.

— Où nous emmènes-tu ?

— Tu vas bien voir, dis-je avec un sourire espiègle.

Une fois que nous avons pénétré dans l'épais bosquet, je le conduis à une petite clairière au centre. Je m'arrête et lève les yeux pour lui montrer l'épaisse voûte des arbres qui nous protège des éléments.

— Et maintenant ? demande-t-il.

— Maintenant, dis-je en m'attaquant au bouton de sa ceinture, nous allons t'enlever ce jean trempé avant que tu attrapes la mort.

— Ce serait dommage, n'est-ce pas ? soupire-t-il en s'occupant du premier bouton de ma chemise.

Je secoue la tête et l'embrasse dans le cou pendant que nous ôtons le peu de vêtements que nous portons. Une fois que nous en sommes débarrassés, Noah me soulève, je passe mes jambes sur ses hanches et nos lèvres se rejoignent à nouveau. Lentement, il se baisse afin de se retrouver adossé à un arbre et moi confortablement installée sur ses cuisses. Pendant que ma langue cherche la sienne, ma main glisse le long de sa poitrine et de son ventre jusqu'à sa bite logée entre nous. Quand je le touche enfin, il renverse la tête en arrière et m'offre sa gorge et ses épaules. Je ne perds pas une seconde et le dévore à pleine bouche. Je presse contre mon bas-ventre ruisselant sa bite dure comme de l'acier.

Ses mains se referment sur mes fesses et il me soulève pendant que je le guide en moi. Il me remplit entièrement, comme toujours, et comme il en sera toujours. Nous gémissons en chœur alors que nos corps s'emboîtent comme deux pièces d'un puzzle faites l'une pour l'autre.

Enfin, je peux le chevaucher en vrai, au lieu d'un jouet artificiel.

Noah ôte mon bandeau et mes cheveux retombent, puis il s'empare d'un téton entre ses lèvres. Ses dents l'effleurent tandis qu'il le suce et que sa langue le titille à une vitesse affolante. Je me cambre pour le prendre entièrement en moi.

Lentement, tendrement, nous faisons l'amour en chuchotant des serments éternels.

Il ne nous faut pas longtemps pour atteindre l'orgasme. Tout ce temps passé loin l'un de l'autre nous a rendus avides. Sans compter que le nouveau tour de notre relation avec la promesse de passer tant d'années ensemble nous donne envie de nous consumer dans les bras l'un de l'autre.

Il ne faut guère de temps pour que je me retrouve blottie dans ses bras, et que nos corps brûlants nous réchauffent l'un l'autre. Nous sommes totalement épuisés et comblés.

— Je dois partir, chuchote Noah avec regret. Je n'en ai pas envie, mais Stone mijote quelque chose et je ne peux pas risquer de manquer une autre journée au bureau avant la réunion du conseil d'administration de lundi.

Je me redresse pour lui donner un baiser.

— Ce n'est pas grave. Je comprends.

Il caresse mes cheveux trempés, puis il prend mon visage entre ses mains et m'embrasse passionnément. Je proteste quand il s'écarte de moi.

— Comment va-t-on te faire rentrer ? demande-t-il.

— Tu n'as qu'à partir, je vais défoncer la porte, réponds-je avec désinvolture.

— Et que vas-tu dire à ton père quand il te demandera ce que tu faisais enfermée dehors avec ma chemise pour tout vêtement ? Et dans laquelle tu es magnifique, je dois dire.

— Ne t'inquiète pas pour mon père, je m'en occupe, soupirai-je sans avoir la moindre idée de l'explication que je vais trouver. Je suis la future Mrs. Noah Patrick Crawford. Il faut bien qu'un peu de ton ingéniosité ait déteint sur moi, non ?

Il se mord la lèvre en fixant ma bouche.

— Mon Dieu, que c'est agréable à entendre, dit-il avant de m'étreindre dans un baiser passionné.

Quelques instants plus tard, après avoir insisté pour que Noah bouge ses splendides fesses et ne soit pas en retard pour le bureau, je me retrouve sur le perron en train de tambouriner sur la porte. Comme prévu, c'est le visage ensommeillé que mon père entrouvre la porte et écarquille les yeux en me voyant sur le seuil.

— Lanie ? Mais qu'est-ce que tu fais dehors sous la pluie en plein milieu de la nuit ?

J'entre, il referme la porte et se retourne, attendant une réponse.

Ma mère apparaît dans le couloir, manifestement tirée de son lit elle aussi.

— Qu'est-ce qui se passe ? demande-t-elle en se frottant les yeux.

Dans l'embrasure de la chambre, c'est l'image même de la santé.

— J'attendais justement qu'elle me l'explique, répond mon père sans me quitter du regard. Lanie ?

Je leur dis donc la vérité.

— Noah est arrivé et m'a demandé de l'épouser.

— Quoi ? demandent en chœur mes parents, ma mère en ouvrant de grands yeux ravis, mon père l'air beaucoup moins heureux.

— Il m'a demandé de l'épouser et j'ai accepté, répétai-je d'un air résolu.

— C'est merveilleux ! s'écrie ma mère en se jetant dans mes bras.

— Et comment as-tu fini enfermée dehors sous la pluie ? demande mon père, agacé.

— Je suis descendue par l'arbre pour le rejoindre, réponds-je sans plus de façon.

— Oh, comme c'est romantique, dit ma mère d'un ton rêveur.

— Comme c'est stupide ! rétorque mon père. Tu aurais pu te briser le cou, jeune fille. Où est-il ?

— Oh, arrête, Mack, coupe ma mère, volant à mon secours. C'est une grande nouvelle et il n'est pas question que tu nous gâches notre plaisir.

Notre. Ma mère, qui n'a jamais eu droit à une demande en mariage romantique, la vit par mon intermédiaire. D'après ce qu'elle m'a raconté, mon père est venu la chercher pour sortir, puis il lui a demandé : « Alors, tu veux te maquer ? » Elle lui a répondu que oui. Et sur ce, il a démarré la voiture en disant : « Très bien, alors ». Elle ne s'est pas plainte : c'était comme ça à leur époque. Tout comme la déclaration de Noah et mon acceptation, c'est comme ça à la *nôtre*.

— Allons prendre un café, dit ma mère en m'entraînant dans la cuisine. Il faut que tu me racontes tout.

— Je vais me recoucher, glisse mon père en levant les yeux au ciel, l'air résigné.

Ma mère et moi sommes encore dans la cuisine quand l'orage finit par s'apaiser et que le soleil commence à poindre sur l'horizon. Je lui ai tout raconté, même le moment où nous avons fait l'amour sous les arbres à côté de la maison. Elle est suspendue à mes lèvres comme une enfant à qui je raconterais un conte de fées.

— Montre-moi la bague, dit-elle en prenant ma main et en voyant que je n'en porte aucune.

— Ça s'est fait dans le feu de l'action. Et puis je n'ai pas vraiment besoin de bague, réponds-je en haussant les épaules.

— Lanie, c'est Noah Crawford. Je suis sûre qu'il va veiller à ce que tu en aies une.

— Dans un cas comme dans l'autre, cela n'a pas d'importance. Le simple fait de savoir qu'il m'aime me suffit. Et c'est vrai : Noah veillera à ce que j'aie une bague. J'espère seulement que ce ne sera pas un truc énorme qui coûtera une fortune. D'ailleurs, il pourrait m'en donner une tirée d'un paquet de lessive que je m'en contenterai très bien. Polly et Lexi en feraient probablement un drame, mais pas moi.

— Ma chérie, dit ma mère en prenant ma main dans la sienne. Il faut que tu ailles le retrouver. Tu ne peux pas rester ici.

— Maman, ça ne lui fait rien, la coupé-je. J'irai quand tu iras mieux.

— Tu vas m'écouter, maintenant, Delaine Talbot, insiste-t-elle en prenant son ton maternel. Je vais très bien. D'ailleurs, jamais je ne me suis sentie mieux. Il est temps que tu arrêtes de faire tourner ta vie autour de ton père et moi. Cet homme est fou de toi et toi de lui. Va. J'insiste.

— Tu me jettes dehors ? fais-je mine de m'indigner.

— Exactement, dit-elle. Fais tes valises et fiche le camp de la maison.

Nous éclatons de rire et nous nous étreignons. Je suis tout étourdie à l'idée que Noah et moi allons nous retrouver enfin sans que rien ne nous fasse obstacle.

Noah m'a appelée pour me dire qu'il était rentré sans encombre et qu'il part à son bureau. Je décide de ne pas lui annoncer que je vais rentrer le rejoindre ni que j'ai parlé à mes parents de nos projets de mariage. J'ai envie de voir son air ébahi quand j'apparaîtrai sur le pas de sa porte.

J'appelle Dez chez ses parents pour lui annoncer la bonne nouvelle. Après avoir supporté ses récriminations parce que je l'ai réveillée, je finis par la couper et tout lui débiter.

— Et je suppose que tu veux que je sois ta demoiselle d'honneur ?

— Si tu n'es pas trop occupée, j'en serais ravie, dis-je en riant.

— Je dois pouvoir faire ça, soupire-t-elle, mais mieux vaut que tu saches qu'il y aura des strip-teaseurs à ton enterrement de vie de jeune fille.

— Tu as une ristourne parce que tu as couché avec tous ? demandé-je en riant.

— Encore heureux ! s'esclaffe-t-elle avant de reprendre son sérieux. Je suis vraiment contente pour toi, Lanie. Mais je me transformerai en furie si jamais il déconne.

— Oh, ce que tu es gentille. Maintenant, ramène-toi en vitesse, il faut que tu me reconduises à Chicago.

— Tu as de la chance que je doive travailler ce soir. Je serai chez toi en moins de deux.

J'ai déjà fait mes bagages qui sont déposés à la porte quand je vois mon père en train de déjeuner dans la cuisine. Il relève la tête et me lance un regard accablé avant de retourner à son sandwich.

Je me rends compte qu'il est contrarié, mais qu'il ne dit rien pour ne pas encourir les foudres de ma mère. Il faut que j'aille lui parler.

— Papa ? dis-je en venant m'asseoir à côté de lui dans la cuisine.

Il se racle la gorge et se redresse en essayant de prendre un air nonchalant.

— Qu'est-ce qui te tracasse, ma chérie ?

— Tu sais que tout va bien se passer pour moi, n'est-ce pas ?

— Je vais te dire ce que je sais, répond-il en croisant les bras. Rien du tout. Tu pars à l'université, de l'argent venu de nulle part apparaît sur notre compte, ta mère a droit au meilleur chirurgien cardiologue du pays, tu arrives avec ce bellâtre qui a tellement d'argent qu'il ne sait plus quoi en faire, et tout d'un coup, voilà que tu files l'épouser. Bon sang, il ne m'a même pas demandé ta main. Alors maintenant, dis-moi pourquoi j'irais m'inquiéter ?

— Il faut que tu me fasses confiance. Je ne suis plus une petite fille, je sais ce que je fais.

Il se détourne et fixe la fenêtre.

— Tu l'aimes ?

Je pose la main sur son épaule et il se retourne vers moi.

— Plus que je n'aurais cru possible. Et lui aussi il m'aime, tu n'imagines pas.

Un long silence s'installe, puis :

— Tu sais, dit-il enfin, quand je t'ai eue dans les bras à peine née, j'ai juré de te protéger de tous les dangers qui existent en ce monde. Mais je me suis aussi promis que je n'en ferais pas trop pour ne pas t'empêcher d'être heureuse.

— Noah me rend heureuse, papa, lui dis-je. Je suis malheureuse sans lui. Je veux passer le reste de ma vie à l'aimer et le laisser m'aimer. Mais je ne peux pas être vraiment heureuse sans ta bénédiction. Je veux que ce soit toi qui me conduises à l'autel et me confie à Noah en étant certain que je serai en sécurité. Alors, tu me donnes ta bénédiction ?

— D'accord, finit-il par dire en haussant les épaules et en ramassant une chips sur la table. Mais s'il fait la moindre sottise, je lui règle son compte.

Et il engloutit la chips.

Je me jette à son cou et l'étreins de tout mon cœur.

— Merci, papa ! Je t'adore !

* * *

— Eh bien dis donc ! s'exclame Dez, admirative, en entrant avec moi dans le hall de Scarlet Lotus et en regardant autour d'elle.

— Oui, c'est… impressionnant, dis-je en contemplant la décoration. L'homme que je vais épouser a vraiment réussi.

— Je te déteste, tu sais, ajoute Dez en me jetant un regard aigu. N'oublie pas que ce qui est à toi est à moi.

— Ça ne sera pas à moi, Dez. (Je repère Polly qui se dirige vers nous.) Je ne veux rien de Noah en dehors de son amour. Et de son corps, aussi.

— Félicitations ! s'exclame Polly quand nous arrivons à sa hauteur. (Elle se jette sur moi et me serre dans ses bras. Pour une femme aussi frêle, elle a une force incroyable. Ce doit être vrai ce qu'on dit des fourmis capables de porter cinquante fois leur poids. Je sens que Dez va avoir du mal à tolérer le même traitement, mais par chance, Polly est plus rapide.) Allez, dit-elle, tout excitée. Montons retrouver ton fiancé.

Elle nous conduit à l'ascenseur et durant tout le trajet, elle ne cesse de me poser des questions sur le mariage. Qui va l'organiser, quel sera le traiteur, à quelle date, et ceci, et cela. Et je la vois de plus en plus accablée quand je réponds à chaque fois : « Je n'en sais rien. »

— Polly, il m'a demandé de l'épouser il y a seulement quelques heures. Quand aurais-je eu le temps de préparer un mariage ?

— Pff, fait-elle avec un geste désinvolte. Ma chérie, mon mariage, je n'avais pas trois ans que je l'avais déjà planifié.

Je ne sais pas pourquoi, mais je la crois.

Un tintement nous annonce que nous sommes arrivés à l'étage. Les portes s'ouvrent. Nous suivons Polly dans un couloir et je remarque que tout le monde s'arrête et nous regarde. Je reconnais quelques visages aperçus lors de la soirée, mais je me sens tout de même un peu mal à l'aise.

— Mais qu'est-ce que tu fais là ? demande Mason à sa femme quand nous entrons dans son bureau. (Puis il ouvre de grands yeux en me voyant.) Nom de Dieu ! Qu'est-ce que *vous* faites là ?

— Chut, rétorque Polly. Il est là ? (Mason parvient à peine à hocher la tête.) Bon, alors. Qu'est-ce que tu attends ? Va le retrouver, me dit Polly en désignant la porte du bureau de Noah.

Je m'approche et entrouvre le battant. Il est assis à son bureau, le dos à la porte, en train de regarder pensivement par la baie. Il est hirsute et encore plus mal rasé que d'habitude. Apparemment, sa petite escapade à Hillsboro l'a empêché de trouver le temps de se raser. Je referme la porte derrière moi.

— Des regrets ? (Il fait pivoter son fauteuil en ouvrant de grands yeux.) Surprise ! dis-je en m'avançant.

— Lanie ? Mais qu'est-ce que tu fais ici ?

— Je me suis dit que je pouvais te jouer aussi le coup de la visite à l'improviste, réponds-je en venant m'asseoir sur ses genoux. Sauf que je ne vais pas repartir. Je reste. Ma mère jure qu'elle va très bien, et mon père… eh bien, nous avons sa bénédiction. (Je le sens qui se détend, comme si chaque once de tension que notre séparation lui avait causée se dissipait soudain avec mes paroles. Il me serre contre lui alors que je me penche et lui frôle l'oreille du bout du nez.) On dirait que tu vas être coincé avec moi, chuchoté-je.

Il prend mon visage entre ses mains et répond, ses lèvres frôlant les miennes :

— Bienvenue chez nous, ma chérie.

Puis il me donne un baiser brûlant.

Je fonds contre lui, en lui, alors que ses paroles pénètrent en moi. Je suis revenue là où est ma place, dans les bras de l'homme qui a capturé mon cœur pour toujours. Ma mère guérit, mon père a repris le travail, et tout va pour le mieux dans le monde. Rien ne peut troubler l'heureuse petite bulle dans laquelle je me trouve.

— Salut, Crawford !

La porte du bureau s'ouvre d'un seul coup, troublant ce moment privilégié, et une voix que je préférerais avoir oublié vient tout souiller.

— Qu'est-ce que tu veux, Stone ? demande Noah avec irritation. Et qu'est-ce que c'est que ces manières de débarquer dans mon bureau sans prévenir ?

— Holà. Vous vous apprêtiez à vous envoyer en l'air ici ? Je demande, parce que je suis à peu près sûr que c'est contraire à la politique de l'entreprise. Mais on pourra toujours demander au conseil d'administration lundi pour vérifier.

Je foudroie David du regard et il recule d'un pas.

— Vous êtes venu ramasser les miettes ? demandé-je.

— Delaine ! sourit-il. Vous vous abaissez encore ? Quand est-ce que vous allez laisser tomber Crawford pour goûter à la bite du Patron ?

Noah est prêt à s'élancer, mais je parviens à le retenir. J'adorerais voir Noah lui flanquer une dérouillée, sauf que ce type ne vaut pas la peine que je me prive de la compagnie de mon homme.

— Ne t'en occupe pas, mon chéri. Il n'en vaut pas la peine. Il est simplement jaloux.

— Oh, je suis vexé, se moque David en portant la main à son cœur avec une moue douloureuse.

Sans relever, je me retourne vers Noah.

— Je vais aller défaire mes valises à la maison. Je te verrai quand tu rentreras. (Et pour que David sache bien qui s'occupe de moi, je donne à Noah un baiser tellement torride que j'en ai les orteils qui frisent.) Je t'aime, lui dis-je avant de me diriger vers la porte. Dégagez, ajouté-je pour David.

Il est assez prudent pour s'écarter, mais non sans me gratifier d'un sourire sarcastique et d'un :

— Moi aussi je vous aime, princesse.

Dez, Polly et Mason viennent de revenir avec du café.

— Oh, merde, soupire Mason en apercevant le dos de David avant que la porte se referme.

— Attendez un peu, là. C'est qui, ce beau gosse brun ? demande Dez en le détaillant.

— C'est ce qu'on appelle ici une raclure, répond Polly.

— Non, sérieusement, qui est-ce ? insiste Dez. Je crois que je le connais.

— Espérons que non, dis-je. C'est David Stone. Il possède l'autre moitié de Scarlet Lotus.

— Tu es sûre ? Parce que sa tête me dit vraiment quelque chose.

Assis sur un coin de son bureau, Mason attire Polly à lui et répond :

— Ne le prenez pas mal, Dez, mais je ne pense pas qu'il fréquente le même milieu que vous.

— Bon, tant pis. Ça n'a aucune importance, de toute façon, répond-elle avant de se tourner vers moi. Tu es prête ? Je n'ai pas beaucoup de temps avant d'aller travailler.

— Oui, je suis prête.

Je dis au revoir à Mason et Polly, qui promet évidemment d'être là demain matin pour commencer les préparatifs du mariage. Je frémis à cette pensée.

Dez et moi retournons à la maison et, avec l'aide de Samuel, nous déchargeons toutes mes affaires et les entassons dans la chambre de Noah. Peu après, Dez me laisse pour aller travailler dans sa boîte. Je viens à peine d'arriver dans la cuisine pour me servir un verre d'eau qu'on sonne à la porte. En retournant dans l'entrée, j'aperçois le foulard de Dez qu'elle a oublié. Je le ramasse, me doutant que c'est elle qui revient le chercher, et j'ouvre la porte en le lui tendant.

— Tu as oublié ton fou…

Ma voix s'arrête dans ma gorge quand je me rends compte que ce n'est pas Dez qui est sur le seuil.

— Je suis rentré, chérie, me fait David Stone, un sourire visqueux plaqué sur sa sale gueule.

— Noah n'est pas encore rentré, dis-je.

Je tente de lui claquer la porte au nez, mais il la retient.

— Ce n'est pas Noah que je suis venu voir, c'est vous, dit-il en poussant la porte et en entrant de force.

— Vous ne comprenez pas à demi-mot, hein ? demandé-je, furieuse de son insistance. Je ne veux rien avoir à faire avec vous, espèce de salaud.

Il continue d'avancer jusqu'à ce que je me retrouve acculée contre le mur. Il me barre le chemin et sa main grotesque repousse une mèche sur mon front tandis qu'il baisse les yeux vers moi en souriant.

— Qu'est-ce que vous voulez, David ? demandé-je avec irritation.

— Vous.

— Eh bien, moi je ne veux pas, donc vous pouvez partir.

— Je crois que vous devriez écouter ma proposition avant de me rejeter, Lanie.

— Comment m'avez-vous appelée ? rétorqué-je, agacée par sa familiarité.

— Quoi ? demande-t-il, manifestement décontenancé malgré son air narquois. Je vous ai appelée Lanie.

Je me redresse de toute ma hauteur et fais deux pas vers lui.

— Seuls ceux que je considère comme mes amis ont le droit de m'appeler ainsi. Et vous, monsieur, dis-je en lui enfonçant un index dans la poitrine tandis qu'il recule, vous n'êtes pas un de mes amis.

Il m'adresse un large sourire plus effrayant qu'amical.

— Ma chérie, roucoule-t-il en levant les mains. Pourquoi nous faisons-nous toujours la guerre alors que nous pourrions faire l'amour ?

— Bon sang, mais vous êtes complètement idiot, hein ?

— Écoutez-moi. Nous ne sommes pas obligés d'être ennemis. Je sais ce que vous voulez, vous les femmes, et je suis certain qu'on peut conclure un arrangement qui nous profitera à tous les deux.

Je croise les bras en haussant un sourcil interrogateur.

— Vous êtes dégoûtant.

— Je peux finir ?

— Cela ne m'intéresse pas d'entendre ce que vous avez à dire.

Je retourne vers la porte, mais avant que j'aie pu l'ouvrir pour le jeter dehors, il la coince de l'épaule. Je le regarde comme s'il avait perdu l'esprit, mais il se contente de me faire son grand sourire carnassier.

— Alors voilà ce que je vous propose. Vous vous associez avec moi, mais vous restez avec Crawford ici pour l'instant comme si rien n'avait changé. Vous laissez ce pauvre crétin tomber amoureux de vous, et une fois qu'il vous mangera dans la main, nous prendrons tout, vous et moi. Vous m'aidez à m'emparer de Scarlet Lotus et je m'occuperai de vous pour le reste de vos jours. Vous ne manquerez jamais de rien. Et vous aurez la plus belle bite de tout le pays.

Incapable de me retenir, j'éclate de rire. Bruyamment. Je ne crois pas que David apprécie la drôlerie de la situation autant que moi, car une grimace pas du tout humaine déforme ses traits.

— Qu'est-ce qui vous fait rire ? demande-t-il.

— Vous, réponds-je en riant toujours. Vous dites ça avec un air tellement sérieux que c'est comme si vous étiez vraiment convaincu que je pourrais quitter Noah pour quelqu'un comme vous. Bien entendu, je sais que vous ne le croyez pas.

Son air furieux laisse la place à un sourire entendu.

— Ah, je vois. Vous voulez être payée d'abord. C'est ce qui s'est passé avec mon associé, n'est-ce pas ? (Je sens le sang refluer de mon visage et je suis soudain paralysée de terreur.) Combien voulez-vous ? Mille ? Dix mille ? Cent mille ? Ah, mais non, voyons. Votre cote est de *deux millions de dollars*, n'est-ce pas ? Bon sang, vous devez avoir la chatte cousue d'or.

Oh, mon Dieu. Il est au courant.

— J'ignore de quoi vous voulez parler, réponds-je d'une voix étranglée qui ne fait pas illusion.

— Ah bon ? (D'après son expression, il a clairement l'air de très bien savoir de quoi il s'agit.) Voyons si je peux vous rafraichir la mémoire. Noah vous a achetée lors d'une enchère au prix très sympa de deux millions, pour être son esclave sexuelle. Ça vous dit quelque chose ?

Je tremble comme une feuille. Il sait. Je ne sais pas comment, mais il est au courant.

— Comment le savez-vous ?

— Disons que j'ai pu voir un certain contrat, glousse-t-il.

Il a trouvé le contrat ? Mais comment ?

— Que voulez-vous ? demandé-je, prête à écouter ses exigences.

Il me prend par la taille et m'attire contre lui, puis il se penche et murmure à mon oreille.

— Je vous l'ai déjà dit. Je veux Scarlet Lotus. Et je veux goûter à cette chatte en or.

— Non ! m'écrié-je en tentant vainement de le repousser.

— Ah, pourquoi tant d'avarice ? On vous paie pour le faire, non ? La différence, c'est que je vous offre beaucoup plus que deux malheureux millions de dollars. Vous pouvez tout avoir, moi y compris. Au moins, là, vous saurez ce que c'est d'être avec un homme, un vrai. (Sur ce, il me lèche tout le long du cou, de la clavicule jusqu'à l'oreille.) Dans un cas comme dans l'autre, je vais aller trouver le conseil d'administration et la presse. Le navire de

Noah est en train de couler. Il va tout perdre : son entreprise, sa dignité, son statut et son image. Vous feriez mieux de sauter dans le mien. Sinon, vos parents risquent de savoir que leur fille n'est rien de plus qu'une putain de bas étage. Alors, quelle est votre décision, Delaine ?

Il pose la main sur mon sein et commence à prendre des libertés en le pétrissant comme une boule antistress. Je me sens totalement à sa merci et je suis terrorisée. Son haleine brûlante m'effleure et il entreprend de déposer des baisers tout le long de mon cou.

Mon cœur bat la chamade et je me creuse la tête pour trouver un moyen de me sortir de cette périlleuse situation. Noah. Je veux Noah. Il va rentrer sous peu et là, il...

Et c'est alors que la lumière se fait en moi. C'est exactement là-dessus que compte David. Il veut que Noah arrive et le voie en train de me baiser, tout comme il l'a vu baiser Julie. Il a l'intention de l'anéantir totalement.

Le choix qui m'est donc offert est soit de le laisser me baiser et briser le cœur de Noah, soit de me refuser à lui et le voir prendre à Noah une entreprise que ses parents ont construite à partir de rien. Sa réputation sera ruinée. Lui aussi le sera. Et mes parents sauront ce que j'ai fait. Mais s'il entre et nous voit ensemble, ce pourrait être encore pire. Noah pourra-t-il encore m'aimer après cela ? Dans un cas comme dans l'autre, ce n'est pas facile de répondre.

Le visage de Noah me vient à l'esprit. Son expression angoissée quand il m'a déclaré la première fois qu'il était tombé amoureux de moi, l'étincelle qui a brillé dans ses yeux quand j'ai enfin pu lui répondre que je l'aimais aussi, le désespoir quand, à demi nu sous la pluie, il m'a demandé de l'épouser. Je ne peux pas lui déchirer le cœur. Je refuse de lui faire subir ce que Julie lui a fait endurer.

Tout ce qui est matériel, il peut le remplacer. Noah est assez intelligent et il a suffisamment de talent pour tout reconstruire. Quant à sa condamnation dans l'opinion publique, les gens sont assoiffés de sang et sans pitié vis-à-vis des célébrités, mais prompts à oublier les péchés de telle personnalité dès qu'une autre tombe de son piédestal. Et oui, je verrai éternellement le désespoir dans les yeux de mes parents une fois qu'ils auront appris que leur fille a vendu son corps pour deux millions de dollars, mais perdre leur respect n'est pas cher payé quand je considère l'alternative. Il est beaucoup plus difficile de réparer un cœur brisé, et celui de Noah ne pourra pas l'être à nouveau. Il lui a fallu beaucoup pour faire enfin confiance à quelqu'un d'autre et il a remis entre mes mains tout ce qu'il lui restait. Il n'est pas question que je détruise un cadeau aussi précieux.

— Non, réponds-je à David. Je ne baiserai pas avec vous. J'appartiens à Noah et à lui seul. Je suis à lui.

Je sens chaque muscle de David se crisper à mes paroles. Un grondement sourd résonne dans sa poitrine et il recule pour me foudroyer du regard.

— Je vais le déchiqueter et le réduire en bouillie, et vous avec lui ! Sale pute !

— Je *ne* suis *pas* une pute ! m'écrié-je en lui assenant un coup de genou dans l'entrejambe.

— Espèce de salope !

Il se plie en deux, écarlate, et j'ai sans doute réduit à néant toute possibilité de négociation. Oh, tant pis.

David laisse échapper un grondement terrifiant et je sais que je suis dans de sales draps, d'autant que je suis seule et qu'il n'y a pas de chevalier blanc en vue. Il m'assène un violent revers. Je tombe par terre et il se jette sur moi, me gifle encore, apparemment pas satisfait et déterminé à me tabasser comme si j'étais un homme. Je hurle en espérant lui faire peur, mais cela n'a plus d'importance, car au même instant, la porte s'ouvre brusquement.

— Qu'est-ce que tu lui as fait ? s'exclame Noah avec fureur, comme s'il était possédé par le démon.

Avant que j'aie pu proférer le moindre mot, David valse et va s'écraser sur une console qui cède sous son poids avec un craquement aussi répugnant que satisfaisant.

Noah me jette brièvement un regard avant de se jeter sur David, et je vois la rage qui flamboie dans ses yeux noirs comme des serpents rouges léchant un ciel velouté. Haletant de colère, le corps tendu, prêt à frapper. Jamais je ne l'ai vu avec un air aussi redoutable.

Avant qu'il ait eu le temps de se relever, il rejoint à grands pas le tas de débris où David tente de reprendre ses esprits, le saisit par le collet et lui assène un coup de poing en plein visage.

David riposte en l'empoignant et en le projetant assez loin pour avoir le temps de se relever. Du sang coule de sa lèvre et son visage tuméfié est écarlate. Il pousse un véritable cri de guerre et se précipite sur Noah, le saisit par la taille et le plaque contre le mur.

— Noah, m'écrié-je en me relevant.

Je cours vers eux et saute sur le dos de David que je tente d'étrangler. J'avoue que je ne dois pas représenter une grosse menace, car David m'arrache à lui et me jette à nouveau sur le sol. C'est la diversion dont Noah a besoin. Il lui décoche un autre coup de poing en pleine poitrine. David se plie en deux et Noah en profite pour lui assener un uppercut au menton qui l'envoie de nouveau valser en arrière.

David s'effondre par terre, inerte, et sa tête retombe sur le côté. Il a le visage ensanglanté et tuméfié, mais cela ne retient pas Noah. Il enfourche

David et continue de le cribler de coups de poing. Quand David n'offre plus aucune résistance, il secoue sa main endolorie et se relève en jetant un regard dégoûté à son ennemi.

Il se tourne vers moi et la colère laisse immédiatement la place à une touchante inquiétude, puis il vient s'agenouiller auprès de moi et m'examine le visage.

— Ça va, ma chérie ?

Je finis par prendre conscience de la gravité de la situation et j'éclate en sanglots. David est au courant de tout. Il déteste tellement Noah qu'il va me faire chanter pour que je couche avec lui afin de l'anéantir.

Je me cramponne à la chemise de Noah et l'attire contre moi pour me blottir sur sa poitrine.

— Chut, dit-il en me prenant dans ses bras. Ce n'est rien, ma chérie. Je suis là. Je ne laisserai personne te faire du mal.

Bizarrement, ce n'est pas parce que je viens de me faire gifler par un type qui fait trois fois ma taille que je suis aussi bouleversée. Certes, c'est en partie la cause, mais David n'a pas pu aller plus loin. Noah m'a protégée, exactement comme il me l'avait promis. Ce qui me trouble le plus, c'est que David sait tout et qu'il ne s'arrêtera que lorsqu'il aura anéanti Noah.

Ce n'est pas parce que j'ai peur pour moi que je suis aussi désemparée. C'est parce que je crains pour Noah.

Du coin de l'œil, j'ai juste le temps de voir David qui s'enfuit à toutes jambes. Noah me lâche et s'apprête à le poursuivre, mais je le retiens.

— Non, ne fais pas ça ! crié-je en me cramponnant à lui de toutes mes forces.

— Ma chérie, il fiche le camp, dit Noah en tentant de me faire lâcher prise.

Je prends son visage dans mes mains pour le forcer à me regarder.

— Il est au courant, Noah. Il sait tout.

Et c'est ainsi que notre petite bulle parfaite éclate.

9
J'aime bien Dez

Noah

Samuel vient de me déposer devant la maison avec mon attaché-case et un bouquet de fleurs pour Lanie. Je suis décontenancé en voyant que nous avons un visiteur et que ce n'est clairement pas Dez. La Viper de David Stone est garée en évidence et un bref instant, je repense à ce jour où je suis arrivé chez moi et l'ai trouvé en train d'enculer ma fiancée dans la salle de bains.

La seule chose qui me vient à l'esprit, c'est : *par pitié, pas elle.*

Durant une brève seconde, mon poing se crispe sur le bouquet, puis je me raisonne en songeant que Lanie n'est pas Julie et qu'elle ne me ferait pas une chose pareille.

Cependant, la peur ne me quitte pas. Et si j'avais baissé ma garde pour ne finalement que me faire avoir à nouveau ?

Accablé, j'ai du mal à avancer. C'est comme si j'avais les pieds pris dans du ciment au fond d'une rivière boueuse et que je ne pouvais plus regagner la surface pour reprendre de l'air. J'ai beau me rassurer, la possibilité que Lanie ait succombé à la mystérieuse séduction de David domine la confiance que je lui ai donnée si facilement. Mais qu'est-ce que les femmes peuvent bien voir en lui ?

Je suis tiré de mes pensées morbides par un beuglement qui retentit dans la maison.

— Espèce de salope !

C'est la voix de David, remplie de fureur et de haine.

Je laisse tomber mon attaché-case et mon bouquet et les poils se hérissent quand j'entends le hurlement désespéré de Lanie qui supplie son adversaire. Je bondis jusqu'à l'entrée et je me jette sur la porte que j'ouvre toute grande. Celle que j'aime gît sur le sol, assommée par cette ordure de David Stone, un bleu déjà visible sur sa joue ruisselante de larmes.

Il a osé porter la main sur elle !

Mon cœur est agité par une myriade d'émotions qui semblent chacune douée d'une vie propre. L'horreur le succède à la terreur, l'indignation et le dégoût avant de le céder à la fureur de la vengeance que chaque fibre de mon être réclame.

— Qu'est-ce que tu lui as fait ? grondé-je en me précipitant sur lui et en l'empoignant pour le jeter de l'autre côté de la pièce.

Lanie lève les yeux et tout en moi voudrait la réconforter, mais je suis vaincu par la volonté de faire payer David.

La fureur me consume et je ne me contrôle plus. Je le crible de coups de poing, je me retrouve plaqué contre le mur, puis Lanie se jette sur le dos de David. C'est lorsqu'il la repousse comme un moucheron insignifiant que je perds finalement toute mesure. J'en ai assez de me bagarrer avec lui comme deux gamins dans la cour de récréation. J'ai soif de sang. J'ai envie de le réduire en bouillie et qu'il n'en reste plus rien.

Et j'y arrive presque. Je suis à califourchon sur lui, menaçant, tout comme il l'était sur elle. Coup après coup, j'entends ses os craquer sous mes poings. C'est l'instinct seul qui me souffle que j'ai réussi. David gît sur le sol, inerte, comme sans vie, respirant à peine. Je secoue ma main et mon bras endoloris, mais je me moque d'avoir mal, cela en valait la peine. Puis je me retourne vers Lanie et toute ma colère se dissipe quand je découvre son visage.

Elle a besoin de moi, c'est écrit sur elle et rien ne va m'empêcher d'aller la retrouver.

— Ça va, ma chérie ? demandé-je en m'agenouillant auprès d'elle et en vérifiant qu'elle n'a rien.

Des larmes jaillissent soudain alors qu'elle prend conscience de la gravité de la situation. Elle se cramponne à ma chemise et enfouit son visage sur ma poitrine, secouée par d'incontrôlables sanglots.

— Chut, dis-je pour l'apaiser en la prenant dans mes bras. Ce n'est rien, ma chérie. Je suis là. Je ne laisserai personne te faire du mal.

Je suis sincère. Jamais je n'ai été aussi sincère.

Nous restons sans bouger un petit moment encore ; Lanie en larmes, cramponnée à moi comme si elle craignait que je l'abandonne à tout moment, et moi m'efforçant de la consoler. Je n'ai jamais voulu la voir dans cet état et j'ai l'impression de ne pas avoir été à la hauteur. J'aurais dû être là, j'aurais dû percer à jour les intentions de David. Je savais qu'il me hait et qu'il chercherait à la séduire, mais de là à lever la main sur elle ? Il devient évident que je ne connais finalement pas vraiment l'homme que j'appelais mon ami, et cela me révolte encore plus.

J'entends un frôlement derrière moi alors que David atteint la porte pour s'enfuir. Que je sois damné si je laisse ce salaud s'échapper. J'écarte Lanie et m'apprête à me relever, mais elle me retient.

— Non, tu ne peux pas ! s'écrie-t-elle en s'agrippant à ma chemise et en m'empêchant de me lancer à sa poursuite.

— Ma chérie, il s'enfuit, dis-je en essayant vainement de lui faire lâcher prise.

Elle me prend le visage dans les mains et me force à la regarder. Le mascara noir ruisselle sur son visage et elle ouvre de grands yeux comme si elle essayait de me faire comprendre quelque chose.

— Il est au courant, Noah. Il sait tout.

Je me fige comme un cerf qui vient d'entendre une brindille craquer dans le silence de la forêt.

— Quoi ?... (Ma voix s'étrangle et je dois me racler la gorge avant de pouvoir poursuivre.) Qu'est-ce qu'il sait ? Qu'est-ce que tu racontes, Lanie ?

— Tout. Il est au courant des enchères, du contrat, du prix que tu as payé pour moi, de tout.

Je serre les dents et prends une profonde inspiration.

— Je m'en fiche. Il ne s'en tirera pas à si bon compte.

Je sors mon mobile et compose un numéro.

— Qui appelles-tu ?

— La police.

Elle secoue la tête et pose la main sur le téléphone.

— Non, Noah, je t'en prie. Tu vas tout perdre.

— Rien n'est plus important que toi ! Rien ! répliqué-je.

(Elle frémit devant la violence de mes paroles. Je ne voulais pas me défouler sur elle, mais je suis furieux. Je la prends dans mes bras et la serre contre moi en lui caressant les cheveux et en lui baisant le front.) Pardon, je suis désolé, vraiment, dis-je en la berçant doucement. (Puis je me recule et lui prends le visage dans les mains.) Lanie, ma chérie, il a levé la main sur toi…

Elle saisit mes mains et les pose sur ses genoux.

— Je sais ce qu'il a fait. Mais ce n'est arrivé qu'une seule fois. (Mon Dieu, c'est moi qu'elle essaie de consoler.) Il ne m'a pas vraiment fait de mal, parce que tu l'as arrêté, Noah. Tu l'as arrêté.

— Il a levé ses foutues mains sur toi et je ne peux pas… je ne peux tout simplement pas…

Je sens l'étau se resserrer sur mon cœur. Je baisse les yeux, incapable de regarder plus longtemps le visage de la femme que je n'ai pas su défendre.

Elle me caresse les tempes et me relève le menton.

— Écoute-moi, Noah Crawford. Ce n'est pas ta faute. Tu n'avais aucun moyen de savoir qu'il allait faire cela, alors ne culpabilise pas. (Je veux protester, mais elle pose le doigt sur mes lèvres pour me faire taire.) Je n'ai rien. Mais si nous appelons la police, tout le monde sera au courant et mes parents ne peuvent pas supporter une telle nouvelle, Noah. Ma mère vient de subir une greffe du cœur. Tu crois vraiment qu'elle accepterait de savoir ce qui a failli m'arriver ? Et mon père ? Noah, mon père tuerait David. Et David dira quand même tout ce qu'il sait sur nous. Tu vas perdre ton entreprise, mon père sera en prison et la greffe qu'a reçue ma mère ne servira à rien. Je ne peux pas leur faire cela. Non, nous devons être plus malins.

Delaine Talbot me fascinera toujours. Devant l'horreur qu'elle vient de subir, c'est encore aux autres qu'elle pense. Je n'ai jamais vu quelqu'un d'aussi altruiste en ce fichu monde.

Et bien entendu, elle a raison. Cela a beau m'ennuyer de laisser David s'enfuir, je sais que nous devons nous ressaisir et réfléchir.

— Très bien, concédé-je avec un sourire impuissant. Nous allons faire comme tu dis.

Je prends sa main et dépose un baiser au creux de sa paume, en me contentant de cela. Mais alors que je m'apprête à me relever, elle s'installe sur mes genoux et se jette à mon cou en écrasant ses lèvres sur les miennes. Ce n'est pas un baiser destiné à aller plus loin. C'est simplement un baiser qui exprime l'amour que nous partageons, l'amour que même cette ordure de David Stone ne peut ternir.

* * *

Plus tard dans la soirée, nous sommes dans le salon et nous regardons distraitement la télévision hors de prix où passe *Le Seigneur des anneaux*. Je sais que connaître chaque réplique du film fait probablement de moi un geek, mais je m'en fiche. Cela me calme, même si cela ne me fait pas oublier entièrement tout le reste. Ce serait impossible.

Je porte un pantalon d'intérieur que je mets chez moi au cas où j'aurais des visites et Lanie est assise sur mes genoux, tout juste sortie de la douche, seulement vêtue de l'une de mes chemises blanches et embaumant le sexe. Le sujet ne pourrait être plus éloigné de moi pour le moment, cependant. OK, disons la vérité, il m'effleure l'esprit parce qu'elle a cet effet sur moi, mais je n'irais pas le mettre en pratique.

Elle a beau essayer de se montrer vaillante et faire comme si ce qu'a fait cette ordure n'avait aucune conséquence, je sais qu'il n'en est rien. Mais je ne vais pas la forcer à en parler. Elle abordera la question si elle le souhaite, et j'écouterai en la réconfortant du mieux que je pourrai. En attendant, tout contact sexuel que nous pourrions avoir ne sera qu'à son initiative.

— Alors il a dit qu'il pouvait se procurer le contrat ? demandé-je.

Nous essayons encore de trouver le moyen de sortir de la situation difficile dans laquelle nous a plongés Stone.

— Oui, mais je ne comprends pas, dit-elle pensivement. Tu as déchiré ton exemplaire, et le mien est encore dans mes affaires. Alors où en a-t-il trouvé un ? Tu crois qu'il aurait pu entrer par effraction ici et en faire une copie ?

— C'est improbable, réponds-je en caressant pensivement sa cuisse.

La sonnerie du téléphone interrompt notre petite réflexion et je décroche. C'est Dez. Elle me demande de mettre le haut-parleur pour pouvoir nous parler à tous les deux. C'est étrange, mais plus rien ne semble normal dans notre petit monde.

— C'est fait. Qu'est-ce qu'il y a ?

— Salut Lanie, dit-elle. J'ai finalement retrouvé où j'avais déjà vu le beau gosse que j'ai croisé au bureau aujourd'hui.

— Qu'est-ce qu'elle raconte ? demandé-je, désarçonné.

— David, explique Lanie. Elle l'a vu à ton bureau et elle a cru le reconnaître.

Eh bien, n'est-ce pas une information tout à fait intéressante ?

— Et d'où le connais-tu ? demande Lanie.

— Du club, répond Dez. De temps en temps, il vient en dehors des heures d'ouverture. Je l'ai vu les fois où je suis restée plus tard, quand je faisais des rencontres. Mais ce n'est pas le sujet. Ton bonhomme passe par l'entrée de service et file dans le bureau de Scott, en bas. Il ne repart généralement jamais avant un petit moment et il a toujours un peu de neige sur lui.

— Stone sniffe ?

Cela ne devrait pas me surprendre. Il a toujours aimé les drogues récréatives quand nous étions plus jeunes. Je pensais que cela n'était jamais allé plus loin.

— Il est tellement dedans, ricane Dez, que quand il pète, il doit en sortir un nuage.

Lanie lève les yeux au ciel.

— Dez, je ne crois pas que ça marche comme ça.

— Pas grave. Je dis juste ça pour rire. Et je ne t'ai peut-être pas vue, mais je sais que tu as levé les yeux au ciel.

Lanie glousse et c'est une mélodie à mes oreilles. C'est alors que la lumière se fait en moi.

— Scott ! m'exclamé-je.

— Quoi ? demande Lanie, interloquée.

— Scott doit avoir lui aussi un exemplaire du contrat. Après tout, c'est lui qui a organisé la transaction. Merde ! (Je me passe la main dans les cheveux et baisse la tête en laissant échapper un grondement de frustration.) J'aurais dû me douter que ce salaud me jouerait ce genre de tour. Il n'y a que l'appât du gain qui compte pour lui. Il n'a aucune morale et je suis sûr que si David lui a fait miroiter suffisamment d'argent, il lui a donné tout ce qu'il voulait.

— Je le déteste vraiment, crache Lanie.

— Allô ? dit Dez pour se rappeler à notre bon souvenir. Qu'est-ce que vous êtes en train de raconter ?

Je scrute Lanie pour savoir si elle veut que j'invente quelque chose. Je viens de me rendre compte qu'elle et moi sommes encore les seuls à savoir ce qui vient d'arriver.

Sans me quitter du regard, elle lève le menton et répond avec une calme détermination.

— David Stone est au courant du contrat entre Noah et moi. Il me l'a clairement fait comprendre quand il est venu ici tout à l'heure et qu'il a essayé de me persuader de partir avec lui et de l'aider à prendre à Noah tout ce qu'il possède. Quand j'ai repoussé ses avances et que je lui ai flanqué un coup dans l'entrejambe pour m'avoir traitée de pute, il a cru que me brutaliser serait une bonne idée.

— Il a fait quoi ? demande Dez. Ce fils de pute ! Je te jure, je vais lui arracher les couilles et les lui faire avaler. Et après, je vais lui présenter mon pote Chavez. C'est un costaud mexicain qui a purgé une peine à Oswald State, Oz, et qui n'a aucun problème pour violer un mec juste pour s'amuser. Il paraît qu'il mange tellement de piments naga viper que son sperme est carrément caustique. Ça pourrait être une réincarnation de Belzébuth, mais il a toujours été sympa avec moi et je suis sûre que je peux lui demander de me rendre un petit service. Évidemment, il faudra que je lui en rende un en échange, mais pour toi…

— Dez, arrête, la coupe Lanie. (Personnellement, je trouve qu'elle a une plutôt bonne idée et j'aimerais qu'elle la mette en pratique, mais Lanie n'est apparemment pas de cet avis.) Pour commencer, Oz n'est pas une vraie prison. C'est une série télé. Ensuite, nous n'allons pas nous abaisser autant. Nous devons trouver une solution et il faut que tu sois sérieuse et que tu te concentres.

— Tu croyais que je blaguais ? demande-t-elle.

Lanie ne relève pas.

— Attendez un instant, reprends-je en réfléchissant. Stone a dit qu'il avait consulté le document, n'est-ce pas ? Pas qu'il l'avait en sa possession.

— C'est cela. Et ?

— Eh bien, cela veut dire que je pourrais rendre visite à Scott et lui proposer plus d'argent que David. Du coup, il n'aurait plus de preuve. Nous lui aurons coupé l'herbe sous le pied.

— Ça me fait de la peine de vous gâcher votre plaisir, mais ça ne marchera pas, coupe Dez.

— Pourquoi ? demandé-je, un peu piquée.

— Tu n'as pas écouté quand je t'ai dit que David passe un certain temps dans le bureau avec Scott avant de repartir ?

— Si, et alors ?

— Scott est peut-être un gros cochon avec les femmes, ricane Dez, mais c'est un vrai gentleman quand il s'agit du beau gosse.

S'ensuit un long silence durant lequel Lanie et moi nous dévisageons sans comprendre.

À notre silence, Dez doit se douter que nous ne voyons pas de quoi elle parle.

— Je vais être plus explicite, puisque vous ne pigez toujours pas. Scott est amoureux de David Stone. Ils se la jouent à la grecque, bref ils baisent ensemble !

— Oooh ! nous exclamons-nous en chœur.

— Alors David est bi ?

J'avoue que j'ai du mal à le croire.

— Eh oui. Et ce n'est pas tout. Scott est tellement amoureux de lui qu'il ne va jamais vous céder le contrat. Cependant, tel que je le connais, il ne l'a pas non plus donné à David. Pensez ce que vous voulez de lui, mais c'est un homme d'affaires avisé. C'est bien vu de dire qu'il n'y a que l'argent qui compte pour lui, mais réfléchissez. Si cela se sait qu'il a laissé fuiter un contrat aussi confidentiel, non seulement il perdra sa boîte, ce qui ne devrait pas trop le gêner, mais plus personne ne voudra faire affaire avec lui. Sans parler du nombre de contrats qu'on risquerait de mettre sur sa tête simplement parce qu'il pourrait divulguer les noms de ses clients à la police en échange d'un allégement de peine. Vous êtes allé là-bas, Noah. Vous avez vu le calibre de ses clients. Ce sont des gens sans pitié.

Elle a raison. À tous points de vue.

— Alors comment crois-tu que David comptait se procurer le contrat ? demande Lanie.

— Je ne sais pas trop, mais si je devais deviner, je dirais qu'il a l'intention de charmer Scott, peut-être de lui faire prendre tellement de coke qu'il ne saura plus où il en est et en profiter pour piquer le contrat.

— OK, alors il faut le devancer, dis-je en caressant triomphalement la cuisse de Lanie qui me sourit.

— Pas vous, répond Dez. (Sérieusement, elle commence à me porter sur les nerfs avec sa manie de me contredire.) Si vous allez là-bas, Scott va se douter de quelque chose. Je vais m'en occuper, mais je ne peux pas le faire toute seule. Lanie, viens me retrouver au Foreplay à l'heure de la fermeture. Je te ferai entrer.

— Oh, non! Pas question! protesté-je. Je ne la laisse pas faire ça, Dez. Il va falloir trouver une autre manière de procéder.

Lanie tourne ma tête vers elle et se penche en avant. Les trois premiers boutons de sa chemise sont défaits et ses seins sont comme une carotte devant le mufle d'un cheval. Elle me relève le menton et baisse les lèvres vers les miennes, me faisant frissonner sous son haleine.

— Noah, il n'y a pas d'autre manière. Nous devons le faire. Je vais y aller discrètement, Dez et moi récupérerons le contrat dès que Scott sera parti et je serai de retour dans ton lit avant que tu t'en rendes compte. Il ne m'arrivera rien.

— Et s'il essaie… commencé-je.

Lanie me fait taire d'un baiser.

— Il ne sera même pas là. Et puis, Dez me protégera. Il ne m'arrivera rien, je t'ai dit.

Ensorcelé, je saisis sa lèvre entre les miennes.

— Rien du tout? demandé-je d'une voix de moins en moins mâle dominant.

Elle se serre encore et appuie des fesses sur mon entrejambe.

— Rien du tout, je te le promets.

Elle prend ma main posée sur sa cuisse et la fait glisser doucement sur sa peau laiteuse. Je devrais l'arrêter ; quelque part au fond de moi, je sais que je devrais, mais tout est oublié quand elle entraîne ma main plus loin, jusqu'à ce que le bout de mes doigts frôle les plis soyeux entre ses cuisses.

— Je t'appelle dès que je suis en route, Dez, dit-elle avant de se pencher pour couper la communication.

Ce n'est plus la peine de discuter. Elle a gagné.

J'enfouis mon visage dans le creux de son cou que je suçote et mordille. Elle écarte les jambes et reprend ma main pour enfoncer mes doigts entre ses grandes lèvres humides.

— Nous ne devrions pas, dis-je.

Malgré tout, je continue de la mordiller et je ne retire pas ma main, car je suis un homme et que je suis programmé pour cela. Cette femme est une drogue.

— Tu me refuserais ce que je désire ? demande-t-elle d'un ton boudeur.

Elle lâche ma main et déboutonne encore la chemise afin de la laisser glisser pour révéler un sein parfait. Puis elle attire ma tête contre sa poitrine.

— Jamais.

J'accepte ce cadeau et titille le téton du bout de la langue avant de l'aspirer entre mes lèvres.

— Fais-moi oublier, Noah. Rappelle-moi que je suis à toi et efface ce souvenir. Tes mains sont les seules dont je veux me souvenir.

Elle a besoin de cela, de moi. Et je ne peux rien lui refuser. Elle reprend ma main et se cambre, approchant ses seins de ma bouche tout en enfonçant mes doigts en elle. Elle pousse un gémissement qui fait tressaillir ma bite.

Je suce avidement son délicieux téton, insatiable. Cette femme me fait un tel effet, avec elle je perds jusqu'à la dernière once de sang-froid que j'ai pu encore conserver. Sa chatte est si ruisselante et serrée sur mes doigts qu'on dirait une douce soie liquide. Elle nous enfonce encore plus, manœuvrant mon doigt pour qu'il aille et vienne en elle pendant que ma paume masse son clitoris. Ensemble, nous effaçons le blasphème. C'est censé être ainsi entre un homme et une femme.

— Je te veux en moi, Noah.

Je libère son téton et l'embrasse une dernière fois avant de murmurer :

— Lève-toi, ma chérie. (Elle obéit, laissant sortir mes doigts avec un gémissement déçu. Je lui souris, moqueur, ravi de voir qu'elle se sent lésée. Puis je relève les hanches et fais glisser mon pantalon que je jette sur le côté. Enfin je me rassois en prenant ma bite durcie dans ma main.) C'est cela que tu veux ?

Ses cheveux retombent sur son visage quand elle baisse les yeux et la dévore du regard en se mordant la lèvre. Elle hoche à peine la tête et elle m'enfourche en s'emparant de ma bite et en s'empalant dessus. Il me faut un peu de souplesse et quelques va-et-vient pour la pénétrer entièrement, mais nous y parvenons ensemble. Tout en se penchant pour m'embrasser, elle allume le mécanisme de massage du fauteuil. Je gémis en le sentant vibrer juste sous mon entrejambe. Cette sensation ajoutée au massage, aux tétons de Lanie qui frôlent ma poitrine, à son baiser séducteur et à sa chatte brûlante qui m'enserre la bite est presque intolérable. Mais j'encaisse et c'est un supplice délicieux.

— Je t'aime, Noah, murmure-t-elle sur mes lèvres.

— Pas autant que moi, réponds-je.

En réalité, je n'en sais rien, mais j'ai du mal à croire qu'un être puisse en aimer un autre autant que je l'adore.

Elle ondule des hanches pour frotter son clitoris contre moi. Comme ses seins gonflés sont juste devant moi, tentateurs, je les réunis et engloutis ses deux tétons en même temps dans ma bouche. Elle me tire les cheveux et me chevauche de plus belle, mais quand je fais exprès de lui montrer comment je frôle de mes dents la pointe durcie de ses seins, sa tête retombe et elle ralentit ses mouvements.

— C'est tellement sexy à regarder. Et c'est tellement bon, gémit-elle en reprenant le mouvement de ses hanches et en empoignant le dossier du fauteuil.

Elle tressaute d'avant en arrière sur moi, prenant son plaisir et me le rendant au centuple. Je ne suis pas loin de perdre la tête, mais je parviens à me retenir pour qu'elle jouisse la première.

Je suis récompensé de mes efforts quand je sens les parois de sa chatte se resserrer encore plus sur ma bite et qu'elle commence à adopter un rythme soutenu. Ses lèvres s'entrouvrent, ses yeux se ferment et elle se concentre sur la sensation. Elle est au bord de l'explosion, mais il lui en faut encore. Je sais déchiffrer les signes, car je connais son corps mieux que le mien. Elle a besoin que l'homme auquel elle se donne prenne les choses en main et la possède.

— Vas-y, ma chérie, donne-moi tout, l'encouragé-je. Jouis sur ma bite.

J'empoigne ses deux fesses pour l'aider à se soulever et retomber tout en forçant ses hanches à pousser en avant, et je recommence inlassablement. Je sens ses doigts qui se crispent dans le cuir du dossier de part et d'autre de ma tête, puis elle renverse la tête en arrière et son corps se tend alors qu'elle hurle mon nom pendant l'orgasme.

Je ne perds pas une seconde. Il y a quelque chose que j'ai toujours voulu faire avec elle depuis le jour où je l'ai trouvée dans le salon de télévision où elle avait fichu la pagaille avec la télécommande. Je la prends par la taille et je me lève avec elle pour la porter jusqu'à la table de billard. Elle continue de tressauter dans mes bras et j'ai du mal à marcher, mais j'arrive enfin là-bas. De l'autre main, j'écarte les boules et je la dépose sur la table sans jamais l'empêcher de continuer ses mouvements. Une fois qu'elle est en position, je tire ses hanches jusqu'au bord, relève ses genoux et lui écarte les cuisses en tenant une jambe dans chaque main. Et là, je la pilonne violemment.

— Oh, putain ! s'écrie-t-elle.

Je m'immobilise en culpabilisant d'avoir été si brutal avec elle, surtout après ce qu'elle vient de subir.

— Merde, pardon, ma chérie. Je ne voulais pas…

Aucune excuse ne peut réparer ce que j'ai fait.

— Non, ça va. Ça va, dit-elle en haletant. C'est juste… que c'était tellement incroyable. C'est ça qu'il me faut, Noah. Il faut qu'on soit nous-mêmes. Ne te retiens pas. S'il te plaît.

Je suis à la fois stupéfait et soulagé.

— Eh bien, dans ce cas, dis-je avec un rictus sardonique, tu as intérêt à te cramponner à quelque chose, ma chérie, parce que ça va être encore mieux.

Lanie se cramponne aux deux bords de la table. Je l'empoigne par les hanches et la laisse passer ses jambes sur mes bras. Puis je me retire avant de m'enfoncer à nouveau violemment en elle. Comme tout semble bien se passer, je me déchaîne en la pilonnant furieusement et à une vitesse qui me laisse haletant.

Ses seins tressautent à chaque coup de reins et mes couilles claquent sur ses fesses. Je la pénètre de plus en plus profondément. Lanie se met à pousser des hurlements en secouant la tête. La sueur ruisselle sur mon front, mais je continue de la baiser inlassablement. Puis je baisse les yeux vers l'endroit où nous sommes réunis et je regarde ma bite entrer et sortir de sa petite chatte étroite.

— Putain, ma chérie, grondé-je, incapable d'en détacher mes yeux. Ta chatte est tellement… putain…

Mes hanches cognent sans relâche, de plus en plus violemment, de plus en plus profondément. Ma bite épaisse distend sa chatte serrée et c'est le spectacle le plus excitant qui soit. Les veines de ma bite palpitent et elle est luisante d'écume, rougie par le frottement.

Tout ce qui s'est accumulé en moi explose et je ferme les yeux sous la sensation incroyable du plaisir qui monte. Je gronde en sentant ma bite tressauter en elle. Je donne un dernier coup de reins et je jouis enfin en me répandant dans la femme pour laquelle je ferais n'importe quoi.

Une fois que je lui ai donné tout ce que j'ai, je me retire et lâche ses hanches. C'est seulement alors que je remarque avec quelle brutalité je m'agrippais à elle.

— Merde, excuse-moi. Tu vas sûrement avoir un bleu, dis-je en me baissant et en déposant un baiser sur les deux marques rouges.

Elle glisse la main dans mes cheveux et attire ma tête sur sa poitrine pour que j'écoute son cœur battant. Et figurez-vous qu'il suit le même rythme que le mien. C'est ridicule à dire, mais nous ne faisons qu'un. Et je sais que c'est vrai. Quoi qu'il se soit passé avec David Stone et même si nous nous sommes mis tout seuls dans un véritable pétrin, rien ne peut plus nous séparer.

Je suis sincère quand je dis que je ferais n'importe quoi pour elle. Même si cela m'obligeait à tout abandonner, à être publiquement disgracié et à devoir m'enfuir avec elle dans une cabane isolée en Alaska pour ne plus avoir à supporter les regards de ceux qui savent ce qu'elle a fait pour sauver une vie.

Car rien n'est plus important qu'elle.

10

Mission impossible

David

Nom de Dieu.

Je m'examine dans le miroir de ma salle de bains. Ma belle gueule a l'air déformée, mais au moins, j'ai réussi à nettoyer le sang et à panser les plaies ouvertes.

Ils ne vont pas aller trouver la police. J'en suis certain. Ils seraient forcés de se dévoiler et je suis tout à fait sûr que la prostitution et la traite d'êtres humains sont passibles d'une peine bien plus infamante que ce que j'ai failli faire.

Ce n'était pas censé se passer comme ça. J'avais tout parfaitement planifié.

Étape numéro un : faire ma proposition à Delaine, la menacer de divulguer toute leur petite affaire sordide et miser sur sa tendance naturelle à l'appât du gain pour parvenir à un accord.

Étape numéro deux, ma préférée : la baiser à fond, pour qu'elle comprenne ce qu'elle a manqué en dédaignant la bite du patron, et la faire hurler en attendant que Crawford arrive et nous prenne en flagrant délit.

Et ensuite, le plat de résistance : me détendre pendant que ma bête noire s'autodétruit en comprenant que je lui ai pris un autre de ses biens. Mais mon stratagème a fait long feu. Delaine n'a pas accepté ma proposition et du coup, Crawford ne risquait pas de nous surprendre en train de baiser. Je n'avais pas pensé qu'il y aurait une altercation physique et je ne regrette absolument pas d'avoir assommé cette garce. Elle avait besoin d'apprendre que nous vivons dans un monde d'hommes et qu'elle a intérêt à rester à sa place. Seulement, c'est là que Noah est arrivé et m'a pris sur le fait.

— Putain de merde, grogné-je au miroir avant de retourner dans mon bureau me servir un verre.

Tout en faisant tournoyer le liquide ambré, je m'approche de la fenêtre pour contempler la ville. Ma ville. Elle est à moi, ou du moins, elle va l'être.

Je tressaille en buvant une gorgée quand l'alcool entre en contact avec ma lèvre blessée. La douleur est aussi cuisante qu'une insulte.

— Nom de Dieu ! m'écrié-je.

Je lance le verre contre le mur où il se fracasse en éclaboussant la toile blanche et en faisant tomber une pluie d'éclats sur le sol.

Encore un ratage. J'étouffe un juron et décide de laisser tout cela pour les employés de l'entretien et je me retourne vers la fenêtre.

Ce qui est arrivé tout à l'heure n'est rien d'autre qu'une mauvaise planification de ma part. J'aurais dû passer un peu plus de temps avec elle. Il aurait quand même voulu me flanquer une dérouillée même si elle avait été consentante. Sauf qu'il y aurait eu moins de force dans ses coups de poing. L'orgueil blessé et un cœur brisé sont plus faciles à affronter qu'un homme qui se prend pour un super-héros et qui décide de défendre son territoire.

Mon plan a été gâché. Quoi qu'il en soit, j'ai encore tout le pouvoir. Du moins, je vais l'avoir avant la fin de la nuit. Je n'ai pas besoin de baiser cette fille pour le détruire. J'ai déjà ce qu'il faut pour la révélation que je compte faire lundi à la réunion du conseil d'administration. Mais j'ai quelque chose à prouver. Combien de fois ai-je essayé de faire comprendre à ce crétin que les femmes ne s'intéressent qu'à une seule chose : l'argent ? C'est aussi simple que ça. Des putes qui courent après le fric, toutes autant qu'elles sont.

Bon, d'accord, après deux choses. Le fric, et la bite. Elles aiment ça aussi.

Quand nous étions jeunes, j'ai essayé d'inculquer ma théorie à cet imbécile, en grande partie parce que je voulais qu'il soit disponible pour sortir avec moi le week-end, ou quand j'avais besoin d'un complice, mais j'étais convaincu de ce que je disais. J'ai vu mon père changer de femme presque aussi souvent que de coupe de cheveux. Et à chaque fois qu'une partait, c'était avec un petit peu de sa fortune, une fortune qui était légitimement mienne.

Quand nous sommes devenus adultes, il était encore plus important que mon associé soit concentré. Il fallait que Crawford ait la tête aux affaires si nous voulions que l'entreprise de nos pères atteigne des sommets qu'ils n'auraient jamais imaginés. S'il passait son temps à genoux devant une bonne femme, une putain de chatte sur deux pattes, il serait incapable d'agir correctement. Draguer pour tirer son coup, c'est une chose. Finir soumis à une femme, c'en est une autre.

Crawford ne m'a pas écouté. À peine sorti de l'université quand ses parents sont morts, il a hérité de la moitié de l'entreprise, il s'est retrouvé avec une femme splendide à son bras et moi, je me suis retrouvé complètement oublié. Et pas seulement à cause de mon supposé meilleur ami. Mon père considérait Noah avec une telle fierté et une telle admiration que c'était insupportable. Jamais il ne m'avait regardé comme cela.

Noah Crawford était une étoile montante, il avait tout ce que je n'avais pas et j'en avais assez de vivre constamment dans son ombre. *Pourquoi tu n'es pas comme Noah ?* passait son temps à me répéter mon père pour que je n'oublie pas que je n'étais pas à la hauteur de ses attentes. J'ai fait des erreurs : j'étais jeune et j'aimais faire la fête. Mais ces erreurs étaient inacceptables pour lui.

À mon sens, mon père était un faible. Il avait partagé son entreprise avec ces fichus Crawford alors que Scarlet Lotus aurait pu connaître le même succès avec lui seul. Ces Crawford avec leur charité à deux balles, leurs *Donnons une partie de nos bénéfices à des œuvres humanitaires, rendons à la communauté une partie de ce qu'elle nous a donné, faisons le bien avec tous les bienfaits qui nous ont été accordés.*

Pff. Ce n'étaient pas des bienfaits. C'était du boulot. Le sang, la sueur et les larmes de mon père. Mais jamais il ne l'a vu sous cet angle. À vrai dire, je crois qu'il était secrètement amoureux d'Elizabeth Crawford. Je voyais son visage s'éclairer chaque fois qu'elle entrait dans la pièce. Cette salope le menait par le bout du nez et même s'il ne pouvait pas l'avoir, il aurait fait tout ce qu'elle lui demandait.

Ce qui prouve ma théorie sur l'effet que les femmes font aux hommes. Et mon père ne la sautait même pas.

À propos de sauter… j'ai un rendez-vous.

Je défais un autre bouton de ma chemise pour découvrir un peu plus mes pecs d'acier – c'est ce qu'il aime – et je prends mes clés. Il se fait tard. Scott va bientôt fermer boutique et il va m'attendre avec son cul de rêve et sa poudre céleste.

Bon sang, j'ai envie de m'en mettre jusque-là. De l'un comme de l'autre.

Ensuite, j'irai lui emprunter la petite pépite qu'il cache dans son bureau. Pour lui, ce n'est qu'un bout de papier avec une signature, mais pour moi, c'est l'avenir de Stone Enterprises.

Lanie

Une eau chaude enveloppe nos corps nus alors que nous nous prélassons dans l'immense baignoire. Les bras puissants de Noah m'étreignent et je ferme les yeux tandis qu'il passe délicatement le loofah sur mes seins. Mes tétons n'ont pas cessé d'être durs depuis que je suis entrée dans cette maison.

C'est drôle comme je voulais le haïr à l'époque. Et me voici maintenant follement amoureuse de l'homme qui m'a achetée dans l'unique objectif d'assouvir ses désirs où, quand et comme il lui plaisait.

C'est vrai, ce qu'on dit : parfois, c'est quand on cesse de le chercher que l'amour vient à nous. Et généralement, c'est la personne que l'on imaginait le moins qui parvient à capturer votre cœur et chambouler votre vie.

Comme s'il lisait dans mes pensées, la main libre de Noah s'aventure sur mon flanc et descend sur mon ventre jusqu'à ce que ses longs doigts viennent se loger dans les plis tuméfiés de mon entrejambe. Son haleine délicieusement parfumée s'attarde sur mon cou, vite remplacée par sa bouche brûlante et humide.

Sa langue est scandaleusement douée, ses lèvres ont le don d'éveiller tous mes sens. Il effleure ma peau de ses dents et je le prends par le cou. Il lâche le loofah et saisit mon sein dont il agace délicatement le téton. Je sens son érection contre mes reins tandis que ses doigts explorent entre mes jambes le moindre recoin sensible à leur portée. Le contact insistant et délicieux de ses lèvres, de sa langue et de ses dents dans mon cou et ses gémissements à mon oreille me rendent folle de désir.

— Noah, dis-je dans un souffle suppliant.

— Dis-moi ce que tu veux, Lanie, répond-il sans s'interrompre.

— Toi, dis-je en me retournant. Je veux te savourer.

Il gémit quand je me mets à quatre pattes entre ses jambes et le lorgne d'un air suggestif tout en me pourléchant les lèvres. L'eau de la baignoire s'agite au moindre de mes mouvements et les vaguelettes viennent caresser ses abdominaux.

— Loin de moi le désir de te priver de ce que tu veux. (Il se hisse sur le rebord de la baignoire. L'eau ruisselle sur son corps tandis qu'il saisit sa bite et commence à la caresser.) Viens me sucer, Lanie, dit-il.

Ses paroles me rappellent ma toute première nuit ici, celle où il s'est assis sur son canapé totalement nu en fumant une cigarette. Le souvenir me donne la chair de poule et un miaulement langoureux m'échappe alors que je m'approche doucement de lui. Quand j'arrive à sa portée, il enfouit sa main dans mes cheveux et pousse sur ma nuque pour me guider vers le membre colossal qu'il brandit vers ma bouche.

Il serre la base de sa bite et un grognement sexy s'échappe de ses lèvres alors que je le prends dans ma bouche. Je caresse le gland du bout de la langue avant d'engloutir avidement tout ce que je peux. Mes lèvres se distendent autour de lui alors qu'il imprime à ma tête un va-et-vient régulier. Quand il pose le pied sur le côté de la baignoire et se renverse contre la paroi pour me regarder le sucer, je me sens soudain totalement exhibitionniste.

Je le libère un instant et plonge ma tête entre ses cuisses. Sans le quitter du regard, je lui lèche les couilles que je prends une par une dans ma bouche pour les suçoter délicatement.

— Bon Dieu ! gémit-il en haletant de plus en plus.

Ma langue remonte le long de ses couilles et de sa tige. Noah m'appuie avec plus d'insistance sur la tête et je sens son gland toucher le fond de ma gorge. Mes dents frôlent légèrement sa peau douce alors qu'il me relève la tête et la replonge. Son regard est fixé sur mes lèvres et je commence à suivre le mouvement de moi-même pour le sucer à fond. Je déglutis et détends ma gorge pour l'avaler encore plus en gémissant, car c'est la chose la plus délicieuse que j'aie jamais savourée.

— Putain, ma chérie, chuchote-t-il d'une voix rauque. Tu n'imagines pas comme tu es belle quand tu me suces. Vas-y, ma chérie. Suce-moi à fond.

J'aspire tellement que j'ai les joues creusées. Noah gémit et tout son corps se crispe. Plus vite, plus loin, plus fort, je l'engloutis tandis qu'il me regarde faire, fasciné.

— Arrête, ma chérie, arrête, gémit-il. (Je continue.) Non… bon sang… (Il gronde et prend mon visage entre ses mains pour me forcer à lâcher sa bite.) Je veux être en toi quand je vais jouir. (Il halète, les veines de son cou palpitent et ses yeux se font impérieux et avides.) Tourne-toi et cramponne-toi au bord.

Je me retourne et j'écarte les jambes pour qu'il puisse s'installer confortablement entre elles et je me cambre pour faire bonne mesure. Quand je sens son haleine dans ma nuque, sa poitrine collée sur mon dos et sa bite qui s'apprête à me pénétrer, j'ai presque un orgasme.

Sa bouche est contre mon oreille et je sens le bout de sa bite glisser entre mes chairs et me taquiner sans jamais m'accorder ce que je demande tant. J'arque les hanches pour essayer d'aligner ma chatte avec sa bite, mais il se retire et me laisse toute gémissante.

— Quel chemin dois-je prendre, Lanie ? demande-t-il d'une voix sourde et menaçante tout près de mon oreille. Celui-ci ? Ou celui-là ? interroge-t-il en faisant glisser son gland tour à tour sur ma chatte et sur mon trou du cul.

— Celui que tu veux. Tu ne me refuses rien, je ne te refuse rien non plus.

Ma dernière expérience de sodomie a été extrêmement douloureuse, mais je veux essayer à nouveau. Et puisque j'ai dit que je voulais faire quelque chose pour lui, s'il a envie de me baiser dans le cul, je vais le laisser faire.

Il glousse et j'imagine son rictus narquois.

— Vraiment ? Quel courage, Lanie. Quelle générosité. J'aime comme ton corps est empressé, l'impudeur avec laquelle tu réagis à mon contact. J'ai hâte de replonger ma bite dans ton délicieux petit cul, et je le ferai. Mais cette fois, je crois que je vais aller… ici.

L'épais gland s'enfonce dans ma chatte, me dilatant et me remplissant entièrement. Je geins et je m'arc-boute afin de pouvoir poser ma tête sur son épaule. D'une main, il me saisit un sein, et il pose l'autre sur mon ventre. Puis il me pousse afin que je me penche en avant très légèrement, mais en changeant l'angle suffisamment pour que cela m'arrache un cri.

— Doucement, ma chérie, souffle-t-il dans mon oreille. Bon sang, ce que tu me fais du bien.

— Toi aussi tu me fais du bien, parviens-je à dire.

Il va et vient lentement en moi tout en couvrant ma nuque de baisers. Ma tête dodeline sur le côté quand sa main glisse plus bas sur mon ventre et qu'il masse mon clitoris du bout des doigts. Je gémis tant la sensation est incroyable, et il se colle encore plus contre moi.

Je sais ce qu'il désire. Il veut que je me renverse en arrière. J'obéis en me cramponnant au rebord afin de le laisser faire. Et il ne s'en prive pas.

Ses lèvres glissent sur mes épaules nues et me font frissonner de tout mon corps. Il lâche mon sein et entrelace ses doigts avec les miens sur le rebord de la baignoire tout en m'enveloppant de tout son corps. Son autre main revient sur mon ventre pendant qu'il accélère ses mouvements. À chaque coup de reins, je sens son haleine contre mon oreille.

— Il faut que j'aille plus profondément en toi, Lanie. Plus profondément que je ne suis jamais allé encore, murmure-t-il dans mon cou.

Sa main descend jusqu'à l'intérieur de ma cuisse gauche. Il la soulève pour poser mon genou sur le rebord de la baignoire, puis il se redresse et s'enfonce lentement en moi.

Je pousse un long gémissement.

— C'est ça, ma chérie. Exactement comme ça, dit-il en tournant les hanches contre mes fesses dans un mouvement qui m'arrache un autre gémissement. Tu aimes ça ?

— Oh, mon Dieu, oui. (Je sens sa bite qui tourne en moi et cogne les parois de ma chatte, et je me cambre encore plus pour lui faciliter la tâche.) Je te sens bien… Ta bite est tellement… oooh…

— Oui, moi aussi, j'aime ça, dit-il en se retirant à peine pour s'enfoncer de plus belle.

Il me donne de brefs coups de boutoir, chacun plus généreux que le précédent. En moi, tout se noue. Je suis au bord d'exploser de tout ce plaisir qu'il est le seul à pouvoir me donner.

— Plus fort, Noah. Baise-moi plus fort, le supplié-je.

Il obéit. Une main s'agrippe à mes cheveux qu'il tire en arrière, me forçant à lever la tête pendant qu'il me baise comme un dément. De longs coups de reins violents et rapides font claquer son ventre contre mes fesses et ses doigts s'enfoncent dans mes hanches. La poitrine serrée, le ventre noué, le clitoris palpitant, je me mords les lèvres et me cramponne au rebord de la baignoire.

Puis ça vient d'un seul coup et je jouis dans un hurlement qui m'ébranle tout entière.

— Noah… Oooh, Noah… gémis-je tandis que mon cœur s'emballe.

— Je sais, ma chérie, grogne-t-il sans cesser ses coups de reins. C'est ça. Je vais jouir. Je vais…

Il rugit tandis que ses hanches se cognent à mes fesses et y restent collées deux secondes avant que l'assaut reprenne, saccadé et irrégulier.

Enfin, il s'immobilise. C'est comme le calme après une tempête, quand les nuages se dissipent pour révéler le soleil. Bienheureux, paisible. Repu.

Il se retire et laisse tomber son front sur mon dos.

— Lanie… tu… auras… ma… peau… halète-t-il.

Sa peau ? Je suis tout à fait sûre que c'est moi qui risque la crise cardiaque, si j'en juge par les battements de mon cœur. Mais quelle belle manière de finir ses jours.

⋆ ⋆ ⋆

Noah refuse de me laisser aller seule au Foreplay rejoindre Dez. Je refuse qu'il approche du club et compromette notre plan. Du coup, il semble qu'il faille trouver un compromis. Pas question non plus que Mason ou Samuel m'accompagnent. Cependant, je parviens à lui arracher la permission de me laisser conduire par Polly.

Je suis à peu près sûre que c'est parce qu'elle conduit comme une démente. À tel point qu'avec Polly au volant, nous aurons de la chance si nous arrivons entières. Mais d'après lui, en cas de coup dur, elle sera une alliée précieuse. Peut-être est-ce parce qu'elle est en train de faire les cent pas tout en récitant la liste des organes vitaux et en donnant des coups de poing dans le vide à peu près à leur emplacement chez un homme de la taille de David Stone. Elle vise étonnamment bien. Cela me fait même un peu peur.

Nous sommes là, garées dans la rue en face du Foreplay, en attendant le signal de Dez. Le bâtiment a l'air désert et inoccupé. Le parking est vide et l'enseigne est éteinte depuis un petit moment déjà.

Polly est tout en noir, de la tête jusqu'à ses rangers. J'ignore absolument pourquoi elle a ce genre de chaussures dans sa garde-robe. Il me vient à l'esprit que ce n'est peut-être pas la première fois qu'elle participe à ce genre de mission et cela n'aurait rien de surprenant.

— Ton téléphone est bien allumé ? me demande-t-elle pour la millième fois.

— Oui, Polly, il est allumé, réponds-je, sarcastique.

Son genou tressaute comme si elle avait bu trop de café, et elle regarde de tous côtés. Je vous jure qu'on dirait qu'on est en repérage pour un cambriolage tout en sachant qu'un commando de la police nous guette dans les buissons.

— Vérifie encore, dit-elle, me prenant manifestement pour une idiote qui ne sait pas se servir de son mobile.

Je lève les yeux au ciel avec un soupir agacé, puis je regarde mon téléphone. Au même instant, il vibre. C'est un texto de Dez. *La chauve-souris a quitté sa grotte.*

C'est le signal que nous attendions.

— Allons-y, dis-je à Polly.

Nous descendons de la voiture et refermons les portières le plus silencieusement que nous pouvons. Pliées en deux, nous traversons furtivement la rue et le parking. Je ne cesse de fredonner mentalement le thème de *Mission impossible.* Une fois devant le club, nous nous plaquons contre la paroi et je frappe discrètement à la porte. Deux coups, un silence, puis trois autres.

— C'est le code dont vous êtes convenues ? me chuchote Polly.

— Non, on n'a rien convenu du tout. (Je hausse les épaules en la voyant me dévisager sans comprendre.) Je me suis juste dit… Oh, et puis ça va. Je suis nerveuse, OK ?

Elle étouffe un gloussement suraigu et se couvre précipitamment la bouche. Au même moment, Dez ouvre la porte.

— Qu'est-ce que vous fichez toutes les deux ? demande-t-elle d'un ton sévère en foudroyant Polly du regard. Vous voulez qu'on se fasse pincer ? C'est pas une soirée entre filles, hein, cocotte.

— Désolée, fait Polly.

— Pas mal, la tenue, reprend Dez en la regardant.

Ce n'est pas du tout son genre de s'extasier sur ce genre de choses. Polly doit déteindre sur elle. Je lui en parlerai plus tard, rien que pour le plaisir de la voir sur la défensive.

— Merci ! s'exclame celle-ci. Toi aussi, ajoute-t-elle.

Dez est à peu près habillée comme elle. À vrai dire, elle était déjà dans cette tenue quand elle s'est présentée chez Noah pour me « kidnapper ». Je suis tout à fait sûre que ce n'est pas ce qu'elle porte pour travailler, car elle n'avait pas cela sur le dos quand elle m'a déposée chez Noah tout à l'heure.

— Tu t'es changée ? lui demandé-je, sachant que ce n'est pas du tout son genre non plus.

— Je ne vais quand même pas porter exactement la même tenue à deux occasions différentes, non ? s'impatiente-t-elle.

— Oh, toi, je ne te laisse plus approcher mes copines, dis-je à Polly. Tu es pire qu'une maladie contagieuse.

— De quoi vous parlez ? demande Dez.

— Tu as pris les manières de gamine de Polly. Ne t'inquiète pas, on va te faire soigner au plus vite.

Polly glousse de nouveau et Dez s'efface pour nous laisser entrer.

— Il est parti ? demandé-je alors qu'elle referme la porte derrière nous.

— Je crois, mais comme il part toujours par-derrière, je ne suis pas sûre.

— Comment ça, tu n'es pas sûre ? Tu n'as pas vérifié ? demandé-je, incrédule.

Dez hausse les épaules comme si ce n'était rien du tout.

— Rien à foutre. S'il est là, on peut l'assommer.

— Dez ? dis-je en l'attirant contre moi. Ces tenues vous font peut-être ressembler à des ninjas, mais vous n'en êtes pas.

— Bon alors, on fait quoi ? interroge Polly, abattue.

Je sais que cela la déprime. Planifier est au cœur de sa vie et improviser, pour elle, c'est courir à l'échec. Je me redresse.

— Nous allons voir s'il est là, et ensuite nous allons prendre ce fichu contrat, dis-je avec la fermeté de celle qui maîtrise la situation.

Il fait sombre dans le club. Les enseignes néon de marques de bière au-dessus du bar et les lampes des sorties de secours éclairent à peine. Évidemment, Dez connaît les lieux comme sa poche, et je me souviens du chemin menant au sous-sol pour l'avoir pris la dernière fois que je suis venue.

Alors que nous descendons l'escalier, je m'attends presque à ce qu'un type à dreadlocks nous attende en bas des marches avec sa fichue liste grâce à laquelle il s'imagine être un dieu. Mais il n'est pas là. En fait, tout est éteint. Il fait tellement noir que nous devons nous guider en suivant les murs. Avant d'arriver au bout du couloir, j'aperçois une lumière qui filtre sous la porte du fond et j'entends les pulsations de la musique qui passe dans la pièce.

Scott est encore dans son bureau.

Polly se cramponne à moi et j'en fais autant avec Dez.

— Bravo. On fait quoi, maintenant? chuchoté-je.

Dez enlève ma main de son t-shirt et se retourne.

— Ne t'excite pas comme ça et baisse d'un ton avant qu'on se fasse repérer. Je sais comment procéder. Suivez-moi.

Polly et moi lui emboîtons le pas dans le couloir et nous parvenons à un petit débarras juste à côté du bureau de Scott sans faire trop de bruit.

— Et maintenant? On va attendre ici qu'il s'en aille? demande Polly.

Nous sommes serrées comme des sardines, mais nous n'avons pas trop le choix.

— Oui, c'est à peu près ça, réponds-je.

— Pas nécessairement.

Dez se contorsionne pour se retourner vers la paroi située à l'opposé du bureau de Scott.

— Qu'est-ce que tu fais? demandé-je en la voyant tripoter quelque chose qui ressemble à un sticker collé sur le mur.

Elle tire dessus et un faisceau de lumière apparaît par un petit trou.

— C'est la petite sécurité que j'ai placée pour les fois où je descends ici tirer un coup en vitesse avec un beau gosse. Comme ça, je peux vérifier si le patron me cherche ou pas.

— Tu es un génie du mal, tu sais ça ? dis-je, impressionnée par son ingéniosité. Une vraie coquine pour descendre faire des cochoncetés dans un débarras, mais un génie quand même.

— Je prends ça comme un compliment, dit-elle.

Je me baisse et colle l'œil à l'orifice pour voir ce que fabrique Scott et… je retiens un cri et me redresse.

— Nom de Dieu, soufflé-je. David est là-dedans avec lui.

— Zut ! chuchote Polly. Mais qu'est-ce qu'ils font ?

Avant de répondre, je me baisse à nouveau pour m'assurer que je n'ai pas la berlue. C'est bien Scott que je vois penché sur le canapé, et David juste derrière lui. Tous les deux sont nus, et David est en train de le besogner. J'aperçois quelque chose de blanc sur le dos de Scott et je vois – totalement dégoûtée, d'ailleurs – David se baisser pour sniffer la poudre.

— Ils prennent de la coke, chuchoté-je, totalement sous le choc, plus pour moi-même que pour mes deux acolytes. Et… ils… baisent.

— Quoi ?

Dez a l'air choquée, c'est sûr, mais je sens surtout que cela l'excite. J'en ai pour preuve l'énergie avec laquelle elle me pousse pour regarder à son tour.

— C'est une blague, intervient Polly.

Je secoue la tête. Je sens que j'ai encore l'air stupéfait. Dez nous a dit que David et Scott se fréquentaient, mais jamais je n'aurais imaginé le voir de mes propres yeux. Et je sais que cette image restera gravée dans ma mémoire jusqu'à mon dernier jour, quoi que je fasse.

— C'est Noah qui lui a démoli la gueule comme ça ? demande Dez. (Je hoche la tête.) Bon sang, je crois que je suis amoureuse de ce mec.

Elle retourne regarder le spectacle, puis elle sort son mobile de sa poche et colle l'objectif de la caméra devant l'orifice.

— Dis ce que tu veux, mais c'est super sexy. Je me garde ça pour plus tard, ajoute-t-elle en enregistrant la scène en vidéo.

C'est extrêmement dérangeant, mais tellement le genre de Dez de vouloir étoffer sa collection personnelle de porno gay. Elle adore les vrais trucs, pas le chiqué qu'on trouve dans le commerce. Je le sais parce que je suis tombée sur toute sa collection un soir où j'étais chez elle et où je cherchais un bon film à regarder.

Nous restons encore un peu dans le débarras, car nous ne pouvons pas faire grand-chose d'autre. Puis il me semble entendre du bruit à côté. La curiosité l'emporte et je colle mon oreille à la paroi pendant que Polly se débrouille pour se faufiler entre Dez et moi.

Quelqu'un est en train de gémir et de pousser des râles, puis :

— Ouais, tu l'aimes, la bite du patron, hein ?

C'est la voix satisfaite de David, suivie d'un répugnant hurlement qui me donne la chair de poule.

— Oh, c'est immonde, dit Polly en fronçant le nez.

— Qu'est-ce qu'ils font, là ? chuchoté-je à Dez, qui a suivi toute la scène sur l'écran de son téléphone.

— David vient de lui claquer le cul. Scott se retourne et il a l'air vraiment content. Ils s'embrassent, continue-t-elle. David le serre dans ses bras, toujours derrière lui, et ils vont comme ça dans la salle de bains. La porte vient de se fermer. À mon avis, ils vont prendre une douche et peut-être remettre le couvert en même temps.

— J'y vais, dis-je en me retournant vers la porte.

— Attends un peu ! m'arrête Polly. On ne sait pas ce qu'ils font. Tu pourrais te faire pincer.

— Mais s'ils sont occupés et que je n'y vais pas tout de suite, je n'aurai peut-être pas d'autre occasion de récupérer le contrat, raisonné-je. Je vais entrer en vitesse et si je n'entends pas la douche, je ressors et on patientera encore un peu.

— Laisse-la y aller, dit Dez à Polly. On peut surveiller d'ici, et si ça se gâte pour elle, on ira à sa rescousse.

— Bon, d'accord, admet Polly à contrecœur. Mais s'il t'arrive quelque chose, Noah me fera la peau. Alors débrouille-toi pour ne pas te faire prendre.

— OK, dis-je avec inquiétude tout en ouvrant tout doucement la porte.

Une fois dans le couloir, je m'approche sur la pointe des pieds de la porte du bureau de Scott. Je teste la porte : elle n'est pas fermée à clé et je la pousse lentement. J'entends la douche qui coule et deux voix d'hommes provenant de la salle de bains.

— Tu sais que je t'aime, chéri, est en train de dire David.

Je me précipite vers le bureau de Scott, sans trop savoir par où commencer, mais par chance, je n'ai pas besoin de chercher bien longtemps. Le tout premier tiroir contient le gros lot : ce sont apparemment tous les dossiers que possède Scott. Et je trouve le mien, à la lettre T pour Talbot. Je le sors et l'ouvre en priant le ciel que David ne m'ait pas devancée. Un sourire se peint sur mes lèvres quand je vois l'original du contrat.

— Tu frissonnes, mon chéri. Tu as froid ? dit la voix de David depuis la salle de bains. Mieux vaut qu'on sorte d'ici et qu'on se sèche.

Houlà.

Je m'empare du contrat, range le dossier et repars à pas de loup. Je franchis la porte au moment où la douche s'arrête et je la referme derrière moi. Dez et Polly m'attendent déjà dans le couloir. Je brandis le contrat avec un grand sourire triomphal tout en mimant une petite danse guerrière. Dez et Polly sautillent sur place en faisant mine d'applaudir, puis nous filons vers l'escalier pour repartir aussi discrètement que nous sommes venues.

Mission accomplie.

David

Je sors de la douche et me noue une serviette autour de la taille avant de retourner dans le bureau de Scott. Il faut que je fasse vite avant qu'il me suive et bousille mon plan.

— Où tu vas ? Tu as intérêt à ne pas partir. Tu m'as promis qu'on allait en week-end ensemble.

— Je sais, mon chéri, et on va le faire, réponds-je en profitant de la diversion pour m'emparer du dossier portant le nom de cette salope. Il fait froid ici et j'ai hâte de partir.

Je traverse la pièce à grandes enjambées et glisse le dossier dans la pochette zippée de ma valise. Puis je retourne à mes vêtements épars et commence à m'habiller au plus vite. Je viens de boucler ma ceinture quand je sens Scott qui m'enlace par-derrière. Ses grosses mains viriles m'empoignent les pecs et jouent avec mes tétons.

— Mmm, ronronne-t-il en m'embrassant le dos. J'ai hâte de partir avec toi aussi.

J'enfile ma chemise par la tête, ce qui l'oblige à reculer, et je me retourne vers lui. Je prends son visage dans une main, me penche et l'embrasse délicatement avant de reculer et de lui faire mon sourire vainqueur.

— On va y aller, alors.

Le contrat est en ma possession, rangé bien à l'abri jusqu'à lundi matin. Je vais profiter du week-end avec mon amant et lui consacrer toute mon attention. Car une fois qu'il aura découvert ce que j'ai fait, il ne m'adressera plus la parole. Et j'ai beau regretter de devoir le perdre, cela vaut la peine, puisque je vais avoir ce que je désire depuis toujours.

11
Ose rêver

Noah

Le 1er avril.

Les érudits débattent sur son origine depuis des années et même s'ils ont chacun leur théorie, personne ne sait pourquoi ni par qui la tradition a vu le jour. Cependant, cela reste une journée qui est fêtée chaque année dans le monde entier, et qui l'était déjà dans la Rome antique. Ironie du sort : cette si importante réunion du conseil d'administration tombe un 1er avril, étant donné que l'on fête cette journée en jouant des tours aux naïfs.

Je n'en suis pas un. Mais David Stone non plus.

Le lundi matin arrive plus vite que prévu. Je suis inquiet et j'espère que le plan que nous avons concocté va être un succès et qu'il ne nous retombera pas dessus. Dans un cas comme dans l'autre, à la fin de la journée, tout le monde saura qui est le dindon de la farce.

Qui sera le vainqueur et raflera la mise.

Pour le gagnant comme pour le perdant, pour le roi sur le trône et le bouffon de la cour, la mascarade sera terminée et Lanie et moi pourrons mener notre vie sans redouter que l'on découvre notre secret.

Quand Lanie est rentrée avec le contrat à la main, nous l'avons immédiatement brûlé avec son exemplaire et les restes du mien dans la poubelle où Lanie avait flanqué le feu à la lingerie. Voir les derniers vestiges de notre accord se réduire en cendres a soulagé nos épaules d'un grand poids. Nous nous sommes détendus au même moment devant les flammes, ce qui prouve combien nous avions été éprouvés par le stress. Nous venons de nous offrir un nouveau commencement, mais pour nous, ce n'est pas encore gagné.

Dez a été tout excitée de me montrer la vidéo qu'elle rapporte en guise de trophée de leur expédition. Je ne peux en regarder que quelques secondes avant de me détourner avec dégoût. Je ne suis pas homophobe ou quoi que ce soit de ce genre, mais je n'avais pas envie de regarder. Cela me filait la chair de poule. Au début. Puis j'ai eu une idée plutôt ingénieuse.

Et c'est ainsi que je me retrouve le lundi matin à quelques minutes de la réunion avec Lanie dans l'ascenseur privé qui mène à mon bureau. Elle a tenu à m'accompagner pour me soutenir moralement et à vrai dire, je suis content qu'elle soit là. Si pour une raison quelconque, notre plan nous saute au nez, nous pourrons faire front ensemble. Ou ficher le camp le plus vite possible. Il paraît que l'Alaska est vraiment agréable en cette période de l'année.

Cependant, je ne suis pas vraiment inquiet. Nous avons un atout dans notre manche et David va être descendu en flammes.

— Tu es inquiet ? demande Lanie en me prenant par la taille.

— Non, fais-je en haussant nonchalamment les épaules. Pour moi, c'est une journée au bureau comme une autre. Mais j'espère quand même que le conseil va approuver ma dernière campagne humanitaire.

— Je n'en doute pas une seconde. Tu t'es donné beaucoup de mal pour la présentation pendant tout le week-end. Tu ne peux pas avoir travaillé pour rien, n'est-ce pas ?

Elle sourit et l'assurance que je vois dans ses yeux me tranquillise. Quand elle me regarde comme cela, cela me redonne une inébranlable confiance en moi. Tous les deux, nous pouvons tenir tête au monde entier et je crois vraiment que nous avons de bonnes chances de gagner. Ensemble, nous allons le mettre à genoux.

Avec un tintement, les portes de l'ascenseur s'ouvrent sur l'activité bourdonnante du bureau. Les employés sont toujours fébriles les jours de réunion et essaient d'avoir l'air encore plus occupés que d'habitude. Tout le monde est tiré à quatre épingles avec un air très affairé.

Quelques-uns lèvent le nez et nous saluent d'un sourire avant de se replonger dans leur travail. Je me redresse et laisse échapper un soupir pour me calmer. Je baisse les yeux vers la main que Lanie a posée au creux de mon bras. Je m'en veux : elle ne porte pas de bague alors que nous sommes fiancés. Il va falloir que je remédie à cela dès que possible. Elle porte toujours le bracelet Crawford que je lui ai offert, mais ce n'est pas suffisant. La marquer comme ma propriété quand c'était effectivement le cas, contractuellement, c'est une chose ; symboliser qu'elle m'appartient de sa propre volonté est une tout autre affaire.

Nous sortons de l'ascenseur et je l'accompagne jusqu'à mon bureau, où elle va m'attendre. Les réunions du conseil d'administration étant toujours à huis clos, elle ne peut y assister. Cela ne l'ennuie pas, car Polly lui tiendra compagnie. Étant mon assistant, Mason sera avec moi et il gardera son téléphone allumé en communication avec Polly et Lanie afin qu'elles entendent discrètement toute la réunion depuis mon bureau.

— Tout est en place ? demandé-je à Mason quand nous entrons.

J'installe Lanie dans le fauteuil de mon bureau et Polly s'assoit en face. Comme s'il s'agissait d'une opération d'espionnage, Mason appelle le numéro de Polly et vérifie que tout fonctionne.

— Oui, répond-il. Vous êtes prêt ?

J'acquiesce et baisse les yeux vers Lanie.

— Eh bien, allons-y. J'ai droit à un baiser pour me souhaiter bonne chance ?

Elle se hausse sur la pointe des pieds et s'agrippe aux revers de ma veste pour m'attirer vers elle. Ses lèvres trouvent les miennes et elle se jette à mon cou. Ce baiser déborde de paroles qui n'ont pas besoin d'être prononcées. Quand elle se retire, elle appuie son front sur le mien et me regarde droit dans les yeux.

— Tu n'as pas besoin de chance, mais toutes les occasions sont bonnes pour t'embrasser. (Comme si elle n'en avait pas la possibilité à la moindre occasion…) Nous sommes faits pour être ensemble, continue-t-elle. Donc je ne doute pas un instant que tout va se passer comme prévu. Et puis tu es Noah Crawford et c'est un nom qui est synonyme de succès.

— Mon Dieu, comme je t'aime dis-je, totalement sincère.

— Je sais, répond-elle avec un sourire triomphal. Moi aussi.

Mason se penche pour déposer un baiser sur le front de sa femme.

— Allons-y, me dit-il. Nous aurons moins d'impact si nous sommes en retard.

— Terrassez-les ! nous encourage Polly avec un grand sourire.

C'est notre petite pom-pom girl à nous.

Je dépose un baiser sur le nez de Lanie et la lâche pour prendre mon attaché-case. Avec un clin d'œil, je tourne les talons et sors de mon bureau, suivi de Mason.

Nous descendons le couloir menant à la salle de réunion. Une fois là, je vois la représentante de ma dernière campagne humanitaire et je la salue d'un signe de tête. Elle en fait autant : nous n'avons pas besoin de plus. J'ouvre la porte et nous entrons.

En route…

Apparemment, Mason et moi sommes les derniers à arriver. Je dissimule mon rictus sardonique en voyant le visage tuméfié de David et je me demande quel genre d'histoire il a inventée pour expliquer cela. Il est déjà installé près du bout de la table, où siège son père, Harrison.

Harrison a confié son contrôle de Scarlet Lotus à David, et bien qu'il assiste parfois aux réunions du conseil d'administration, les occasions sont rares et uniquement lorsqu'une question importante doit être abordée. Il est évident que David a insisté pour qu'il soit là, car il doit penser qu'il a toutes les cartes en main pour me rabaisser et briller devant son père.

J'ai presque de la peine pour lui.

Presque.

Je m'assois face à lui avec Mason à côté de moi et Harrison de l'autre. David, ce salaud prétentieux, me lance un petit sourire suffisant qui doit être douloureux étant donné l'état de sa lèvre, mais il ne dit rien. C'est probablement la conduite la plus sage car je détesterais devoir montrer mes cartes avant que la réunion soit officiellement commencée. À vrai dire, j'ai énormément de mal à ne pas sauter par-dessus la table pour étriper ce connard à mains nues. Je ne peux m'empêcher de le revoir penché sur celle que j'aime, essayant de prendre quelque chose qui ne lui appartient pas et qu'elle n'avait absolument pas l'intention de lui accorder. Mais je me retiens.

Dieu merci, son père interrompt mes pensées et me fournit une diversion plus que bienvenue. Harrison fait un grand sourire plein de fierté quand il se tourne vers moi, et même si je perçois sa légère ressemblance avec David, c'est touchant. Il m'a toujours préféré.

— Noah, mon garçon ! dit-il en me donnant une tape sur l'épaule. Comment vas-tu donc ?

Je ne peux m'empêcher d'éprouver de l'affection pour cet homme. Il a été l'associé et l'ami de mon père et pour moi, il fait partie de la famille. Je n'en reviens pas qu'il ait engendré un être aussi diabolique que David.

— Je vais bien, Harry, réponds-je. Finalement, ajouté-je, incapable de résister, j'ai rencontré la femme de mes rêves et je l'ai convaincue je ne sais pas comment de devenir ma femme.

La tête que fait David vaut son pesant d'or, mais cela ne dure pas et il reprend son petit air arrogant. Ce connard croit vraiment qu'il va gagner. Comique.

— Eh bien, en voilà une surprise ! Félicitations, mon garçon ! (J'ai droit à d'autres claques dans le dos qui me flanqueraient par terre si je n'étais pas assis.) Il y a intérêt à ce que je sois sur la liste des invités, dit-il avant de se retourner vers son fils. Pourquoi tu ne te trouves pas aussi une gentille fille avec qui t'installer, David ? J'aimerais pouvoir faire sauter un petit-fils sur mes genoux avant d'être trop vieux et décrépit.

David Stone avec des gosses. Dieu nous protège.

David tire sur le col de sa chemise comme s'il était trop serré et s'efforce de dissimuler son agacement.

— C'est juste que je n'ai pas encore trouvé la femme qui me convient, papa.

Le reste des membres du conseil et des employés présents me félicite à son tour, puis la réunion commence officiellement.

Avant de connaître Delaine Talbot, je me serais intéressé à tous les aspects de la réunion, j'aurais été entièrement absorbé par les questions d'entreprise, les chiffres, les statistiques. Mais là, je n'ai pas le cœur à cela. Je ne cesse de penser à ma future épouse qui se trouve justement être assise dans mon bureau, sur mon fauteuil, et sans doute en train de regarder dans mes tiroirs, parce que c'est son genre. Et je suis sûr que Polly ne fait rien pour l'en dissuader. Cela dit, je m'en moque bien : ce qui est à moi est désormais à elle et je n'ai rien à cacher.

OK, tout cela ne sert qu'à me distraire et m'empêcher de m'endormir. Je jette un coup d'œil à mon assistant et je suis bien content qu'il prenne des notes, car il va falloir que je les lise plus tard. Je suis sûr qu'il sait que je suis trop sur les nerfs pour me concentrer, mais il sait aussi que Scarlet Lotus signifie tout pour moi et que je veux être tenu au courant de ce qui se passe.

Quand le nouveau type de la compatibilité arrive au bout de sa présentation Powerpoint et retourne au fond de la salle, Mrs. Werner se lève.

— Point suivant de l'ordre du jour, David Stone, annonce-t-elle avant de se rasseoir.

David me lance un sourire qui me ferait dresser les poils sur la nuque si je ne savais pas d'avance de quoi il s'agit. Je reste de marbre. Il se lève, pose son attaché-case sur la table et l'ouvre.

— Il y a trente ans, mon père a fondé cette entreprise, commence-t-il en allant se placer derrière son père et en posant les mains sur ses épaules.

— Noah Sr. et moi l'avons fondée, corrige Harrison. L'idée était entièrement de *son fait*.

David baisse les yeux vers lui avec un sourire innocent et lui tapote l'épaule avant de poursuivre.

— Bien sûr, dit-il en commençant à arpenter la salle. Et ces deux hommes d'affaires avaient l'intention de démontrer au monde entier avec leur entreprise naissante qu'un peu de labeur, de persévérance et d'aide pouvaient mettre en pratique des idées novatrices qui sans ça n'auraient jamais vu le jour. Et cela afin d'améliorer le monde dans lequel nous vivons. Cette entreprise que des millions de personnes admirent a été fondée dans l'honnêteté, l'intégrité et le respect du travailleur. (Il s'arrête et pose la main sur son cœur en prenant un air douloureux.) Chers confrères et membres du conseil, il m'est pénible de devoir vous annoncer aujourd'hui que nous avons tous été dupés. Il y a parmi nous quelqu'un qui a déshonoré tout ce que représente Scarlet Lotus, déclare-t-il en levant théâtralement un index en l'air.

Un murmure ébahi parcourt l'assemblée et tout le monde échange des regards perplexes. David finit par retourner à son attaché-case et en sort une chemise. Mason me donne un coup de genou sous la table, mais je ne quitte pas David des yeux et il en fait autant. Le regard que nous échangeons contient tant de choses qu'il n'est pas nécessaire de dire quoi que ce soit. Nous savons. Alors que je promets silencieusement que je suis loin d'en avoir terminé avec lui après ce qu'il a tenté de faire à celle que j'aime, il me défie de m'en prendre à lui. D'un petit hochement de tête, je lui fais savoir que je ne vais pas m'en priver.

— Noah Crawford nous a abusés. Il a profané tout ce que son père et le mien ont eu tant de peine à édifier. (Il agite le dossier au-dessus de sa tête et poursuit d'une voix de stentor :) Il a fait l'acquisition d'une esclave vendue aux enchères ; une femme qu'il a achetée pour assouvir ses pervers besoins sexuels. Et je demande à ce qu'il soit déchu de sa position d'actionnaire principal de l'entreprise.

Cri collectif de stupeur. Tous les yeux se tournent vers moi. Certains expriment le dégoût, d'autres la déception, mais tous attendent que je réponde à cette accusation – soit en la confirmant soit en la niant.

— C'est absurde, me défends-je.

— David, qu'est-ce que c'est que ces sornettes ? intervient Harrison, manifestement scandalisé par l'accusation proférée par son fils.

— Des sornettes ? répète David. J'en ai la preuve ici, ajoute-t-il en brandissant le dossier. Je me demande si vous trouverez toujours cela aussi absurde une fois que vous l'aurez vu par vous-mêmes.

Je ne quitte pas du regard David, qui ouvre le dossier pour en examiner le contenu. Le sourire prétentieux qu'il arborait jusque-là s'évanouit rapidement, remplacé par la confusion la plus totale. Il le referme, le retourne pour regarder le verso, le rouvre… Mais il est toujours aussi vide. De la sueur commence à perler sur son front et il a l'air éperdu de celui qui a égaré quelque chose. Il jette rageusement le dossier sur la table et fouille dans son attaché-case, puis il palpe ses poches, en vain.

— Alors ? s'impatiente Harrison.

— Je… euh… je… bafouille-t-il tout en continuant de fouiller dans les paperasses.

Le dindon de la farce est révélé.

— David, vous avez proféré une accusation très grave. Nous devons voir la preuve, insiste Mrs. Werner.

Oui, David, dis-leur de quelle manière tu es entré en possession de cette information. Amène-nous ici le petit cul de Scott juste après l'avoir baisé pour qu'il témoigne en ta faveur. Dis-leur pourquoi tu as des bleus sur le visage. Raconte-leur les détails croustillants de ta tentative de viol sur la personne de ma fiancée parce qu'elle ne voulait pas te céder. Vas-y. Dis-leur tout. Ah, oui, pardon… Ça ne va pas être possible.

David contemple tous les visages, puis il s'efforce de sourire, mal à l'aise, et lève les mains en l'air comme un gamin de trois ans en criant :

— Poisson d'avril ! (Comme l'assistance demeure stupéfaite et muette, il éclate tout seul d'un rire pitoyable.) Ha, ha. Je vous ai bien eus…

— David Prometheus Stone ! s'exclame Harrison avec mépris. Je ne sais pas de quel genre d'humour tordu tu crois avoir fait preuve devant nous. Mais ce genre de tour pendable a davantage sa place dans une cour de récréation que dans un conseil d'administration ! Nous ne manquerons pas d'en reparler plus tard, en attendant, tu dois à chacun de nous des excuses. En particulier à Noah.

Après ces remontrances, David me regarde avec un rictus haineux.

— Je suis… désolé, parvient-il à lâcher avant de se tourner vers les membres du conseil d'administration. Mon comportement était totalement déplacé et je promets de m'abstenir de ce genre d'enfantillages à l'avenir. Je vous présente mes excuses.

L'assistance semble pousser un soupir collectif et tout le monde se détend et s'apprête à reprendre le cours normal de la réunion. Évidemment, certains continuent de foudroyer du regard David, qui s'est laissé tomber dans son fauteuil en essayant de se faire tout petit.

— Mr. Crawford ? demande Mrs. Werner. Je crois que vous êtes le dernier à vous exprimer. Je vous en prie.

Je me racle la gorge et je hoche la tête. La présentation des statistiques pour la partie humanitaire de notre entreprise est ma spécialité. J'ai l'impression que chacune de mes paroles et chacun de mes gestes sont mécaniques alors que j'énumère les chiffres et le statut des campagnes en cours. Je ne peux m'empêcher d'imaginer ma mère au fond de la salle, radieuse de voir l'importance qu'a prise cet aspect de Scarlet Lotus.

Aujourd'hui, j'ai évité une balle quasi mortelle ; une balle qui n'aurait jamais été tirée si je n'avais pas pris l'affreuse décision d'acheter un être humain pour mon plaisir personnel. Cependant, je ne parviens pas à regretter ma décision. Parce que cela m'a amené à Delaine Talbot, ma future épouse.

Je termine mon allocution comme toujours, en présentant le projet humanitaire que j'aimerais soumettre à l'approbation des membres du conseil. C'est pour Mason le signal pour mettre en place la présentation pendant que je trace les grandes lignes du projet.

— Avec l'exceptionnelle croissance que continue de connaître Scarlet Lotus, nous pouvons nous permettre de nous associer à d'autres organisations humanitaires et défendre une cause de plus. La présentation que vous allez voir aujourd'hui concerne une cause qui sort un peu de la norme, mais ma mère, Dieu ait son âme, croyait que chaque être humain mérite sa chance dans la vie. Certains sont nés dans un contexte sur lequel ils n'ont aucune prise, et, alors que la société a à leur égard des exigences insurmontables, ils prennent des décisions qui peuvent nuire à leur existence. Quand ils s'écartent du droit chemin, ils ont besoin que quelqu'un les aide à se remettre sur pieds. Cette nouvelle organisation s'est précisément donné cela pour mission. Aussi, sans plus tarder, je vous présente Desdemona Edwards, dis-je en désignant la porte que Mason vient d'ouvrir.

Dez entre dans la salle, droite comme un *i*, menton levé. Elle porte un impeccable tailleur bleu marine et un chemisier immaculé, un chignon strict et un maquillage discret. Elle est parfaite en femme d'affaires.

— Mr. Crawford, dit-elle en me serrant la main.

— Miss. Edwards, réponds-je, je vous laisse la parole.

Je retourne m'asseoir auprès de Mason pour savourer le spectacle. Dez se tourne vers l'assistance et s'éclaircit la voix.

— Bonjour mesdames et messieurs. Je suis Desdemona Edwards, représentante d'une association qui me tient tout particulièrement à cœur. La Coalition Arc-en-Sniff se consacre à...

— Euh, pardonnez-moi, Miss. Edwards, l'interrompt Mrs. Werner. Ne s'agit-il pas plutôt de la Coalition Arc-en-*Ciel* ?

— Non, madame, répond Dez, qui joue tellement bien la femme d'affaires que je suis impressionné. Même si nos intérêts sont proches, la Coalition Arc-en-Sniff s'attache plus précisément à venir en aide à un groupe social plus spécifique. Nous cherchons à aider les homosexuels des deux sexes que leur comportement a poussés à des conduites encore plus à risques comme l'abus de drogues ou la recherche systématique du plaisir. En raison de leur préférence sexuelle, la société, qui ne se rend souvent pas compte que son mépris nuit à ces individus psychologiquement fragiles, tourne le dos à cette population qui réclame de l'aide. Dès lors, ces individus s'enfoncent de plus en plus dans leurs pratiques à risque sans espoir de rédemption. Ils deviennent sourds à la douleur dans leur cœur, perdent tout amour-propre et finissent par se consacrer entièrement à ce qu'ils ont de plus animal en eux, en satisfaisant leurs besoins les plus vils et en recourant à la drogue et au plaisir physique pour avoir la sensation d'exister. Si c'est également vrai des hétérosexuels, les nombreux organismes dont la mission est d'aider ces populations ne sont pas en mesure de s'occuper des besoins spécifiques des homosexuels parce qu'ils ne les comprennent pas. Contrairement au personnel et aux bénévoles de la Coalition Arc-en-Sniff. Le film que nous avons préparé vous donnera un aperçu de l'existence affreuse que ces réprouvés connaissent. Mais veuillez noter que cette démonstration est déconseillée aux personnes sensibles. Mr. Hunt ? demande-t-elle à Mason pour lui faire signe de lancer la vidéo.

Mason appuie sur quelques touches de l'ordinateur portable préparé et Dez s'écarte de l'écran blanc accroché au plafond. Le compte à rebours s'affiche à l'écran : 3… 2… 1…

Et apparaît aux yeux de tous David Stone en train de besogner le cul d'un autre homme tout en sniffant de la cocaïne sur son dos.

— Doux *Jésus* ! suffoque Mrs. Werner en portant une main à son cœur.

— Qu'est-ce que c'est que ça ? s'exclame Harrison en se tournant vivement vers son fils et en assenant un violent coup de poing sur la table.

David bondit de son fauteuil, les yeux écarquillés, hébété, en tendant le bras, impuissant, vers la preuve de ses activités en dehors des heures de bureau.

Des cris jaillissent dans la salle, mais Dez continue.

— Je sais. C'est triste, n'est-ce pas ? soupire-t-elle en secouant la tête avant de se placer devant l'écran pendant que le film continue de se dérouler. Une donation de votre entreprise peut contribuer à faire en sorte que des hommes comme ceux que vous voyez puissent bénéficier d'une réhabilitation adaptée dans un environnement positif. Avec votre aide, nous pourrons arracher ces pauvres âmes égarées à la nature bestiale qu'ils ont été contraints d'adopter et les réinsérer dans la société, où ils pourront mener une existence tout à fait normale comme le reste d'entre nous. Notre but n'est pas de « les rendre hétérosexuels », comme on dit, mais seulement de les aider à renoncer aux drogues et à mieux choisir leurs fréquentations. Cela dit, les deux individus présentés ici sont sans conteste faits l'un pour l'autre.

— David ! J'exige des explications ! hurle Harrison sans prêter attention à Dez, qui poursuit son discours.

— La Coalition Arc-en-Sniff aimerait vous remercier par avance de votre soutien. Nous vous assurons que tout don que vous estimerez convenable sera utilisé au mieux pour cette cause. Je vous remercie de votre temps et de votre considération. Inutile de me raccompagner. (Elle reprend son attaché-case sans prêter attention aux visages consternés dans l'assistance, puis elle se tourne vers moi et me serre la main.) Mr. Crawford, je vous remercie de m'avoir reçue.

— Toi ! gronde David en me foudroyant du regard. C'est toi qui as manigancé tout ça !

Et sans crier gare, il bondit par-dessus la table. Je m'efface juste à temps et il finit par terre. Ne voulant pas lui laisser une chance de retenter le coup, je l'empoigne par les revers de son costume hors de prix. La pagaille s'empare de toute la salle et j'en profite pour lui exposer l'accord que je souhaite conclure avec lui. Il y a beaucoup de choses auxquelles j'aimerais le contraindre, mais je suis prêt à négocier.

— Écoute-moi, David, dis-je entre mes dents. Ce que tu viens de voir, ce n'est rien du tout. Non seulement j'ai la possibilité de divulguer en public ton petit porno personnel et de t'anéantir, mais cette vidéo est la preuve de trafic et consommation de drogue, et de complicité avec un criminel reconnu... Tu pourrais passer beaucoup de temps en prison.

— Et pour ta gouverne... siffle Dez en s'approchant, un grand costaud mexicain du nom de Chavez t'a déjà réservé, salope.

L'expression de David me rappelle celle d'un rat acculé et pris au piège.

— Qu'est-ce que tu veux? crache-t-il, manifestement furieux de ne pouvoir qu'admettre sa défaite.

Je le gratifie du même sourire satisfait qu'il arborait jusqu'à ce que son petit univers s'écroule. Puis je lui arrache le peu qu'il lui reste.

— Je ne te demande pas grand-chose, dis-je. Juste ta moitié de l'entreprise. Et je veux que tu quittes l'État. Non, mieux, que tu quittes le pays. Et que tu emmènes cette raclure de Scott avec toi.

Je trouve que ce n'est pas cher payé pour ta liberté, pas toi ?

— Qu'est-ce qui me prouve que tu ne divulgueras pas quand même la vidéo ?

— Rien, réponds-je, tout à fait sincère. Cela me fait beaucoup de peine, mais je te donne ma parole que si tu tiens ta promesse, je tiendrai la mienne. Tu peux remercier Delaine pour ça. Elle est beaucoup plus magnanime que moi.

— Ou moi, ajoute Dez avant de lui assener une calotte sur la tempe.

Mason la tire en arrière pour l'empêcher de recommencer. Au même instant, Harrison fait le tour de la table pour nous rejoindre.

— Alors, tu décides quoi, Stone ? demandé-je avant que son père arrive.

— Très bien. Elle est à toi. Entièrement, concède-t-il.

— Tu as dix jours pour mettre tes affaires en ordre et foutre le camp du pays, lui dis-je avant de le lâcher et de me relever pendant qu'Harrison nous rejoint.

— Mon Dieu, David ! Quelle honte ! Lève-toi ! ordonne-t-il en le tirant par le bras.

— La réunion est terminée, murmuré-je triomphalement avant de partir avec Mason et Dez pour aller récupérer mes gains.

La moitié de l'entreprise cédée par David n'est qu'un agréable petit à-côté. C'est Delaine la véritable victoire. Et j'ai bien l'intention de la savourer sans la dilapider.

* * *

— Je n'en reviens pas que ce soit vraiment terminé, dit Lanie sur le siège passager de la Lamborghini alors que nous roulons sur l'I-55 vers Hillsboro.

Avec tous les émois que nous avons traversés, nous avons besoin d'une petite parenthèse tranquille. Hillsboro est un endroit assez calme pour cela, tout en permettant à Lanie de rendre visite à ses parents. Elle s'imagine que nous allons prendre une chambre d'hôtel. Je ne la détrompe pas.

— C'est terminé, ma chérie, dis-je en portant sa main à mes lèvres et en embrassant son annulaire toujours nu.

— Oh, la petite maison, s'exclame-t-elle quand nous arrivons à sa hauteur.

Quand je lâche sa main pour pouvoir rétrograder et m'engager dans l'allée, elle fronce les sourcils, puis elle voit mon regard suggestif et la manière dont je me mords la lèvre en me rappelant notre dernière visite ici.

— Noah, non. Nous n'allons pas recommencer. (Sans un mot, j'ouvre ma portière et descends de la voiture. Quand je fais le tour pour lui ouvrir, elle a croisé les bras d'un air de défi.) Non, Noah. Nous pouvons baiser autant que tu veux à l'hôtel, mais pas ici. La dernière fois, nous nous sommes presque fait surprendre.

— Pas cette fois, lui assuré-je en l'aidant à descendre.

Elle me suit à contrecœur, mais elle me suit tout de même. Elle enlace ses doigts dans les miens, et je lui fais faire le tour de la maison pour gagner le kiosque et l'étang.

— Qu'est-ce que tu fais ? Tu es fou ? demande-t-elle en scrutant les alentours de peur que les voisins nous aient vus.

— Oui, je le suis, dis-je en l'emmenant vers la balancelle. Et c'est ta faute. C'est toi qui me rends fou.

Je la fais tourner dos à la balancelle et je la pousse délicatement pour qu'elle s'y assoie. Le soleil se couche sur l'horizon et ses derniers feux orange et rose illuminent son visage aux traits parfaits. La petite famille de canards nage de l'autre côté de l'étang en cancanant dans le silence.

Je m'agenouille devant elle en remarquant son air décontenancé.

— Je veux te donner tout ce que tu désires et tout ce dont tu as besoin, Lanie. Au passé, au présent et à l'avenir. Et je le ferai. Je me sens coupable de ne pas avoir fait cela dès le début, dis-je en tirant de ma poche le petit écrin bleu marine.

Elle pousse un petit cri et porte ses doigts à ses lèvres.

— Oh, Noah.

— Tu sais, pour une future Mrs. Crawford, ton annulaire fait bien pitié, souris-je en ouvrant l'écrin pour lui montrer la bague de fiançailles.

C'est une pièce unique conçue pour une femme, mais transmise de génération en génération dans ce qui sera j'espère une longue tradition. Trois carats de diamants montés sur platine forment des boucles et volutes tourbillonnantes autour d'un saphir en taille émeraude. Rien de trop extravagant, la simplicité dans toute sa splendeur.

Je la sors de l'écrin et prends sa main tremblante. Je suis forcé de sourire, car moi aussi j'ai le trac.

— Elle était à ma mère, et à présent, j'aimerais qu'elle soit à toi. (Je la glisse à son doigt et la regarde dans les yeux. Des larmes commencent à ruisseler sur son visage. Son sourire est le plus beau que j'aie jamais vu, et je regrette qu'un peintre ne soit pas là pour capturer cet instant dans toute sa gloire et l'immortaliser. Je lui donne un tendre baiser.) Je t'aime, Delaine Talbot.

— Moi aussi, je t'aime, murmure-t-elle en contemplant la bague à son doigt. Elle est si belle. Merci.

— Je t'en prie, mais ce n'est pas tout, dis-je avec un sourire diabolique en me relevant.

— Pas tout ? Comment ça ? demande-t-elle en relevant brusquement la tête.

— Viens, réponds-je en lui prenant la main pour la relever.

J'ai l'impression de la traîner sans ménagement, et je devrais peut-être ralentir, mais je suis bien trop excité à l'idée de lui montrer la prochaine surprise. Quand nous arrivons à la Lamborghini, j'oblique et continue vers la maison.

— Où tu vas ? Quelqu'un va appeler la police ! proteste-t-elle en résistant.

Je l'entraîne de plus belle et l'attire contre ma poitrine avant de la prendre par l'épaule.

— Calme-toi, ma chérie. Personne ne va appeler la police.

Je lève la main jusque-là cachée dans son dos pour la mettre devant son nez. À mon doigt se balance la clé de la maisonnette.

Il ne lui faut qu'une seconde pour comprendre le symbole. Elle regarde la façade et remarque enfin que la pancarte « À VENDRE » a été remplacée par une autre annonçant « VENDU ».

— Noah, tu n'as pas…

Je sens le sourire qui me vient aux lèvres, tant je suis fier de moi d'offrir à la femme dont je suis tombé follement amoureux la maison de ses rêves de fillette.

— Bienvenue chez toi, Lanie.

Elle reste abasourdie tandis que j'ouvre la porte.

À peine suis-je reparti après avoir déposé Lanie chez ses parents quelques semaines plus tôt que j'ai acheté la maison. Elle était déjà pratiquement vendue, mais quand j'en ai offert quatre fois le prix demandé, le propriétaire s'est empressé d'accepter ma proposition. Après quoi, Polly a pris le relais. J'étais convaincu qu'elle allait vendre la mèche à Lanie, mais je suis sacrément fier qu'elle ait réussi à tenir cette langue qu'elle a si bien pendue. Et elle n'a pas exagéré côté décoration.

Je prends la main de Lanie pour l'entraîner à l'intérieur et je referme la porte derrière nous. Je saisis sur le manteau de la cheminée la télécommande et j'appuie sur un bouton qui allume le feu.

— Qu'est-ce que tu en dis? demandé-je, la voyant silencieuse.

Elle regarde autour d'elle. Il y a eu quelques rénovations, mais j'ai insisté pour que l'on ne touche à rien du côté désuet qu'elle appréciait tant. Le parquet a été poncé et verni et le mobilier est neuf, mais simple et confortable. Tous les équipements qu'elle pourrait désirer sont là, y compris d'énormes coussins éparpillés devant la cheminée. Pourtant elle n'a toujours rien dit et cela m'inquiète.

— Tu n'es pas obligée de la laisser telle quelle. J'ai demandé à Polly de s'occuper de la décoration parce que je ne voulais pas qu'elle soit vide quand je te la montrerais. Tu peux modifier tout ce que tu désires.

Elle se retourne et revient vers moi.

— Tais-toi, Noah. Tu parles trop.

Elle m'empoigne par la chemise et m'attire contre elle pour un baiser qui me rend tout chose.

Et elle ne s'arrête pas là.

Sa langue suave, douce et souple, s'enroule sur la mienne. Je la serre contre moi, prenant tout ce qu'elle m'offre et lui en donnant encore plus en retour. Son corps se moule dans le mien et la manière dont elle se frotte à moi... Oh, mon Dieu, c'est affolant. Elle est arrivée à moi, vierge, sans aucune expérience de nature sexuelle. Et bien que mon intention de départ ait été de lui enseigner tout ce qui me plaisait, son véritable professeur a été son propre corps. Elle sait ce qu'elle veut et toutes les inhibitions se sont dissipées quand il s'est agi de l'obtenir. Et en répondant aux exigences de son corps, elle répond aux miennes.

Ses doigts agiles s'égarent sur ma chemise et défont les boutons un par un, sans qu'elle interrompe notre baiser pour reprendre son souffle. Elle n'en a pas besoin : nous nous respirons l'un l'autre. Ses mains glissent sous ma chemise et se pressent sur ma poitrine nue. Chaque muscle de mon corps se raidit. Quand elle interrompt notre baiser, j'éprouve immédiatement un manque, mais elle tourne alors son attention vers mon cou et cela aussi c'est délicieux.

Ses lèvres se collent à ma peau pour me savourer. Je la serre contre moi, allant à la rencontre de ses hanches qui me cherchent et frottant contre elle la bosse dure comme de l'acier qui gonfle mon pantalon. Sa langue s'enroule sur mon téton durci tout en pressant ma poitrine. Puis lentement, elle passe les mains sur mes épaules et fait glisser ma chemise le long de mes bras jusqu'au sol.

Elle s'attaque à mon autre téton et je glisse mes mains dans ses cheveux. Des frissons me parcourent l'échine quand je sens ses ongles griffer mes abdominaux au bord de mon jean. Elle tire sur la ceinture pour m'attirer à elle et je sens sa main me caresser à travers l'étoffe tendue.

— Chérie…

C'est tout ce que je parviens à dire entre deux halètements tellement j'ai du mal à me maîtriser alors même que ma bite n'est pas encore libérée de sa prison.

Elle enlève ses chaussures d'un coup de talon et mes mains descendent au bas de son chemisier. Mon pouce caresse la chair nue au-dessous, mais cela ne suffit pas. Je soulève le chemisier pardessus sa tête et l'envoie rejoindre ma chemise par terre. Elle est éblouissante avec son soutien-gorge en dentelle bleu marine d'où déborde la masse laiteuse de ses seins. Je les prends dans mes mains, les soupèse et les pétris à travers la fine étoffe, de la manière qu'elle apprécie tant. Mes pouces glissent sur les tétons durcis et elle me mordille la poitrine en réponse. Oui, elle aime ça. Tellement qu'elle fait sauter le bouton de mon jean et que sa main s'enfonce dedans.

— Bon sang, Lanie, soufflé-je quand sa paume frôle mon gland.

— Tu bandes tellement, dit-elle avec une surprise mêlée de désir, en faisant glisser sa main sur moi malgré l'étroitesse du jean.

Je baisse les yeux pour voir sa main enfoncée dans mon pantalon parce que je sais que le spectacle va être excitant. J'ai vu juste. Mon gland apparaît à ma ceinture et elle aussi a dû s'en apercevoir, car elle enlève vivement sa main de mon pantalon et s'agenouille devant moi. Sa bouche brûlante se jette sur le bout de ma bite et le dévore avidement. Mes couilles se contractent immédiatement et je dois l'empoigner par les bras pour la relever avant de tout gicler sur-le-champ.

— Il faut que tu ailles moins vite, ma chérie, sinon je ne vais pas résister bien longtemps, dis-je en la tenant à bout de bras.

Une lueur lascive illumine ses yeux bleus et elle me repousse pour se cramponner à mon jean.

— Je ne veux pas ralentir, Noah. J'ai envie de toi. Je veux te sentir en moi, dur et épais. Je veux te savourer en train de glisser dans ma gorge. Je veux sentir tes lèvres et ta langue sur ma chatte. Je veux tout, Noah. J'ai besoin de tout et tu m'as promis de me donner tout ce que je veux et dont j'ai besoin.

— Putain, gémis-je en entendant ses mots.

C'est une faiblesse, et elle le sait. Elle me force à lui manger dans la main, elle sait comment me mener par le bout du nez, comment utiliser mes promesses en sa faveur. Et loin de moi l'envie de revenir dessus. Ma parole est d'or et je désire exactement la même chose qu'elle.

Je l'empoigne et l'attire sans ménagement contre moi. Nos bouches s'écrasent l'une sur l'autre dans un baiser avide et brutal. Nous nous mettons à genoux sur les coussins sans nous interrompre. Ses mains courent sur moi, sur ma poitrine, mes épaules et mes biceps que je fais saillir pour elle, car elle adore cela. Pendant qu'elle me palpe à loisir, je m'occupe rapidement de son soutien-gorge. Je fais sauter l'agrafe et glisser les bretelles, puis je le jette de côté. Ses seins ronds et fermes se pressent sur ma poitrine nue et mes lèvres se posent sur le creux de son cou. Elle gémit sous mes baisers pendant que mes doigts déboutonnent habilement son jean et le font glisser sur ses hanches.

Je l'embrasse tout le long de son cou jusqu'au-dessous de l'oreille et je saisis ses fesses tout en explorant son délicieux abricot du bout des doigts de mon autre main. Elle étouffe un cri et ses ongles s'enfoncent dans mon dos tandis qu'elle me mord l'épaule. Cela me rend fou. Je commence à titiller son clitoris pour faire monter le plaisir.

— C'est ce que tu veux, ma chérie ?

— Oui, encore.

— Et comme ça ? demandé-je en glissant mes doigts entre ses lèvres soyeuses et ruisselantes.

Elle gémit et me mordille l'épaule de plus belle tout en poussant les hanches en avant.

— Mmm, encore…

— Que tu es avide, Delaine, murmuré-je à son oreille.

Je pince le lobe entre mes lèvres, puis mes deux doigts pénètrent en elle pour lui donner exactement ce qu'elle demande. Elle étouffe un cri et renverse la tête en arrière pour m'offrir sa gorge. Je laisse courir ma langue le long de sa jugulaire en inspirant longuement. L'odeur de son écume se mêle au léger parfum qu'elle porte et je me pourlèche les lèvres, me sentant brusquement tel un fauve affamé.

— Je te sens, Delaine. Ton odeur est suave et excitante. (Mes doigts vont et viennent lentement tandis que mon pouce appuie juste comme il faut sur son clitoris. Elle pousse les hanches en avant pour me supplier de lui en donner encore plus.) C'est bon, n'est-ce pas, ma chérie ? Tu aimes ça, quand je te baise avec mes doigts ?

— Oui. Oh, mon Dieu, oui, dit-elle en écartant les jambes aussi loin que lui permet son jean et en avançant contre ma main. Encore.

— Encore ? Comme ceci ? (Mes va-et-vient se font plus rapides et plus violents et elle pousse un petit cri qui me fait bander de plus belle. Elle est trempée, douce comme de la soie et je ne suis pas loin de perdre la tête.) Bon sang, ma chérie. Tu mouilles tellement. Il faut que tu t'allonges. Je veux voir.

Elle se tient à mes épaules et je me baisse jusqu'à ce qu'elle soit allongée sur les coussins. Elle proteste d'un gémissement quand j'enlève mes doigts pour lui ôter entièrement son jean. Il faut que je la voie tout entière quand je la doigte. Elle écarte les jambes pour m'inviter à faire d'elle ce qui me plaît. Et je ne vais pas me priver.

Ses chairs ruisselantes brillent à la lueur des flammes et je m'humecte les lèvres tant j'ai hâte de la savourer, mais j'enfonce à nouveau mes doigts en elle.

— Putain, quelle belle chatte, Delaine. Et elle est entièrement à moi.

Elle se cambre en gémissant et je me penche pour saisir un téton durci entre mes lèvres. Je l'agace de la langue et le frôle tendrement du bout des dents.

— Plus fort, Noah, supplie-t-elle dans un souffle.

J'obéis des deux côtés. J'enfonce mes doigts en elle jusqu'au bout et je tète avidement son mamelon. Elle répond en me tirant les cheveux. J'adore quand elle la joue hard et elle le sait.

— J'ai envie que tu me prennes, mon chéri, dit-elle en poussant ses hanches contre ma main. S'il te plaît…

Oui, je sens comme elle souffre. Moi aussi, j'ai besoin de la prendre, je ne peux plus résister. Et cela m'agace un peu, parce que je voudrais faire tellement d'autres choses avec elle, mais je me dis que nous avons toute la vie pour cela et j'enlève mes doigts.

En me soutenant sur un bras, je baisse ma fermeture éclair. Pendant que je libère ma bite, ma charmante assistante passe les mains sur mon cul pour faire descendre mon jean et me donner toute liberté de mouvement. Je devrais prendre le temps de l'enlever, mais je suis lancé et il n'est pas question de m'arrêter.

Lanie, impatiente, se cambre vers moi, mais je décide que ce sera amusant de la chauffer un peu. Je frotte donc mon gland sur sa fente, puis je l'appuie sur son clitoris tout en faisant tourner mes hanches. Elle gémit bruyamment en regardant entre ses jambes ma bite qui se frotte contre elle. Mais comme j'adore la mettre au supplice et décupler le désir, je la fais glisser jusqu'à sa chatte comme pour la pénétrer, puis je recommence mon manège.

— S'il te plaît, Noah…

Oui, j'adore l'entendre me supplier de lui donner ma bite.

— S'il te plaît quoi, ma chérie ? demandé-je avec un sourire démoniaque. Tu veux que je baise ta belle petite chatte ?

Elle hoche la tête et se mord la lèvre, haletante. Pour qu'il n'y ait plus le moindre doute, elle relève les genoux en se cramponnant à deux mains à mes fesses pour onduler sous moi. Oui, elle en a assez. Elle veut ma bite, elle va l'avoir. J'appuie mon gland sur sa fente et la pénètre lentement. Ensemble, nous gémissons du plaisir d'être enfin unis, et je ne peux m'empêcher d'en vouloir encore plus.

— Bon Dieu, ce que c'est bon, hein? lui demandé-je. Il n'y a rien d'aussi bon que le moment où j'entre en toi. Ta chatte qui s'empare de ma bite – brûlante, tendre, trempée. C'est une sensation sans égale. Je recommence, d'accord?

Je baisse les yeux tandis que je me retire. Ma bite ruisselle et sa chatte, dilatée pour m'accueillir, se referme pour redevenir le minuscule orifice qu'elle était avant que je la pénètre. C'est un spectacle fascinant.

Je m'enfonce à nouveau en elle et regarde le gland disparaître alors qu'elle se dilate pour m'accepter. D'un coup de hanches, je m'enfonce entièrement dans sa petite chatte serrée. Elle s'agrippe à mes fesses pour m'immobiliser pendant qu'elle ondule sous moi et frotte son clitoris contre mon bas-ventre.

Je l'encourage, je veux qu'elle fasse ce qui lui vient naturellement, parce que c'est cela qui m'excite.

— C'est ça, ma chérie. Fais ce qui te fait du bien. Utilise-moi pour ton plaisir.

— Tu es tellement épais, tellement dur, gémit-elle. J'adore la sensation de ta bite en moi.

Putain. Ma poupée est devenue une vraie pro.

Je me retire et m'enfonce à nouveau d'un seul coup.

— Comme ça ?

— Oh, oui ! s'écrie-t-elle en me griffant les fesses. Plus vite !

Je lui offre ce qu'elle demande en lui donnant cinq coups de reins rapides avant de m'immobiliser en elle, totalement enfoncé. Je tourne les hanches et ondule contre elle pour masser son clitoris.

— Oui, comme ça, gémit-elle. Oh, mon Dieu… comme ça. N'arrête pas.

Je me retire et reviens sur elle, encore et encore. Je réussis à adopter un rythme régulier, ni trop rapide ni trop lent. Elle ondule contre moi et vient à ma rencontre avec ses hanches à chaque va-et-vient des miennes. Ses mains qui s'agrippent à mes fesses et sa chatte qui se crispe sur moi à chaque coup de reins sont indescriptibles.

— Noah, je vais…

— Vas-y, ma chérie. Jouis sur ma bite, gémis-je sans cesser de la besogner. Laisse-moi sentir ta chatte qui se serre sur ma bite.

Je bande de plus en plus à chaque coup de reins, et l'orgasme monte en moi au point que j'ai l'impression que mes couilles vont exploser.

— Oui, comme ça, chéri, comme ça, geint-elle alors que je sens la pulsation familière de sa chatte sur ma bite et qu'elle hurle mon nom en jouissant.

J'accélère le rythme et m'enfonce plus violemment, plus profondément pour l'aider à parvenir au plus haut dans le plaisir. Je ne peux détacher mon regard d'elle. Elle est magnifique dans la douce lueur du feu. La sueur luit sur sa chair laiteuse, ses lèvres sont gonflées et écarlates, ses paupières aux cils épais sont closes tandis qu'elle me laisse l'emporter.

— Je suis l'homme le plus chanceux du monde, chuchoté-je en me penchant pour dévorer ses lèvres pleines.

Une, deux, trois fois, je mordille ses lèvres. Ma bite sort et rentre en elle. Ses seins s'écrasent contre ma poitrine, sa bouche cherche la mienne, ses doigts s'agrippent à mon cul. C'est trop.

— Tu es si bonne, Lanie. Je ne peux plus me retenir, la préviens-je. Je vais jouir sur ta belle petite chatte.

Lanie secoue la tête et me regarde droit dans les yeux.

— Tu me l'as refusé trop de fois. Je ne vais pas te laisser faire une fois de plus. Jouis dans ma bouche, Noah. Je veux te savourer.

— Merde... je ne sais pas si je vais pouvoir tenir, ma chérie... ta chatte est tellement...

bonne, réponds-je en m'efforçant de me retenir de jouir.

— Maintenant, Noah. Donne-la-moi maintenant. Défonce-moi la bouche, supplie-t-elle.

Je me retire d'elle à contrecœur, mais comme je l'ai si souvent répété, je ne peux pas lui refuser ce qu'elle demande. Elle a peut-être commencé comme mon esclave sexuelle, mais je suis devenu le sien.

Je m'assois à califourchon sur sa poitrine et ma bite ruisselante tressaute tandis que je la porte à sa bouche. Je fais glisser le gland sur ses lèvres pour les couvrir de son écume.

— Goûte-moi, Delaine. Sens quel goût a ma bite quand elle ruisselle de toi.

Elle ouvre la bouche et j'y glisse mon membre. Ses lèvres se referment sur moi et elle ronronne de plaisir en savourant nos parfums réunis. Je lui tiens la nuque tout en faisant entrer et sortir ma bite de sa bouche.

— Nous avons bon goût, Lanie ? Tu aimes la saveur que tu as sur ma bite ?

Elle répond dans un gémissement, puis elle m'empoigne les fesses pour me pousser plus loin encore dans sa bouche. Je sens le fond de sa gorge contre mon gland, puis elle déglutit, serrant ma bite. Je n'en peux plus.

— Putain, chérie ! Putain ! Putain ! crié-je en m'enfonçant encore tandis que ma bite est secouée de spasmes à chaque giclée de sperme dans le fond de son gosier. À chaque gorgée qu'elle avale, je la sens qui se resserre. Elle continue par de lents va-et-vient de la tête jusqu'à ce que je mollisse.

— Bon Dieu, ma chérie, ça suffit ! m'exclamé-je en la forçant à libérer ma bite. Si tu continues, je vais bander à nouveau.

— Et qu'est-ce qu'il y aurait de mal à ça ? demande-t-elle.

Bon Dieu, ce que je l'aime.

Je roule sur le côté et, allongé auprès d'elle, je l'attire contre moi pour qu'elle mette sa tête sur ma poitrine. Je regarde sa main gauche posée sur mon ventre. Les pierres de la bague de fiançailles de ma mère scintillent dans la lueur des flammes et lancent des feux irisés. Elle a enfin trouvé sa place.

Et moi aussi. Ce qui me rappelle…

— Alors, tu ne m'as rien dit, commencé-je. Elle te plaît, la maison ?

Elle relève la tête et me regarde tandis qu'un petit sourire se peint sur ses lèvres.

— Tu sais bien que oui. (C'est vrai que je le sais.) Mais… Je ne sais pas très bien comment tout ça va s'organiser, continue-t-elle en caressant ma poitrine du bout du doigt.

— Comment qui va s'organiser ?

— Eh bien, tu as la maison d'Oak Brook et maintenant, nous avons aussi celle-ci. Où est-ce que tu comptes que nous habitions ?

— Oui, à ce propos, commencé-je. (Je me sens brusquement idiot de ne pas avoir discuté de tout cela avec elle avant. Pour ma défense, j'avais prévu de le faire après lui avoir montré la maison, mais une chose en a entraîné une autre, et voici où nous en sommes.) Tu sais que David me cède sa moitié de l'entreprise ?

— Oui…

— Eh bien, étant donné que Mason m'est si loyal depuis tant d'années et qu'il connaît l'entreprise comme sa poche, je me suis dit que j'allais le prendre comme associé.

— Noah, c'est merveilleux ! dit-elle, le regard pétillant de joie. Polly va sauter au plafond ! (J'éclate de rire, car ce sera effectivement le cas.) Mais attends un peu, reprend-elle. Quel est le rapport avec l'endroit où nous allons habiter ?

— Ah oui, c'est vrai, dis-je en me ressaisissant. Ça n'a pas grand-chose à voir, mais au final, Mason va gérer la plupart des questions qui exigent une présence constante au bureau. Donc, cela veut dire que nous pouvons vivre où nous voulons. Si tu veux habiter ici en permanence pour être plus près de tes parents, je peux installer un bureau ici et travailler depuis la maison.

— Mais Noah, la maison de tes parents, c'est tout ce qui reste d'eux, répond-elle avec gravité.

Je la serre contre moi et lui embrasse le front, vaincu par tant d'altruisme.

— C'est toi ma famille, à présent, Lanie. Et je compte bien que nous ayons des tas et des tas de petites Lanie. Et peut-être au moins un Noah pour perpétuer le nom.

Elle hausse les sourcils et me fait un grand sourire rayonnant.

— Des enfants ? Tu veux des enfants ?

— Mais oui. Des tas et des tas, corrigé-je.

— Eh bien, dit-elle pensivement, nous allons avoir besoin d'une sacrément grande maison pour accueillir tout ce petit monde, tu ne crois pas ?

— Sans doute, oui.

— Et Polly va avoir besoin de quelqu'un pour lui tenir compagnie pendant que Mason sera occupé au bureau jusqu'à pas d'heure. Sinon elle va lui reprocher de ne plus être là.

— C'est probable, acquiescé-je.

— Ma mère va mieux et mon père a repris le travail. Et Dez cherche un endroit où habiter en ville aussi...

Je sais où elle veut en venir.

— Ma chérie, tu es en train de me dire que tu veux habiter dans la maison de famille des Crawford ?

— C'est mal ? demande-t-elle d'un air coupable. De ne pas sauter sur l'occasion d'habiter tout près de mes parents ?

— Pas du tout. Tu peux leur rendre visite tant que tu veux. Après tout, nous avons une charmante petite maison ici aussi. Noël, Pâques, les vacances d'été, ce que tu voudras. Nous n'avons pas besoin de nous trouver une raison pour venir ici.

— Et puis nous n'avons pas de voisin fouineur à Chicago. Et tu n'auras pas à te dérober à tes responsabilités chez Scarlet Lotus non plus, ajoute-t-elle.

— Hé ! C'est vexant, ce que tu dis, la taquiné-je en lui chatouillant le flanc.

— Je blague, je blague ! proteste-t-elle en riant.

— Alors Chicago ? demandé-je, préférant que ce soit elle qui tranche.

— Chicago, oui.

— Très bien, dis-je, ravi de sa décision. (Je la force à rouler sur le côté pour pouvoir me soulever sur un coude et me pencher vers elle avec un sourire démoniaque.) Maintenant, commençons à les faire, ces enfants.

Je me baisse pour l'embrasser, mais elle pose ses doigts sur nos lèvres.

— J'ai eu une piqûre contraceptive, tu as oublié ? Je ne peux pas tomber enceinte pour le moment.

— Ça ne fait pas de mal de s'entraîner, réponds-je avec désinvolture.

Elle rit et finit par se laisser faire et je l'embrasse longuement et passionnément tandis que le feu crépite. C'est ainsi que je veux qu'il en soit toujours entre nous : rires insouciants, câlins amoureux libres et heureux. Sans craindre des ex prêts à vous tromper, des amis à vous poignarder dans le dos et vous ruiner, libre de se dire que l'on est la seule à pouvoir sauver la vie d'un être cher et prendre des risques pour cela. Libre de cette pénible sensation de solitude.

Ce n'est pas exactement le rêve de tout être humain, mais il repose sur le même socle : quelqu'un à aimer, sur qui veiller, qui vous protège et que vous protégez en cas de coup dur. Quelqu'un qui ne désire rien de plus que faire la même chose pour vous.

Et nous allons réaliser ce rêve. Je vais tout faire pour cela. Je ne suis pas assez naïf pour m'imaginer que tout sera parfait. Nous nous chamaillerons, mais à long terme, nous remporterons la victoire.

Comme tant d'autres, nous serons heureux et nous aurons beaucoup d'enfants.

Épilogue

Sexy à nouveau Lanie

C'est la veille du deuxième anniversaire du jour où ma vie a été bouleversée et chamboulée du tout au tout et je suis debout, solidement campée sur mes deux pieds, en route vers un nouvel horizon. Deux ans que je me suis offerte à une vente aux enchères dans un club appelé Foreplay où des femmes sont cédées à des hommes riches et puissants en échange d'une somme confortable. D'autres femmes de mon milieu l'ont fait pour d'autres raisons. Je l'ai fait pour sauver une vie. La vie de ma mère, pour être précis.

Deux millions de dollars, c'est le prix que j'ai été vendue. Au plus offrant, Mr. Noah Patrick Crawford, PDG de Scarlet Lotus. Je serais sa propriété pendant deux ans et il pourrait m'utiliser pour assouvir tous les besoins sexuels qui lui plairaient.

Cet homme allait m'apprendre comment sucer convenablement une bite. Cet homme allait me donner le premier de nombreux orgasmes, me faire connaître toutes les merveilles de mon corps et du sien. Il allait me prendre mon pucelage, faire de moi une salope et bouleverser tout mon univers. Il allait me rendre furieuse – au lit comme ailleurs – puis accourir sur son cheval blanc pour tout arranger.

Cet homme est à présent mon mari.

Et le père de notre fille unique, Scarlett Faye Crawford.

Son père tient à elle comme à la prunelle de ses yeux. Elle est née moins d'un an après notre mariage. En fait, j'étais enceinte d'elle lors de la cérémonie et je l'ignorais. Je ne doute pas un seul instant que nous avons conçu notre fille le soir où Noah m'a offert ma bague de fiançailles.

La bague de sa mère.

Cette nuit restera éternellement gravée dans mon esprit avec sa resplendissante perfection. Il m'a offert les précieux diamants en même temps que son cœur. Il m'a tout donné. Il m'appartient et moi je lui appartiens.

Entre les quatre murs de la maisonnette de mes rêves – celle que je convoitais secrètement étant fillette – notre vie a pris un nouveau départ. Nous avons chuchoté nos désirs, nos rêves, et oui, nous avons fait l'amour comme si c'était la fin du monde. C'était torride. Magique. Parfait.

Cette nuit-là, il m'a déclaré qu'il désirait des tas et des tas d'enfants. Et j'ai été ravie d'exaucer son souhait. Scarlett est la première de nombreux futurs autres enfants.

Oui, elle est gâtée. Elle ne manque de rien et elle a tout ce dont elle peut rêver – vêtements, livres, jouets. Mais ce qui compte plus que tous ces biens matériels, c'est qu'elle est aimée.

Aimée d'êtres qui exaucent ses moindres désirs, tous ses caprices. Avec ses yeux en amande couleur de saphir et ses épais cils noirs, elle nous ensorcelle tous. Avec sa peau laiteuse et douce à couvrir de baisers, ses lourdes boucles brunes qui ne demandent qu'à être brossées et ornées de rubans et un sourire capable de subjuguer des foules. Nous avons été sous son charme dès le premier instant.

Mais Scarlett est une vraie fille à papa. Ne vous méprenez pas, elle adore sa maman, mais pour elle, c'est papa le héros de son livre. Elle lui mange dans la main et elle le mène par le bout du nez. Tout comme mon propre père. Je ne peux pas vous décrire la jalousie entre ces deux-là pour s'attirer les attentions de cette fillette. C'est tout juste si son grand-père n'a pas traîné Noah en justice pour faire respecter son droit de visite parce qu'il a été lésé un week-end où Noah a imprudemment emmené Scarlett dans le magasin de jouets que son grand-père tenait à lui faire découvrir. Dérangeant ? Oui, je trouve aussi.

Ils sont ridicules à se chamailler pour elle. À toujours essayer de renchérir l'un sur l'autre en matière de cadeaux ou de promenades. Je suis prête à parier que mon père a hypothéqué sa maison pour essayer de rivaliser avec les richesses de Noah.

Le reste de la famille a fini par estimer qu'il était temps d'y mettre bon ordre. C'était la semaine dernière. C'est vrai, sérieusement, Scarlett a assez d'amour dans son petit cœur et ce n'est pas bien qu'elle se retrouve prise entre deux feux. Ses tantes Dez et Polly, sa grand-mère et moi sommes allées une semaine rendre visite à tante Lexi et oncle Brad à New York, laissant papa et papy mijoter dans leur jus tout seuls. Il fallait faire une pause.

La semaine que nous avons passée là-bas était amusante, mais mon mari m'a manqué. Et j'admets que ses nombreux atouts m'ont aussi manqué. Et ce n'est pas de sa scandaleuse fortune que je parle non plus. Chargées de cadeaux pour Scarlett, et d'une nouvelle garde-robe pour moi, ma mère, Polly, Dez et Lexi et moi sommes rentrées.

Entre-temps, Noah et mon père avaient trouvé un terrain d'entente dans la peine que leur causait l'absence de Scarlett. Non mais vraiment. Et moi ? Je compte pour rien ?

Il se trouve que non.

Après de brèves retrouvailles et des tas de tu-as-tellement-manqué-à-papa, mon père me prend Scarlett des bras et emmène ma mère. Leur petite-fille est toute à eux pour tout le week-end.

Et moi je suis toute à Noah.

À peine la porte s'est-elle refermée que je me retrouve plaquée contre le battant et qu'un Noah très empressé se colle de tout son corps contre moi, les mains de chaque côté de ma tête. Son visage est à quelques pouces du mien et je sens la chaleur de son haleine sur le mien. Lentement, ses lèvres s'approchent de ma bouche.

— Ne me refais plus jamais ça, dit-il avant de les plaquer sur les miennes, féroces et exigeantes.

Il n'est pas fâché, pas le moins du monde. Mais seulement vraiment excité et impatient de se soulager.

Et moi aussi.

— Tu m'as tellement manqué, murmure-t-il en plongeant dans mon cou.

Sa main passe sous ma jupe et se referme sur ma chatte déjà toute trempée. Ses doigts la caressent et la sondent comme lui seul en est capable. L'autre me pétrit un sein tout en faisant rouler un téton durci entre pouce et index. Et sa bite colossale se frotte contre ma hanche.

De mon côté, je décide de faire la difficile. Durant ma grossesse, notre vie sexuelle est devenue un peu plus calme. Tout cela parce que Noah redoutait de blesser l'enfant d'une manière ou d'une autre.

Quoi qu'il en soit, une fois Scarlett née, elle est restée ainsi par habitude, sauf que les épisodes sont moins fréquents. Évidemment, nous avons des moments volés, des coups vite faits dans la douche qui ne sont absolument pas renversants, mais l'embrasement du désir que nous avons connu au début de notre relation n'est plus qu'une flammèche. Je ne me plains pas, mais cela me manque, la réciprocité, le défi, le côté laisse-moi te faire tourner en bourrique puis te baiser à fond pour que tu te rappelles bien qui commande.

Et j'ai bien l'intention de renouer avec ça.

Avec toute la conviction que je peux rassembler, je le repousse. Il me regarde, interloqué et un peu vexé. Mais je lui fais un clin d'œil et une grimace que j'espère sexy pour qu'il comprenne quel jeu je joue.

— Va te faire foutre, Noah ! Tu sais quel jour on est, demain ? m'écrié-je. (Il reste tout aussi perplexe.) Je vois bien que non, idiot ! dis-je en levant un menton indigné et en fondant sur lui. Il se trouve que ce sera le deuxième anniversaire de notre rencontre. Le jour où tu as payé deux millions de dollars pour que je sois ton esclave sexuelle et que tu puisses faire tout ce que tu veux de moi, quand tu le voulais et comme tu le voulais, parce que tu es un pervers que ça excite de me dominer pour prendre du plaisir. Tu as adoré me plier de force à ta volonté simplement parce que tu avais assez d'argent pour te le permettre.

Nous sommes face à face. Mes seins s'écrasent contre sa poitrine.

— Lanie, je… commence-t-il.

— Je m'appelle Delaine ! coupé-je sèchement. Comment tu oses m'appeler Lanie !

Et là, la lumière se fait. Il comprend et, d'après le rictus arrogant qui se peint sur son visage, il est prêt à jouer lui aussi.

Il me saisit par les cheveux et me tire la tête en arrière tout en m'empoignant les fesses pour l'attirer brutalement contre lui.

— Eh bien, si notre petit contrat expire demain, je crois qu'il vaut mieux que je tire le meilleur parti de ma dernière soirée de propriétaire, dit-il. (Mes tétons durcissent contre l'étoffe de mon chemisier alors que renaît Noah le dieu du sexe.) Je dois t'avertir que ça ne va pas être plaisant. Ça va être dur et brutal, mais tu vas adorer chaque seconde. Et tu feras ce que je dis parce que je possède chaque pouce de ton corps. Ta bouche bonne à baiser, ta petite chatte serrée, ton cul interdit, tout ça est à moi et je vais les baiser comme j'en ai envie si j'estime vouloir le faire. Tu es ici pour mon plaisir et moi pour le tien. C'est bien clair ?

— Tout à fait, réponds-je sur le même ton. Lâche-moi ! Je te déteste !

Laissez-moi faire une petite pause pour clarifier les choses. Ces paroles sont les plus difficiles que j'aie jamais eu à prononcer. C'est un blasphème, mais j'ai suffisamment confiance dans notre relation pour être certaine que Noah sait que je ne le pense pas.

— Oui, mais tu adores la manière dont je te baise, hein ? (C'est moins une question qu'une affirmation. Il me lâche les cheveux et recule d'un pas.) À genoux, Delaine, dit-il en débouclant sa ceinture. J'ai eu une journée très éprouvante et j'ai besoin d'un peu de ce délassement que tu sais si bien accorder.

— Ici ? Dans l'entrée ? demandé-je.

Il me décoche un regard dur et hausse les sourcils pour me faire comprendre combien je suis insolente de lui poser une telle question.

— Je n'ai pas été assez clair ?

D'un mouvement preste, Noah me met à genoux et la bite énorme jaillit de sa prison pour osciller devant moi, une larme scintillant à son extrémité.

Je vous en prie, laissez-moi chasser cette larme d'un baiser, votre énormité. Après tout, les grands garçons ne pleurent pas et… oh, oui, vous êtes grand, vous êtes énorme.

Noah réprime un sifflement quand je tire la langue pour lécher cette goutte. Les coins de ma bouche s'incurvent dans un rictus triomphal et je commence le supplice. Un baiser à pleine bouche, puis un petit gémissement avide quand mes lèvres se referment sur le gland et le sucent sans pitié.

— Putain de merde, gronde-t-il en m'empoignant par les cheveux.

Bon sang, je vais avoir de la chance si je ne suis pas chauve quand il en aura fini avec moi.

Il baisse les yeux vers moi.

— Oh, tu veux la jouer coquine, hein? demande-t-il d'une voix sourde et rauque. Je peux faire ça. (Ses paroles fendent l'air et viennent lécher mon entrejambe comme la langue d'un serpent.) On dirait que tu as besoin qu'on te rappelle gentiment qui commande ici, Delaine. (Il empoigne la base de sa bite de sa main libre et se baisse pour l'enfoncer entre mes lèvres.) Reste comme ça, ordonne-t-il. C'est moi qui baise, ici. Toi, tu suces.

Il me maintient la tête à deux mains, puis il se met à faire des va-et-vient dans ma bouche. Il n'a aucune pitié, il s'enfonce aussi profondément qu'il le peut et cogne au fond de ma gorge. Vraiment, j'ai du mal à tenir le coup. La bite de Noah n'a pas vraiment rapetissé durant ces deux ans. Ma bouche est totalement distendue, mais je parviens à protéger sa sublime bite de mes dents en les recouvrant de mes lèvres.

— Encore, Delaine. Suce-moi bien *à fond*, ordonne-t-il dans un grondement qui me fait frissonner et mouiller.

Ses hanches donnent des coups puissants, sa bite qui cogne ma gorge me fait suffoquer et je dois réprimer une nausée involontaire. Noah lâche une bordée de jurons et se retire en me relevant brutalement, puis il écrase sa bouche sur la mienne dans un féroce baiser.

Puis tel un surhomme, il me jette sur son épaule et m'emporte dans les escaliers quatre à quatre. Il ne s'arrête qu'une fois arrivé devant notre chambre, pour ouvrir la porte d'un coup de pied et me jeter sur le lit. Il nous déshabille à toute vitesse et chaussures et vêtements volent à travers la pièce. Puis il me soulève les hanches du lit, je me retrouve avec mes jambes sur ses épaules, la tête pliée de travers, et celle de Noah enfouie entre mes cuisses.

Exactement là où j'ai envie qu'elle soit.

— Oh, mon Dieu ! m'exclamé-je en sentant ses lèvres, sa langue et ses dents partout sur moi.

Il est en train de me dévorer vivante et c'est la sensation la plus délicieuse du monde. Ses doigts écartent mes chairs et exposent le rose délicat de mes trésors cachés pendant que sa paume décrit des cercles sur mon clitoris. C'est une démonstration de ses exceptionnels talents et je suis aux premières loges. Je vois et sens sa langue dans ma fente, longue et épaisse, qui me caresse au-dedans comme au-dehors. Puis ses doigts claquent mon petit bouton par petits coups rapides et parfaitement ajustés.

— Noah… s'il te plaît, le supplié-je en me tordant comme je peux dans l'étau de ses bras qui me broient.

Je hausse les hanches en avant, cherchant à en avoir plus, même si son visage est complètement enfoui dans ma chatte. Il me maintient les lèvres écartées et me suce le clitoris en le titillant rapidement du bout de la langue. Puis il le tète, l'aspire et le relâche, à plusieurs reprises, avec une douloureuse lenteur avant de le contempler en se pourléchant les lèvres.

— Ta chatte est la plus délicieuse du monde, Delaine. Et elle est à moi !

J'adore sa nature possessive, mais pour rester dans mon personnage, j'estime nécessaire de lui rappeler une petite chose :

— Jusqu'à demain seulement, salaud ! dis-je avec insolence.

Il retrousse les babines et rugit, le visage tordu par la colère – car c'est un acteur exceptionnel. Sans ménagement, il me soulève du lit et me plaque contre le mur avant de se coller contre moi.

— Tu vas tambouriner à ma porte dans deux jours, me gronde-t-il à l'oreille entre deux halètements brûlants, pour me supplier de te donner ma bite, dit-il en m'empoignant par les fesses pour me soulever.

— Ça ne risque pas, répliqué-je en enroulant mes jambes autour de lui.

En réponse, il enfonce ses dents dans la chair tendre au creux de mon épaule. Puis, brutalement, d'un coup de hanches, il me pénètre.

Je pousse un cri de plaisir, rejetant la tête en arrière. Une douleur fulgurante parcourt ma chatte. Je grimace et serre les dents pour accueillir la brûlure. C'est brutal. C'est primitif. C'est exactement ce que je désire et ce dont j'ai besoin.

— Oui, tu aimes ça, hein ? sourit-il en plongeant une main dans mes cheveux et en me retenant de l'autre. (Il se retire puis il me pénètre à nouveau d'une seule saccade qui me projette contre le mur.) Tu adores ma bite, grogne-t-il en ponctuant chaque syllabe d'un coup de reins qui l'entraîne de plus en plus profondément en moi. Tu auras beau nier, mais toi et moi nous savons que cette chatte est à moi, Delaine.

J'enfonce mes ongles dans son dos pour me cramponner à lui, tressautant le long du mur à chacun de ses coups de boutoir. J'enfouis mes lèvres dans le creux de son cou pour lécher la sueur salée de sa passion mêlée de fureur.

C'est mon Noah. C'est l'homme qui est capable de m'amener au bord de la folie et de me retenir au dernier instant avant que je bascule dans le précipice. Et qui va recommencer jusqu'au moment où il me lâchera pour que je tombe dans l'océan tumultueux d'orgasmes qui bouillonne sous la falaise déchiquetée.

Baiser avec Noah, c'est un sport extrême. Mais quelle sensation grisante.

Je jouis en hurlant son nom tandis qu'il ponctue chaque coup de reins d'un grognement, puis mon corps retombe inerte dans ses bras.

— Je n'en ai pas encore fini avec toi, dit-il d'une voix autoritaire.

Il me transporte jusqu'au canapé. Celui-là même où il m'a démonté la bouche. Le souvenir de cette soirée me revient par fragments. Noah dressé au-dessus de moi, dominateur, un pied posé sur le canapé tandis qu'il enfonce sa bite dans ma bouche et la ressort.

Il se retire de moi et me retourne à plat ventre, appuyant d'une main sur mes reins tandis que les doigts de l'autre s'enfoncent et vont et viennent en moi. Après quoi, il les retire, ruisselants, et les fait glisser entre mes cuisses jusqu'à mon cul qu'il vient lubrifier avec mon écume.

Je suis partante à cent pour cent, mais je suis toujours dans mon personnage. Je lui jette un regard noir par-dessus mon épaule et je grince :

— Même pas en rêve !

La cambrure scandaleuse de mes reins vient contredire mes paroles et il sait que je n'en pense pas un mot.

— Je te l'ai dit, Delaine, je possède chaque pouce de ton corps et je vais prendre ce que je veux, dit-il en faisant aller et venir ses doigts dans mon cul. Et ce que je veux, pour l'instant, dit-il en se penchant pour frôler mon oreille de ses lèvres, c'est baiser ce petit cul serré. (Sa voix se radoucit et il me donne un baiser sur la joue.) Tu es prête, ma chérie ?

Nous avons beau jouer un rôle, il n'est pas question qu'il oublie de me demander si tout va bien. Mon confort compte pour lui. Je hoche la tête et cambre les reins pour offrir ce que nous désirons tous les deux.

— C'est bien, dit-il.

Reprenant son personnage, Noah se redresse et pose un genou au sol et l'autre sur le canapé. Je sens le bout de sa bite pénétrer lentement en moi tandis qu'il pousse un gémissement de plaisir. Comme nous l'avons déjà fait mille fois, généralement seulement en des occasions spéciales, ce n'est pas du tout aussi douloureux que la première fois. À vrai dire, c'est même tout à fait agréable.

Je me soulève sur un coude et tends mon cul vers lui, mais la pression de sa main sur mon dos m'empêche d'aller plus loin.

— Doucement, ma chérie. Tu es toujours trop empressée.

J'entends l'ironie dans sa voix et son insistance à me ménager comme si j'étais en porcelaine me tape sur les nerfs.

— Tu vas me baiser, ou tu comptes nous laisser là collés comme deux chiens ?

Sa main tombe brutalement et me claque la fesse. S'il ne m'avait pas retenue, cela aurait pu être désastreux, étant donné notre position précaire.

— C'était une mise en garde, Delaine. Maintenant, tiens-toi tranquille, sinon je pourrais bien être moins magnanime.

Je tourne mon visage vers l'accoudoir pour dissimuler mon sourire, car ses paroles m'excitent terriblement.

Noah revient à sa tâche et écarte mes fesses. J'imagine l'air concentré qu'il doit avoir tandis qu'il lorgne ce spectacle et essaie de tout son être de ne pas perdre son sang-froid. Il recule légèrement pour donner un nouveau coup de reins qui l'enfonce imperceptiblement plus encore. Ses grognements et ses gémissements ponctuent ses mouvements jusqu'à ce que mon corps, d'abord crispé, se détende et lui donne le signal qu'il attend pour bouger plus librement.

— Bon sang, ce que c'est bon, dit-il dans un râle haletant, tout en allant et venant dans mon cul.

Une main sur ma hanche et l'autre qui manipule mon clitoris, il accélère l'allure. Ses grognements rauques et gutturaux résonnent dans la chambre alors que ses coups de reins se font plus insistants, et que s'y ajoute le bruit de la peau qui claque sur la peau et mes gémissements de pro du porno.

— C'est ça, ma chérie, grogne-t-il en trouvant un angle qui lui convient mieux.

Mais je suis de nouveau au bord de la jouissance et même si j'ai déjà eu un orgasme, il n'a pas le droit de me laisser en plan.

— Surtout, n'arrête pas, dis-je. (Noah continue de plus belle en pinçant mon clitoris entre ses doigts tandis qu'un râle caractéristique commence à résonner dans sa poitrine, annonçant l'orgasme.) N'arrête pas ! N'arrête pas, n'arrête paaas ! m'écrié-je en jouissant de nouveau.

J'aurais dû me douter qu'il ne me laisserait pas tomber. Ce n'est pas du tout le style de Noah Crawford. Il me satisfait *à chaque fois*.

Je n'ai même pas atteint le pic de mon orgasme que le grondement qui bouillonne dans la poitrine de Noah explose dans une bordée de jurons. Ses coups de boutoir se font irréguliers, saccadés et insistants tandis qu'il m'immobilise et se lâche en moi.

Mon corps, assommé et vidé de toute énergie, s'effondre sur le canapé. Je peine à reprendre mon souffle. Chacun de mes muscles se noue pour se préparer au moment où Noah va se retirer, ce que je n'ai jamais trouvé bien agréable. Mais il fait cela rapidement, comme on arrache un sparadrap, puis son corps recouvre le mien. Toujours un amant attentif, il sème sur ma peau une longue traînée de chastes baisers. Ses halètements m'ébouriffent les cheveux, mais je suis trop épuisée pour les repousser.

— Putain, ce que je t'aime, ma chérie, dit Noah en reprenant son souffle. Je suis tellement heureux de ne pas avoir renoncé à enchérir et de ne pas t'avoir laissée à Jabba le Hutt ! (Avec un gloussement, je donne sans conviction une petite claque sur sa cuisse nue qui le fait rire.) Tu vaux chaque centime que j'ai payé pour toi et plus encore. Heureux deuxième anniversaire, Delaine.

— Pareil pour toi, parviens-je à répondre, le souffle court.

Et c'est tout ce qui compte.

Lisez « coquin »
dans Le Livre de Poche

Sasha Grey

Juliette Society

Avant que nous allions plus loin, mettons les choses au point. Je veux que vous fassiez trois choses : Un, ne soyez pas offensé par ce que vous lirez dans les pages qui suivent. Deux, laissez vos inhibitions au vestiaire. Trois, et c'est le plus important, tout ce que vous verrez et entendrez à partir de maintenant doit rester entre nous. À présent, passons aux choses sérieuses.

Vina Jackson

80 notes de jaune n° 33447

Prisonnière d'une relation en demi-teinte, Summer, violoniste passionnée, trouve refuge dans la musique. Elle passe ses après-midi à jouer Vivaldi dans le métro londonien. Un jour, son instrument est détruit et elle reçoit un message d'un admirateur secret. Dominik,

séduisant professeur d'université, se propose de lui offrir un violon en échange d'un concert... très privé. Dominik et Summer se jettent alors à corps perdu dans une liaison sulfureuse aussi imprévisible qu'excitante. La jolie violoniste laisse libre cours à des pulsions interdites et s'abandonne enfin à la passion. Elle va bientôt découvrir qu'il n'y a pas de plaisir sans souffrance... Grisante, charnelle et audacieuse, une histoire d'amour qui vous laissera le souffle court.

80 notes de bleu n° 33448

Summer a intégré un grand orchestre new-yorkais. Grâce aux multiples talents de Simón, son charismatique chef d'orchestre, sa carrière décolle. Mais à nouveaux succès, nouvelles tentations. La jeune femme cède une fois de plus aux attraits d'un monde sensuel et dangereux qu'elle croyait avoir laissé derrière elle. Tout change encore lorsque Dominik, le séduisant professeur de littérature rencontré à Londres, découvre qu'il ne peut pas vivre sans elle et s'installe à New York. Pourtant, bien qu'il tente de la protéger de ses pulsions vénéneuses, ses propres passions risquent de les détruire tous les deux...

EL James

Cinquante nuances de Grey n° 33242

Anastasia Steele, étudiante en littérature, a accepté la proposition de son amie journaliste de prendre sa place pour interviewer Christian Grey, un jeune et richissime chef d'entreprise de Seattle. Dès le premier regard, elle est à la fois séduite et intimidée. Convaincue que leur rencontre a été désastreuse, elle tente de l'oublier, jusqu'à ce qu'il débarque dans le magasin où elle travaille à mi-temps et lui propose un rendez-vous. Ana est follement attirée par cet homme. Lorsqu'ils entament une liaison passionnée, elle découvre son pouvoir érotique, ainsi que la part obscure qu'il tient à dissimuler...

Cinquante nuances plus sombres n° 33243

Dépassée par les sombres secrets de Christian Grey, Anastasia Steele a mis un terme à leur relation pour se consacrer à sa carrière d'éditrice. Mais Grey occupe toujours toutes ses pensées et, lorsqu'il lui propose un nouvel accord, elle ne peut lui résister. Peu à peu, elle découvre le douloureux passé de son sulfureux M. Cinquante Nuances. Tandis que Christian lutte contre ses démons intérieurs, Ana doit prendre la décision la plus importante de sa vie...

Cinquante nuances plus claires n° 33244

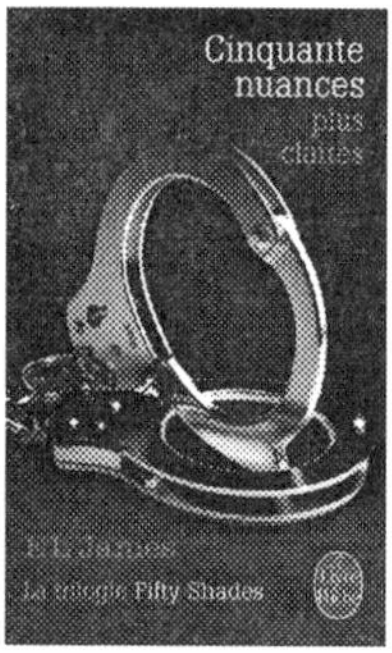

Ana et Christian ont tout pour être heureux : l'amour, la fortune et un avenir plein de promesses. Ana apprend à vivre dans le monde fastueux de son M. Cinquante Nuances, sans perdre son intégrité ni son indépendance, tandis que Christian s'efforce de se défaire de son obsession du contrôle et d'oublier son terrible passé. Mais bientôt, alors que tout semble leur sourire, le destin les rattrape et leurs pires cauchemars deviennent réalité... Un *happy end* est-il possible pour Christian Grey et Anastasia Steele ?

C.L. PARKER

Un million de secrets inavoués

Delaine Talbot a un secret. Pour sauver sa famille d'une tragédie imminente, elle vend son corps aux enchères d'un club érotique très sélect de Chicago. À compter de ce jour et pendant deux ans, elle appartiendra à un seul homme : Noah Crawford, un riche et arrogant héritier, qui pourra disposer d'elle comme bon lui semble. Dès les premiers instants, ces deux caractères explosifs font des étincelles...

Composition réalisée par Belle Page

Achevé d'imprimer en septembre 2014 en France par
CPI BRODARD ET TAUPIN
La Flèche (Sarthe)
N° d'impression : 3007091
Dépôt légal 1re publication : octobre 2014
LIBRAIRIE GÉNÉRALE FRANÇAISE
31, rue de Fleurus – 75278 Paris Cedex 06

70/7776/7